オドの魔法学校

パトリシア・A・マキリップ

両親を病で亡くし，弟にも恋人にも去られ，ひとりぼっちで暮らすブレンダンのもとを，ある日，オドと名のる女巨人が訪れた。植物の扱いに長《た》けた彼に，都にある魔法学校の庭師になってほしいというのだ。オドの求めに応じたブレンダンだったが，自らの持つ力にまったく無頓着な彼に，教師らは困惑を隠せない。一方王宮では，歓楽街で興行する魔術師の噂に，王と顧問官が神経をとがらせていた。魔法は国王の名のもとに魔法学校で管理されているはず。はたして件《くだん》の魔術師はただの興行師か，それとも本物の魔法使いなのか……。幻想の紡ぎ手マキリップの，謎と魔法に満ちたファンタジー。

登場人物

ブレンダン・ヴェッチ……魔法の力を持つ若者
ヤール・エアウッド……魔法学校の教師
セタ・シーエル……ヤールの恋人。歴史学者
ワイ……魔法学校の運営者
エルヴァー……魔法学校の新入生
ガーリン……ヌミス王
エニズ……ガーリン王の息子。世継
スーリズ……ガーリン王の娘
レディ・ディッタニー……スーリズの曾祖母
ヴァローレン・グレイ……王の顧問官。ヤールの教え子
アーネス・ピット……黄昏《たそがれ》区の地区警吏監
ミューラット・ピット……アーネスの父。警吏総監
ティラミン……魔術師
ミストラル……ティラミンの娘
オド……ケリオールの魔法学校の創設者

オドの魔法学校

パトリシア・A・マキリップ
原　島　文　世　訳

創元推理文庫

OD MAGIC

by

Patricia A. Mckillip

オドの魔法学校

1

ブレンダン・ヴェッチは、靴屋の靴の下にオド魔法学校を見つけた。古き都ケリオールの、にぎやかな通りに沿った一角。その看板は、ひどくペンキのはげたちっぽけな店の、扉の上につるされていた。ブレンダンはあぜんとして戸口を見つめ、それからふたたび看板をながめた。やはり、〝オド魔法学校〟と几帳面な黒い字で主張している。その下に靴が片方ぶらさがっていた。水に浮かべてもすいすい走りそうな、がっちりした木靴だ。合い釘がマストのように真ん中から突き出て、看板に固定されている。

ブレンダンはためらった。まわりを人波がおしあいへしあい通りすぎていく。知った顔はひとつもない。それはそうだ、ここは故郷から遠く離れているのだから。ふるさとは、岩がちな高地に冷たく深い川の流れる北の地方だった。三つの短い季節のあいだ、谷は緑と黄金、数かぎりない色の野花におおわれるが、四番目の季節には、見渡すかぎりの白い荒れ地が永久に続くように思われる。そんなところから、ここまで歩いてやってきたのだ。ヌミス王国そのものより歴史のある王都は、何世紀も経た門や石の城壁を越えて四方に広がっている。畑や家々、酒場や市の並ぶ外縁部から、五本の橋のひとつを渡り、市街を囲む城壁の内側に到達するだけで、昨日いっぱいかかった。どの門も朽ち果ててひさしく、かつて異邦人と夜とを閉め出していた城壁を、都の通りがそのままつきぬけている。もはや門番もいないので、市街にはだれでも勝手に入れた。埃まみれで足が棒になり、持ち物といえば、植物のたぐいしか入っていない古ぼけた革の背負い袋だけ、という旅人でさえ。

ゆうべの食事と宿代で、ほとんど金は使い果たしてしまった。くたくたになりすぎて、めまいがするほどややこしく入り組んだ通りをたどる気力はなかった。どこへ行っても足もとには玉石を敷いた道がのびており、出合っては離れ、合流しては分岐して、ありとあらゆる方角へでたらめに走っている。これほど多くの人間が存在するとは考えてみたこともなかった。翌日、辛抱強く街路をたどっていく途中で、ときおり都の上空にそびえたつ巨大な城らしきものがうかがえた。きっと国王の住まいだろう。川を下ってくる敵も、遠い山々を越えてくる敵も目で確認できるよう、高々と築かれた塁壁や尖塔。道を訊いてみたとき、学校の入口は城の陰にある、と教えられた。だが現に看板があって、はっきりと名称が書いてあるのだ。だれも靴のことは口にしなかったが、それに関しては、この夏じゅう記憶に焼きつけられていた。

——靴の下にある扉を探すといい。

聞いたときには、靴の意味がわかっていなかった。話の流れからは、魔法の言葉のように思われたのだ。まあ、看板があることは疑う余地がない。それに靴も、見るからに靴らしいのは確かだ。ブレンダンは頭をかき、なにか別のしるしでも現れないかとその場で待ってみた。おれはきてくれって頼まれたんだ、と自分に言い聞かせ、勇気を出そうとする。むこうから言ってきたんだから。

招かれたのは春で、メリッドを最後に見てから、ちょうど一年たった日だった。ありありと憶えているのは、行ってしまったという事実が心に刻みつけられていたからだ。だからといって責めるつもりはない。両親を亡くしてからブレンダンはおかしくなった、獣のように人とかかわるのをやめた、とメリッドは言っていた。そんな最悪の状態を、まる一年と春のなかばがすぎるまで、がまんしてくれたのだ。両親は三年前、わびしくどんよりとした冬の終わりに、村を襲った未知の熱病のせいで死んだ。父母の命を救おうとして、手はつくした。これまでに植物の根や葉、樹皮、果実などからこしらえた薬をすべて、悪臭がしようがいやな味だろうが、人間用だろうが動物用だろうがおかまいなしに試してみた。そのおかげで、弟を含め、村人の大部分はどうにか命をとりとめた。だが、最初に病にかかった両親は、冬枯れた世界で治療法を見つけようとしてまだブレンダンがあがいているうちに、死んでしまった。

ふたりが亡くなって少しあと、弟のジョードも立ち去った。この世に苦しみと哀しみのほかにどんなものがあるのか見に行く、と言って。一緒にこないかと説得もされた。つらい思いは静まり返った小屋に残していけばいいと。しかし、ブレンダンは断った。

「ここに幽霊以外なにがいるっていうのさ？」ジョードは問いただした。やはり別れるのをいやがっていたからだ。まだ熱病の名残で青白くやつれていたが、ひとみには力強さと決意が戻ってきていた。「外の世界を見に行こうよ」

「行かない」

戸口にたたずんで外をながめていると、肩に手がかかるのを感じた。

「兄ちゃんのせいじゃない」ジョードはかすれた声で言った。「みんなにできるだけのことをしてくれたじゃないか。それ以上だよ」

「わかってる」

「ケリオールに行って、王さまがどんなうちに住んでるのか見てこよう」

「だめだ」ようやく自分の声が聞こえた。石を投げ出すように言葉が重かった。ひたひたと押しよせる夕闇が、はるかな山々を紫に染めていく。薄れかけた光のなか、灌木の茂みが子羊の毛のようにふんわりと斜面をおおっている。その情景に視線をすえて、なんとか説明しようとした。「きっと風が恋しくなる」

「はあ?」

「必要なんだ。風の音。におい」

「風なんてどこにだってあるよ」ジョードは途方にくれたように言った。「ケリオールにだって」

ジョードには、ブレンダンの目に映るものが見えないのだ。風の吹きすさぶ丘のうねうねとした曲線、気まぐれに残る狐の臭跡やふと漂う沼百合の香り、草の味わい、かみしめた土自体のざらざらと湿った感触。そうしたことがらにひそむ謎を、つきとめずにはいられないという気持ち。どうしてそんな思いにかられるのか、自分でも漠然としかわからない。それでも、なるべく言葉にしようとした。「そうやって、おまえを治したものを見つけたんだ」

ジョードは手を離し、戸口の柱に近づいてよりかかると、兄を凝視した。まっすぐな濃い色の髪が目の上にかぶさっている。高地生まれの野生の小馬のようだ、とブレンダンは思った。そのぐらい強情そうでもある。「わかんないよ」

「あのとき使ってたものを見て――においを嗅いだら――それまでとは違うふうに理解できた。あれは、冬に備えてとっておいた、ただの野生の球根だった。数えきれないぐらい何度も見てたはずだ。でも、もう一度見たら、前には話してくれなかったことを教えてくれた」

「しゃべる球根か」

「ものは話すんだ」ブレンダンは答えた。視線がジョードを離れ、野外の景色へと戻っていく。黄昏《たそがれ》とともに移り変わる香り、消えゆく光を背に、いまや暗くひっそりとそびえている山々。「おれは、その声を聴くことを覚えないと」

ジョードは無言でこちらを見つめた。「むしろ」ようやく口をひらく。「いまの台詞を聞かせたいよ。わけのわかんないこと言ってさ。気分でも悪いの？　兄ちゃんまで病気になったっていうんなら、出てったりしないよ」

「そうじゃない。でも、行くな」

「行かなきゃ」ジョードは落ちつかなげに言った。「ここにいるのは幽霊だけだ。母さんは林《りん》檎の皮をむいて、糸を紡いで、ぼくたちが赤ん坊のころから聞かされてた歌を歌ってる。父さんは外のにおいをさせて入ってきて、冬のあいだみたいに母さんに骨を刻んでボタンを作ってやって、母さんの歌にあわせて口笛を吹いてる。歌ってる。おまけに兄ちゃんは、それこそ幽霊みたいにふらふら出たり入ったりして、だれともろくに口をきかない。ここで好きなだけ植物としゃべってればいいよ。ぼくはもっと人間らしい人生を過ごしたいんだ」

ブレンダンは黙りこんだ。歩きまわって植物を集めるという風変わりな習慣のせいで、もともと背が高くたくましい体つきだったが、この苦しい冬のせいでやはり憔悴《しょうすい》していた。トウワタのように白っぽくもしゃもしゃした髪には、いがや羊歯《しだ》の切れっぱしなどがちらほらくっついている。ジョードに言わせると、まるで年寄り隠者だった。実際、弟が出ていくと聞いて、自分でもそんな気分になりつつあった。もう一度努力してみる。「どこに行く?」

「南のほう」

「ケリオールか?」

「そこまで行くかもしれないし、行かないかもしれない」またブレンダンに手をふれる。「いつか腰を落ちつけることになったら、連絡するよ。兄ちゃんもきたいと思うかもしれないからね」

ジョードは翌日立ち去った。生まれてはじめて家でひとりきりになったブレンダンは、手の届くところになぐさめを見つけた。のびゆく植物、季節のめぐり、老衰した狼のようにうつろな高い鳴き声を響かせる、冬場の風の音にさえ。哀しみというのは、石の上で眠るようなものだ、と結論を出す。でこぼこ、ぎざぎざした感触に慣れるため、がまんできるようになるまであちこち動かして体になじませなければならない。それからは、どこへ行くにもその寝床を携えていくことになる。厖大《ぼうだい》な記憶と、容赦なくのしかかる悲嘆の重みが、ようやく肩に担える程度になったころ、メリッドが人生に姿を現した。そして、重荷はいっとき、はかりしれないほど軽くなった。

メリッドもまた、幾度となく見ていたのに、とつぜんいままでとは違う存在に変化したもののひとつだった。相手のほうも同じように感じていたらしい。ある日行き逢ったふたりは、おたがいに仰天した。メリッドは、しょっちゅうひじに傷をこしらえている、細っこいすねの不恰好な少女から、桃のような肌と、終わりなき夜を思わせる髪をした、若い娘へと成長していた。おかげで、ブレンダンはしばしのあいだ、ふたたび人間に戻ったようになった。

できるかぎり長くそばにいてくれたのだ、ということはわかっている。メリッドは小屋にくるときも、こないときもあった。ブレンダンも同様で、父母が死に、ジョードが出ていった長い一年間、恋人が現れたり消えたりするにつれ、ふらふらと相手の生活に出入りしていた。茂みで過ごした晩もあったし、メリッドと床についた夜もあった。いなくなるとき、行く先をたずねたことは一度もなかった。ただ戻ってきた姿を見てほっとするだけだった。当時はそうするしかなかったのだ、とあとになって気づいた。みずからの人生と距離を置き、昼と夜、現実と夢、死と生の狭間を探る旅人とならなければ、生きていけなかった。メリッドは理解してくれていると思っていた。むこうもそう望んでいると思っていたのだ。

だが、間違っていた。

「哀しすぎるの」ある晩、寝台の上でまっすぐ背筋をのばして座ったまま、メリッドは言った。「ここはあんまり哀しすぎるの。がまんできない。あたし、出てかなきゃ」

きっとまだ寝ぼけているのだろうと考えて、ブレンダンは腕をまわした。「夢を見てるのか」

「違うったら！　夢を見てるのはそっちじゃない！」メリッドは体を引き離した。生まれたばかりの赤ん坊のように、おびえた傷つきやすいひとみだった。「あんたはあたしとまるっきり話そうとしないんだもの。幽霊みたいにあたしの人生をすうっと通りぬけてくだけで。いつ会えるのかもわからない。ときどき、このまま戻ってこなくても気がつかないんじゃないかって思うことがある。だから何日か近寄らないようにしてみたら、やっぱりそう、ぜんぜん気がつかなかった！　だけど、あたしは戻ってきちゃうの」

ブレンダンは途方にくれて、なだめるような声をかけながら、もう一度抱きしめようとした。メリッドは乱れた黒髪をゆらし、激しくかぶりをふった。「おまけにふらっと出てっちゃって、どこにいるかもわからなくて、帰ってきても行ってた先を教えてくれたことがなくて――」

「どこでもない」せっぱつまって答える。「ただそのへんだよ。いろんなものを見て。知ってる――言っただろう――」

「言ったの？」

「わかってると思ってた――」

「なにを？　なにがわかるっていうわけ？　一回も教えてくれたことがないのに！」

「ごめん」うろたえて謝る。「外にいると、人の言葉を話さないものしかまわりにないんだ。石とか。野生の花とか。話すのを忘れてるだけだ、それだけなんだよ。言葉が必要だってことを忘れるんだ」

「でも、あたしは違うから！　あんたの声が聞きたいし、言葉で話してもらいたいし――」

「やってみる」ブレンダンはよく考えもせずに約束した。「もっとうまくやれる――」

「あたしにはできない」メリッドは言うと、ふいにごろりと転がって立ちあがり、顔をそむけて服を着はじめた。「これ以上うまくつきあうなんてできない。ずっとがんばってきたけど、もう無理。あたしは、人間でいるのが必要だって人と一緒にいたいの。あんたは忘れちゃってるんだもの」

その足が一歩踏み出したとき、心臓にぴしりとひびが入った気がした。胸の奥からひとこと、ふたりとも聞いたことのないような声がほとばしった。「だめだ！」

一瞬、メリッドは動けないかのように見えた。いまの台詞がくるぶしにからみつき、髪を押さえ、骨に重しをしている。身のうちになにかなじみのない感覚があった。たえず持ち運んでいる重荷の一部である石。だが、それは哀しみではなかった。かつて学んだことのない言葉だった。自分のなかから奇妙な力が流れ出て、混乱した気分になる。それから、相手がかすかな叫びをもらして走りだしたので、ぞっとした。逃げていく姿がおびえたようにふりむいたとき、茫然とした蒼白な顔がちらりと見えた。

そのまま、メリッドは走り去った。思い出のよすがとして、脱ぎ捨てた靴とその表情だけを残して。

どこに行ったのかはわからない。だれも知らないらしかった。丘を越えて隣村まで逃げていったのかもしれないし、はるばるケリオールまで行ってしまったのかもしれない。かつて命を救ったメリッドの母のもとを訪れ、消息をたずねてみても同じことだった。母親のまなざしは、こちらを責めてはいなかった。

「春だよ」とやさしく言っただけだ。「春が連れていったんだよ。あの子はにっこり笑えるようになりたいって出かけた。望みがかなうように祈るしかないね。それと、かなったときには連絡をくれるようにってね」

ブレンダンは自分を責めた。幾晩も目をあけて横たわり、この記憶を、心の石塊《いしくれ》をおさめる場所を探して、なんとか受け入れる手立てを見つけようとした。思い出に満ちた家では眠れなくなると、小屋を離れ、星々や狐たちとともに寝た。おのれを忘れ、過去から逃れようとして、あてもなくさまよった。のびていく陽射しをたどって、北へ北へと進んでいくうち、思いがけず冬に追いつくことになった。スクリガルド山の鉄壁と切り立った峰はあまりにけわしく、陽光ですら一方の斜面の雪を融かすには至らなかったからだ。

気づいたのは視界に入る前だった。においが先に届いたのだ。見たこともないほど丈の高い木立に囲まれた、白い空き地。石と雪の沈黙は、それ自体がひとつの語をなしているように思われた。もう少しでその語が聴きとれそうだ。その語の含まれている言語が理解できそうな気がする。野花を吹き散らしてはしゃぎまわる風も、下の草地に残してきてしまったようだった。

すべてが森閑としている。なにものかがこの地で、おそらく悠久の昔に、末期《まつご》の言葉を発したのだろう。いまだにその響きが絶えたあとの静けさが漂っていた。

あるいは、と耳をすましながら考える。ひょっとすると、そのひとことを口にする前の静けさなのだろうか。

雪原にはおかしな物体が散らばっていた。ひどく古びて黒焦げになった、石化する一歩手前の切り株というふうに見える。ブレンダンはじっと視線をそそぎ、その輪郭が記憶か視野のなかで見覚えのある形になるのを待った。名前はわからない。自分の知っているどんな世界にも属していないようだ。体が冷えてきて、雪のなかでみじろぎした。静寂が身に迫ってくる。ぴくりとも動かない奇妙な姿は、いまにもこちらに目を向け、口を生やして話しかけてきそうだった。なんとなく立ち去りかねて、しんとした空気に耳をそばだてる。その沈黙は、思考が音に変わり、言葉をかたちづくる寸前に吸いこんだ息として感じられた。

話すものはなかった。

たぶん、はじめから言葉が発されたことなどないのかもしれない。寒さに追いたてられて、ブレンダンはしぶしぶきびすを返したが、騒がしい春のなかへ戻り、帰り道を見つけるまで、ずっと耳をかたむけていた。とはいえ、その沈黙を持ち帰り、夢のなかで聴いたことは事実だ。そこでは、太古の夢見人《ゆめみびと》が石ほどに古くゆったりとした言葉を口にするのを、自分の一部が根気よく待っていた。

夏が深まるにつれ、ブレンダンは徐々に嘆きと孤独というかさばった石をのみくだし、めぐりゆく季節に没頭した。

香りや味から植物の言語を学び、地面にしゃがんで何時間も生長する音に聴き入った。未開の森や無人の荒野、湿地を歩きまわり、名前も知らないものを探しつづけた。そういった草木をよく観察し、動物たちが目的の茸《きのこ》や果実や葉っぱを食べるところを見た。植物を家に持って帰って実験してもみた。みずから試すときには大胆に、動物に使う場合には細心の注意を払って。こちらが死んでも世界は続いていくが、山羊《やぎ》や鶏や羊がいなくなったら、ブレンダンは生きていけないからだ。一度か二度、具合が悪くなったが、自分で治した。庭も家畜もみごとに育ち、助言を求めにやってきた隣人たちも同じように成功した。

ブレンダンは人々の信望を勝ち得たのだ。

とはいえ、ケリオールに招待されることになったとき、そんなことは頭になかったし、それどころか、たいしてなにも考えていなかった。小屋の裏庭で、たったいまきれいにした地面のわきに腰をおろし、韮葱《リーキ》と子羊肉のシチューを一杯食べているところだった。春の雨を降らせる紫の雲が、谷の上にむくむくと張り出してきたのが目に入った。春になるとメリッドのことが思い出された。メリッド自身のことも、自分のうちにひそむ異様な力にふたりでおびえたことも、考えまいとしていた。突風が吹きつけてきて、雨がぱらぱらと頭やうつわにふりかかった。どんな天候に出くわすのにも慣れていたので、ブレンダンは無視した。雲は谷を通りぬけ、また日が照りはじめた。鍋の底からこそげとったシチューは何日も前のもので、焦げかすが点点とまじっていた。両手は土いじりで汚れている。このところ、髪を切る手間をかけていなかったし、服は家のなかにあるのを手あたり次第に着ていた。母親のスカートでさえ、野生の球根や茸類を集めるときには役に立った。身につけたものや髪のにおいが鼻につくようになれば、上から下まで服を着たまま、いちばん近くの湖へ泳ぎに出かけた。行儀作法などはすっかり忘れていたし、同胞である人間たちの声にならない言語、口から出る言葉におとらず強く意思を伝える表情や身ぶりには、ろくに注意を払わなかった。

からになったうつわを下に置いたとき、ふっと影がさした。顔をあげたとたん、呼吸が止まった。その刹那《せつな》、まるであの暗く異質な顔のない生き物が、自分を捜してスクリガルド山からおりてきたかのように思われた。

それからまばたきしたせいか、あるいは、雲の陰から太陽が顔を出し、あたりが明るくなったせいか、すぐそこに立っている女が見えた。たいそう背が高く、巨人といえるほどだ。はだしで、牡牛のように頑丈そうな体格をしていた。長い髪は象牙の雲と煙がいりまじったようで、くるぶし近くまでたれさがっている。日に焼けた幅の広い顔のどこをとっても、美人とはほど遠い。上等なシャベルや大釜のように、地味で持ちがよく、年を経ても変わらないという容貌だった。まじまじと見つめると、大きな口の片側があがり、親しげな笑みをたたえた。周囲には動物たちがむやみやたらにまとわりついている。一方の肩からは二十日鼠《はつかねずみ》が何匹かのぞいているし、反対側にとまっているのは鉤爪のない大鴉《おおがらす》だ。髪にはトカゲがしがみつき、マントのポケットから白イタチが顔を突き出している。角が片方折れた巨大な白子の牡牛が、礼儀正しく少し離れて風下に立っていた。そうでなければ、においで近づいてくるのがわかったはずだ。

無事なほうの角に、梟《ふくろう》を乗せている。牡牛の背後には、雑種犬が数匹、野生の猫たち、それに年老いて目の見えない雌狼が控えていた。

「ブレンダン・ヴェッチ?」見知らぬ相手は、しわがれた力強い声でたずねた。ブレンダンは無言でうなずいた。これまでは、だれからもそんな質問を受ける必要はなかった。巨人のひとみは牡蠣《かき》のような鈍色《にびいろ》で、目尻にはしわが寄っていた。凝視しているうちに、ブレンダンはとつぜん、人間の目がどれほどの厚みと深みをそなえうるものか思い出した。その瞬間、女の双眸《そうぼう》に映ったこちらの姿がはっきりと見えた。風に節くれだった木でも、風化した石でもない。それは自分自身を失った若者だった。

ブレンダンはごくりと唾をのみこみ、どこか忘れ去られた蔵の奥から言葉を拾い出した。

「弟のことか? なにか知らせでも?」でなければメリッドか、と考える。痛いほどの期待がふくらむのを感じたが、口には出さなかった。

「おまえの弟は知らない」巨人は答えた。隣の地面に座りこみ、はぐれた鼠やトカゲを押しつぶさないよう、気を配ってマントを広げる。「わたしの名はオド。おまえは植物の扱いに長《た》けていると聞いた」

「あんたの名前――」

「オドだ。おまえにケリオールでの仕事を頼みたい」

「ケリオール」ブレンダンは当惑してくりかえした。

「わたしの学校があるからだ。そこで庭師がいる」

「庭――都のなかに？　なんの学校なんだ？」

「魔法を教える学校だ」がっしりした長い指が、冬に備えて貯えた野生の球根の山へとおりていった。ひとつとりあげ、独特な檸檬《れもん》と汗のにおいを騒々しく吸いこむ。そして下に戻した。「教師は足りている。だが、庭師のひとり、もっとも見つけにくいたぐいの職人が、晩年を故郷で過ごそうと職を辞した。そういった事情で、おまえを必要としている」

「おれ？　カブでも育ててほしいって？　キャベツとか？」

オドは首をふった。「食卓のためにカブを作る者も、医療のために薬草を栽培する者もいる。欠けているのは、魔法に用いる植物を育てる庭師だ」

「おれ、魔法なんか知らないよ」ブレンダンはぽかんとして言った。それから、一年前の春の夜、身のうちからほとばしった異様な力と、メリッドのひとみにひらめいた表情のことが、ふたたびよみがえった。くちびるをひきしめ、そわそわと身動きする。

巨人の明晰なまなざしは、内心を見ぬいているかのように、落ちついてそのようすを見守っていた。「気づいてはいない。だが、力は使っている。おまえは声なきものに耳をかたむける。わたしもそうだ。北の地方から名前が風に乗って聞こえてきた。草木の魔法のにおいをさせて。おまえは、ほかの者にはわからない、ある種の植物の流儀を理解している。とりわけ野生の植物だ。ここにある植物の種とおまえの知識を、ケリオールの学校に持ってきてほしい。好きなものを育てるといい。なにができるか見てみることだ。季節が変わるまででも、一年でも。住む場所はあるし、給金も払おう」

「おれはなんにも――人に教えられるような魔法なんてひとつも知らないし――」

「その必要はない。望むだけひとりで過ごしてかまわない。ただ、ここでおこなっていることを、ケリオールにあるわたしの学校で続けるだけだ。そうすればおのずから魔法が訪れる。そのとき、学んだことを教師たちに伝えてくれればいい」巨人は口をつぐみ、腕にはいあがった鼠をなでながら返事を待った。肩にとまった大鴉は羽づくろいをしている。ちっぽけな金色のトカゲが宝石のように片耳に巻きついていた。ブレンダンが答えずにいると、言葉を継ぐ。「わたしは、放浪しているときに出くわした動物を治療している。植物より動物のほうが得意なのだよ。ときおり、そうした生き物がしばらく行動をともにすることがある」ブレンダンは黙ってその顔を見返した。なにかを、まだ口にされていない言葉を待っていたのだ。魔法使いはその言葉を告げた。「おまえの哀しみは、ここに置いていっても大丈夫だ。帰ってくるまで残っているよ。そのときには、耐えられるようになっているかもしれない」

ブレンダンは体を動かし、ふいに切りつけてきたするどい刃をのみこんだ。丘や沼地から学べることは学んだ。いまでは風の声もありふれたものになっている。ここを離れることは可能なのだ。髪を切り、再出発して、南へ向かうことが。ジョード、と考えた。メリッド。もしかしたら、ケリオールでふたりに会えるかもしれない。

ブレンダンは口をひらいた。家を離れると思うと声がふるえた。「もう種蒔きはほとんどすませた。夏の終わりまで待たなきゃならない。そうすれば種を持っていける。この小屋の近くに、家畜を置いていくところも見つけないと」

「いいだろう」オドは答えた。立ちあがった姿は、ブレンダンの目には途方もなく大きく映った。風に乱れた髪に、空の雲がかかっていると見えるほど、高々と。オドはうなずいてみせ、もう一度笑いかけてから、鼠をするりと髪のなかに戻した。「では、夏の終わりに、ケリオールで会おう。学校はすぐ見つかる。靴の下にある扉を探すといい」

そういうわけで、ブレンダンはいまやケリオールにいた。荷物のなかには、いろいろな種だの、めずらしい根や球根だの、乾燥させた茸や香草や花びらだの、はるばるここまで運んでくる価値があると判断したへんてこな薬だのがぎっしりつまっている。そして目の前には、魔法がここにあると示す看板がある。かつては靴屋の看板だったものを塗りつぶしたのだろう。店の窓はべとべとに汚れ、埃っぽくがらんとした室内がまともに見えないほどだ。魔法使いでも学生でも、だれか先に扉をあけてくれれば確認できるのに、と期待して、もう少し待ってみた。だが、通行人の波は戸口を無視して流れていく。どの顔も、古ぼけたみすぼらしい扉と、その前でどうしたものかとうろうろしている旅人にはまったく無関心だ。

ブレンダンは手をのばし、扉をあけた。

はじめ、内部は外から見たときのようにからっぽだった。床板の上には、靴用の釘一本、木の足型ひとつ転がっていない。後ろ手に扉をしめると、足音や人声、荷車の車輪や馬の蹄の響きがまじりあった喧騒はすうっと消えた。立ったまま、どこへ行けばいいのだろうと躊躇《ちゅうちょ》しているうちに、周囲の静けさが深まっていく。気がつくと、その静寂に聴き入っていた。息をひそめ、くちびるをひらいて、いまにもこの場に吹き荒れそうな言葉を待ち受ける。鳥のさえずり、狼の遠吠え、この世の愛と怖れと不思議をぶちまける人々の叫びをつらぬいて、風のようにとどろきわたるであろう言葉を。不安と昂揚に皮膚がぴりぴりした。沈黙の中心に向かって、やみくもにひとあしふたあし進み出る。そして、心のうちに、その力の名を見つけた。

魔法。

そこには、もうひとつ戸口があった。

その扉は、むかいの壁の羽目板に切りぬかれた、ただの厚板にすぎなかった。蝶番で留めてあり、把手《とって》がついている。ブレンダンは部屋を横切った。湖のなかで温水や冷水の流れを感じるように、不安と驚きの波がおののきとなって通りぬけていく。今回は勢いこんで扉をひらいた。名状しがたい不気味な魔法のおもてを見て、ついに発される言葉を耳にしたくなっていたからだ。

ぽっかりと口をひらいた空間は、洞窟のように感じられた。厖大な木と石、はてしなく上方へのびる壁、両わきから優美な線を描いて黒大理石の床へおりたつ、広々とした階段。壁には額縁におさめた絵画やタペストリーが飾られ、床には絨毯が敷いてあり、はるか遠い天井には、巨大な花の頭部にも似た照明がつるされている。あらゆるところから声が聞こえてきた。話し手の顔はひとつも見えなかったが、階段の上でも、まがりかどのむこうでも、古びた石壁をかすめて会話が飛び交っている。

謎めいた沈黙は遠ざかった。例の言葉は形にならないまま、えんえんと続く話し声と屋内のせわしない動きのただなかにとどまっている。だが、自分の内側からは流れ出てしまって、またしてもからっぽで当惑した気分だけが残された。それからブレンダンは、高い胸壁や塔をそなえ、都の上空にそそりたつ壮大な城のことを思い出して、ぎょっとした。おれは王さまのお城に迷いこんだんだ。

もっとも、入ってきた戸口の上には看板があった。靴もだ。そのうえ、だしぬけにふたたび魔法が出現した。だれかが宙からとけだすように現れ、目の前に立ったのだ。魔法は背が高く、黒髪で、黒っぽい長衣をまとった男だった。内心の読めない細面の顔、沼の水のように黒々としたひとみ、歳月が刻んだ口もとのしわは、愉快そうな色と後悔の色を半々にたたえていた。

男は一瞬、無表情にブレンダンを観察した。植木鋏で刈った髪から、粗末な羊皮の長靴までじっとながめ、おだやかにたずねる。「これは何者かな？」

「ブレンダン・ヴェッチ」

静かなまなざしは、その名前になんの反応も示さなかった。「ブレンダン・ヴェッチ」魔法使いはとまどったように、しかし慇懃《いんぎん》にくりかえした。「魔法の知識を求めてやってきたと？ そういう目的かね？」

「違う。オドにきてくれって頼まれたんだ。庭に」

「オドに」

「ああ。オドとは北のほうで会った。夏の終わりに行くって約束したから」

いきなり魔法使いの片手がはねあがり、動きがぶれて見えるほどすばやく、ブレンダンの腕をぎゅっとつかんだ。「ここに入るのに、どの扉をあけた？」

「オドが教えてくれた扉だけど」するどい口調に驚いて、ブレンダンは口ごもった。「靴の下にある扉」

「なるほど」その台詞は、吐息とたいして変わらなかった。「すると、ここにおりてくる気になったのは、そのせいか。なにかを感じた……」そこで、ブレンダンが靴屋の店に引き返し、戸口からぬけだそうという衝動にかられていると勘づいたらしい。指に力がこもり、声がやわらいだ。「いやいや、ぜひとも入ってくれなくては。私の名はヤール・エアウッドだ。ここで教えている。ワイのところへ連れていこう。学校の運営を引き受けているのでね。庭を案内して、部屋を見つけてくれるだろう」

「でも、オドは――ここにいないのか」

「さあ、わからないな」ヤールは答え、ブレンダンの危惧の念にはかまわず、曲線を描く階段のほうへひっぱっていった。「十九年ものあいだ、だれひとり靴の下の扉は見ていないのだよ」ブレンダンは耳を疑い、ちらりとふりかえった。いま通ってきたところに戸口はなかった。立派な羽目板におおわれた堅牢な壁があるだけだ。「しかもそれは」ヤールは続けた。「じつに七十九年ぶりにオドが目撃された機会だった。おまけに、その十九年前でさえ、てっぺんに鳩がとまっている、あの目立つ頭を後ろから垣間見たというだけのことだ。そのときオドは、『靴の下にある扉を探すといい』と告げたきりで行ってしまった。それにしても、ここで庭師が必要だと、いったいどうしてわかったのだろうな」

2

授業の始まるその日、魔法使いヤールは例によって、新入生にオドのことを話して聞かせた。「オドがケリオールに忽然と姿を現したのは、イシャム王の治世のなかばごろだった」めまいがするほど高い塔の教室で、こちらを見つめている十数人の顔に向かって語りかける。「イシャムは、憶えているだろうが、四百年前の君主だ。最後にオドが目撃されたのは――つまり、記録されているかぎりではということだが――十九年前だ。その事実に数学的技術を適用すれば、驚くべき長寿であることがわかってくるだろう。

当時、この都はすっぽりと城壁に囲まれていた。すべての門がまだ残っており、夜にはとざされて見張りがつけられた。都が城壁を越え、川のむこうまで広がっている状態にはなっていなかったのだ。イシャムは三方で激しい戦いをくりひろげていた。西と南から王位を狙う貴族の反乱軍が進撃してくる一方で、隣国の支配者が川上から艦隊を送りこみ、混乱に乗じてみずからヌミスの国土を奪取しようともくろんでいた。イシャムは魔法を信じてはいなかった。だが、おのれの王国を失う瀬戸際にあって、なんとしてもその力を必要としていた」

ヤールは言葉を切った。おおかたの学生は、いま話している戦いにおとらず古い家系の出だった。近隣の国々から学びにきた者にしても、祖先はケリオールの城壁越しに石弾を撃ちこんだり、門を破ろうと川むこうから大木をひきずってきたりしていた可能性が高い。出身地がどこであろうと、魔法の技能にある程度の天分を持つと示してみせた連中だ。たとえその才がつかの間の幻影にすぎないとしても。ヌミスの学生は、法の定めるところによって、必要なら王の援助を得て入学してくる。他国の才能ある学生は王に監視され、その技はヌミスの統制下に置かれることになる。国内の学生のうち、王の支援を必要としている者はいないようだ、とヤールは評価を下した。豪奢な服装と上等の食事を与えられ、注意深く育てられた、金持ちと権力者の礼儀正しい子どもたち。自分の考えを持っているとしても、すでに人の目から隠しはじめている。だれもが行儀よく、ごつごつした足のさすらい人の物語に耳をかたむけている――聞いていないのかもしれないが。

「ここでオドが登場する。どの話でも、靴もはかず、髪の毛を切ったこともない、粗野でむさくるしい巨人とされている。困っている動物を助けるという習慣のおかげで、一風変わった仲間と旅をしていた。その日連れていたのは、両目を焼かれた巨大な黒い牡牛、体の不自由な大《おお》鴉《がらす》、つがいの相手を悼んでいる鳩。ポケットには鼠をしのばせていたし、捨て犬も山ほど、それに母猫と子猫をひと腹分、牡牛の背に乗せていたと伝えられている」反応が出てきた、と気づく。数人の学生が、オドと道連れの強烈なにおいを嗅ぎつけたような顔をしている。「オドは王の会議室へと進んでいった。そこではイシャムが、伝令から思わしくない知らせを受け、顧問団の悲観的な意見を聞いているところだった。オドの入室を止める者はなかった。通してやった衛兵はあとになって、その姿を見たとたん不思議な気分になったと述懐している。危難に満ちた時期のせいか、希望という言葉は思い出せなかったらしいが。

王と顧問団はオドを見つめた。オドは髪に迷いこんだ鼠をやさしくひっぱりだし、こう言った。『ケリオールに学校を作りたい』と。

『いまか?』イシャムは問いただした。『この都は二日後には包囲されよう。顧問団は逃亡すべしと予に進言しておる。そうした状況にあって、そちは学校を作りたいと申すのか』

卓上の地図や書類のあいだで、猫が体をかきはじめた。オドは猫を持ちあげ、暖炉の灰のなかにおろした。『しばらくどこかに落ちつきたくなった』と王に告げた。『足が疲れたので。この都にはよい心が宿っている』

『この都は死に瀕しておるのだ』イシャムは苦々しく言い返した。

『死に瀕したものを扱うのは得意だ』オドは答えた。『都を救ってやったら、学校を作らせてくれるか』

イシャムは驚異の念に打たれて、牡牛のような体格のおだやかな巨人を凝視した。小動物を髪にしがみつかせ、羽の蚤《のみ》をついばんでいる大鴉を肩にとまらせた姿を。『そちがわが都を救ったあかつきには』と王は言った。なんの希望もない以上、失うものもなかったからだ。『予がひとり目の教え子となろう』

そこで、オドは上流へ大波を送り、侵略してきた艦隊を沈めた。反乱軍のほうは、オドの放った風で大混乱におちいり、三季のあいだ姿を消した。冬のさなかにようやく発見されたが、みな素足で餓死しかけていた。そのときにはもう学校はひらかれており、オドの力に仰天し、みずからもその力を行使したいと切望した王は、靴屋の靴の下を通って魔法を学んだ最初の学生となった」

学生たちはちらちらと視線を交わしあった。この部分に至ると、必ずだれかしら質問を投げかけてくるものだった。

「靴屋の靴というのはなんです？」黄金の髪と、父親にそっくりの傲慢な顔つきをした若者がたずねた。「ぼくは正門から入ってきましたよ。靴の下をくぐった記憶はありませんが」

「では、通らなかったということだ」ヤールはきびきびと答え、残りの学生たちに向かって片眉をあげてみせた。「ほかには？　だれもいないのかね？　通っていたら憶えているはずだ」

「でも、それはどういう意味なんですか、ヤール先生？」

「初期のころ、オドのひらいた学校は、古ぼけた靴屋の店内にあった。戦を恐れた持ち主が、店をほうりだして都から逃げていったのでね。イシャムに魔法の才はなかったが、感謝の心とオドの知識を学びたいという熱望に背を押され、靴屋の戸口に気位を捨てたのだよ。そういうわけで、そもそものはじめから、魔法使いとヌミスの君主のあいだにはかたい絆があったことがわかるだろう。その結びつきは数世紀を経てますます強まり、とうとうクロナン王の治世に至って、オドの学校は王宮の一部となった。〝靴屋の靴の下をくぐって〟というのは、たいていの学生にとって、ただの言いまわしにすぎない。才能がある、もしくはその可能性があると認められ、オドの学校に受け入れられたという意味だ」

つややかな黒髪と北国の白い肌をした娘が、緑の目をきゅっと細めて視線をそそいできた。

「先生は靴の下をくぐったんでしょう」とぶっきらぼうに言う。

ヤールの口もとは苦笑気味にゆがんだ。「私は正門から入るには貧しすぎた。そういう意味もある」

「もうひとつ別の意味があるはずです」女学生は主張した。どんな意味なのかは言わなかった。こちらが説明するのを待っているのだ。しかし、気が向かなかった。いまはオドについて講義しているのだし、かつて自分だった若者の冒険は、遠い昔のできごとに思われた。

「オドだ」とうながす。「オドのことを考えなさい」

「だけど先生は――」

「その話は、また後日だ」

「でも――」

「オドはまだ生きてるんですか？」だれかがわりこんだ。「いま現在ってことです、十九年前じゃなくて。見かけた人がいないんだったら、どうしてわかるんです？」

「折にふれて、存在を知らしめるからだよ」ヤールは曖昧《あいまい》に答えた。オドがつい最近現れたという情報は、ワイがほかの教師に伝えるまで、学生には公表したくなかった。「たしかに、もう死んで埋葬されているだろうと思っても不思議はない。だが、そう考えたとたん、オド自身や、その姿を目撃した者の訪問を受けることになる。あるいは、オドが旅した見知らぬ国や、そこで発見しためずらしい動物について記述されている、新たな書き物が送られてきたりするわけだ」

「オドはいったいどの国で、軍隊を打ち負かす手段を教わったのでしょうか」軍人の家系の若者がぬけめなく問いかけた。

「みずから学んだのだよ」

「学校へは行かなかったのですか？」

「自分では言及していない。ケリオールの包囲を破ったことに関しては、こう書いているだけだ。それ以前に軍を攻撃したことはないし、戦には興味がなかった。だが、ケリオールの窮状を顧みて、風と水がいかに有効な武器となりうるか気づいたのだと」

「ですが、魔力そのものはどうですか」期待にひとみを輝かせて、若者は食いさがった。「そんな力をどこで手に入れたのでしょう？」

「それは、生まれつきそなわっていたに違いない。もっとも、どれほどの力か、われわれが知ることはなさそうだが。オドの魔力は、おおむね具合の悪い動物に対して使われるのでね」

「その技も教えてもらえるのでしょうか？」

「きみが言っているのは、戦闘技術ということだろうな。怪我をしたカササギの治療法ではなく」うんざりした気持ちを押し隠しながら、ヤールはおだやかに言った。この話題は、新しい学生が門をくぐるのにおとらず頻繁に出てくるのだ。「魔法を用いた戦闘術に才能があるとすれば、いいかね、王と顧問団から徹底的に吟味されることになる。いかにしてその力を国のために役立てるか、最善の方法を教わることになるだろう。ヌミスを離れ、オドのように好奇心と興味から各地を放浪することなど絶対にできまい。あまりに貴重な兵器だからだ。もし王の許可なく国を出れば、逆賊、裏切り者、敵とみなされる。きみを追跡してヌミスの脅威をとりのぞく魔法使いは、褒美を授かることになるだろう」薄く微笑する。「したがって、望むものには気をつけたほうがいい。ヌミスの代々の君主は、イシャムが王国を失う寸前までいったことを決して忘れず、どこにでも敵を見つけることを学んだからだ。この学校の内部にさえ」

軍人の息子は軽く肩をすくめ、ひるむようすもなかった。「そんな力があるなら、ヌミスのために使わない理由がありますか？　人のために役立てたいとは思うでしょう。風をあやつって攻撃するすべを発見しながら、どうしてオドがもう一度やりたがらなかったのか、ぼくにはわかりませんよ」

「歴代の国王陛下は、オドが放浪するのをほうっておいたんですよね」別の学生が意見をのべた。「他国の王に仕えて、魔法でヌミスを攻撃するかもしれないとは考えなかった」

ヤールはうなずいた。「さりげない栄誉のしるしということだ。オドはケリオールを救い、この地に学校を置くことによって、ヌミスへの忠誠と友情を証明した。オドの行動を束縛して怒らせようという者などいない。そんなまねをしたところで、あっさり笑いとばしてヌミスから永久に姿を消してしまうかもしれないのだからな。そうなれば、ヌミスの君主は国境に危機が迫るたび、背後にオドの影を探すことになるだろう」

「わたしは兵器になんてなりたくありません」ひとりの娘が不満そうに言った。その声には隣国なまりの歌うような響きがある。「ヤール先生、風や水の魔法には、死をもたらす以外の使い方はないのですか？」

「あるとも」力と政治の泥沼からぬけだせたことにほっとして、ヤールは応じた。「もちろんある。図書館へ移動して、オド自身はどう書いているか見てみるとしよう」

一同は中央の塔からおりていった。ヤールの教室と居心地のいい住まいがある雄大な塔は、複雑に入り組んだ建物群を見おろしている。屋根やアーチ、胸壁、控え壁、小塔、玻璃《はり》の大円蓋、それに、日の光を受けるため、都の高みにある平たい屋上に設けられた庭園。王室専用の庭もやすやすと見渡すことができた。だが、ガーリン王も指摘したように、どうせ魔法使いの目からなにを隠そうと無駄なのだ。その事実は双方向に働く、とヤールは早いうちに学んだ。ヌミスの代々の君主が、みずからの金蔵として高く評価し、用心深くかかえこんできた学校に、現王も油断なく目を光らせている。王の居城の内側に学校を置いたのは、オドの性格が天真爛漫にすぎるからか、それとも野心の表れなのか、だれにもはっきりとはわからなかった。数世紀たつと、魔法使いたちはその件に関して議論するのをやめた。どういうわけか城に間借りすることになった以上、王の機嫌をそこねたくなかったからだ。

オドの残したぼろぼろの巻物や書簡を棚からおろし、学生たちに解読させる作業は司書にまかせて、ヤールはその場を離れた。いちばん早い手段で屋上庭園へ向かい、学生がまもなく侵入してくることを新入りの庭師に警告しようとする。だが、姿を消す前に、ぼんやりとした影が入りこんできて集中力をさまたげた。気をとりなおし、まばたきして正常な視界をとりもどすと、目の前にヴァローレン・グレイが立ちはだかっていた。

ヤールは驚かなかった。この若く優秀な魔法使いは以前の教え子で、最近王の顧問官に出世したばかりだったが、学校に新入生がやってくるときには、あらゆる場所にいっぺんに出現するように思われた。ガーリン王の後頭部についている目とでもいうべき存在で、ヤールの考えでは、いささか度を超して仕事熱心だった。

何年も前、ヴァローレンがまだ笑い方を知っていた時代を憶えているヤールは、細身で陰気な顔つきをした、バター色の髪の顧問官をからかうように見やった。「なんだね？」

「国王陛下より、新入生に目を配り、調査にとりかかるようにとのお申しつけがありました。なんらかの問題が生じたさい、すみやかに把握できますので」

ヤールは短くうなずいた。問題とは、最終的にガーリン王の玉座をおびやかす可能性のあることがら、ということだろう。「とくにごたごたは起こっていないが」

「見つけようとしていないからです」

「そうだな」つかの間の苛立ちを抑え、ヤールは同意した。「だが、十九年もここにいれば、初日にある程度のことを見てとるすべは身につけたと思うが」

ヴァローレンは論評せずにその言葉を受け、重々しく続けた。「どれかひとつ講義に同席し、学生の会話を聴くというのが、もっとも手のかからない方法かと。あなたはもちろん、こちらの存在に気づくでしょうが」

ヤールは音をたてずに溜息をついた。「学生はいま図書館にいる。それが終わったら、上の庭園に連れていくつもりだ。育ちがよすぎて、皿に載る前の豆がどこにあったかも知らなければ、ごみの山に生える雑草で病気が治ることも知らないという者が多いのでね」

髪におとらず淡い色のひとみで、この台詞を冷静に吟味すると、ヴァローレンはのべた。

「どちらの場所でも、さほど個人的な話は出ないでしょう。そのあとは？」

「そのあとは迷宮で、それから王立動物園だ。昼食がすんだら私の教室へ戻る。そこで、この先数年間でどんなことを学ぶか、その知識をどう用いることを求められるか、といった話をするつもりだ」

ヴァローレンはわずかに首肯《しゅこう》した。「わかりました。では、その講義に行きます」

背を向けた姿を、ヤールはつかの間、眉をひそめて見つめた。ヴァローレンの融通のきかない秀才ぶりは、オドの学校で習得したことの総決算なのか、それともどのみちあんなふうになると決まっていたのだろうか。結論は出ないまま、考えこみながらひとあし踏み出し、屋上庭園へあがる。新入りの庭師は、春に花を咲かせる球根を鉢に植えていたが、とつぜん現れた姿にぎょっとして、あやうく屋根から転がり落ちそうになった。

「すまない」ヤールは急いで謝った。「うっかりしていた」

ブレンダンはふるえる息を吸いこみ、屋上の塀から手を離した。「魔法には慣れてないんで」

高いところにも慣れていないらしい、とヤールは察した。都はふたりのまわりでひたすら渦を巻き、地の果てまで続いているようだった。この若者には、はるかな故郷を見晴らすことができるのだろうか。その淋しげなまなざしにひそむなにかが、否と告げていた。知っていたすべてのものから、あまりにも遠く離れたところにいるのだ。

「今朝、学生たちを連れてくると予告しにきたのだよ。ほんの数人だ」説明でもしなければならないのか、とブレンダンが警戒した顔つきになったので、安心させてやる。「せいぜい十数人だろう。無視してくれていい。私にも、セイヨウヤマハッカとヘンルーダの違いを示してやれる程度の知識はある」

若者のはりつめた顔に、思い出の色がうっすらと広がった。「生きてればそんなことはわかる」とぶっきらぼうに言う。「そんなのは魔法じゃない」

ヤールはうなずいた。「魔法とは」と皮肉をこめて答える。「どんなに抑えようとしても身についてしまう力を、いかに行使するかということだ」

庭師はその言葉をじっくりと咀嚼《そしやく》した。「ああ。たいていのときは、自分で決めてるわけじゃない。人生っていうのは、ただふりかかってくるんだ。避けようと思っても無理だし」

ヤールは興味をおぼえて黙りこんだ。その好奇心にひっぱられて思考がわき道にそれ、たったいま若者がひらいてみせた記憶をかすめる。一瞬、相手の内部で、定まった形のない、おそろしく強力で巨大なものが頭をもたげ、姿をあらわにした。虚をつかれて、ヤールの思考は四散した。庭師の視線を感じ、野生の生き物に話しかけているような自分の声が聞こえた。「どうしても石の壁にがまんできなくなったら、ここを出ていく前に知らせてほしい」

「たぶん」ブレンダンはおずおずと言った。「大丈夫だと思う。しばらくは」

ヤールは学生のところへ戻った。学校の地下へ連れていって迷宮を見せ、屋上の庭園と温室へあがり、続いて王室庭園内にある王立動物園へ足を運んだ。論点を実証する必要があれば、そこから動物を借りてくるのだ。迷宮のなかでは教え子たちの表情を観察し、だれが誘惑に負けて夜中に助けを求めてくるかと予測した。

正午になると、食事をとって自習するようにと解散させた。そのとき、冷静で几帳面な精神の呼び出しを感知したので、ワイと話し合うために、もっとも高い塔へ向かった。

日中はいつものことだが、ワイは自室に座っており、書物や書類、帳簿、要望書、遠国からの書簡、王の印つきの書状などに囲まれていた。この女性は、長い人生のあらかたを学校で過ごしてきたのだ。皮膚と頭髪は象牙色、ひとみは黒くおだやかで秘密めいていた。かつて美しかったという、力強い骨格の老いたおもては、自分が学校にいた十九年間でしわ一本変わっていない、とヤールは考えた。十九年前に靴の下から入ってきた、若々しく熱意に燃えた顔のほうは、もはや思い出すことも難しいというのに。

ワイは書き物にけりをつけると、顔をあげた。ふたりとも、おたがいをよく知っていた。ヤールはすぐさま、悩みごとの気配を感じとった。内心の葛藤、困惑。ワイはペンを筆立てに戻し、椅子の背にもたれた。

「ヤール」理由は判然としないが、その声はひどく低かった。「決めましたよ」

「はい?」

「あの庭師のことです」言葉を切り、目を落として、机上の紙の一枚をほんの少し動かす。ヤールはさっぱり理解できないまま先を待った。「あの子がどうやってここにきたか、だれかに話しましたか?」

「つまり、どの扉から入ったかということですか」

「靴の下から」ワイはうなずいた。「あなたと同じようにね。それに、オドから指示を受けたということも」

「いいえ」まだまごついたまま、ヤールは答えた。

「では、言わないでおきなさい。だれにもです。とりわけセタには」

眉がはねあがった。日没後、ヤールは川辺の瀟洒《しょうしゃ》な邸宅で夜を過ごすことが多い。その家の持ち主であるセタは、ヴァローレンの近い親族であり、宮廷とも姻戚としてつながりがある。セタに話すなというのは、王に知らせるなということだ、とふいに思い至った。口がひらき、また閉じた。頑丈な作業机のかどに腰をおろすと、首をかしげて相手をながめる。

その視線をあびてワイはみじろぎしたが、まばたきせずに受けとめた。「結局のところ、庭師にすぎないのですから」きっぱりと言う。「国王陛下が、学校の庭師に関心をお持ちになることはありません。それはわたくしの管轄です」

球根を鉢に植えている若者のうちに感じた、あの厖大《ぼうだい》な力の記憶がよみがえった。いまだ汲み出されていない、大部分が悲嘆と孤独の形に偽装された力。「そうですか？」小声で問いかけ、あらためて沼の色のまなざしを見すえる。「ほんとうにそうですか？」

「オドはあなたを秘密の戸口から送ってよこしたのですよ。その結果どうなりました？」

「わざわざ指摘していただかなくてもけっこうです」

「富と力を持つ階級の子どもたちに対して、王と宮廷のためにいっそう力を蓄えるすべを教えているだけではありませんか」

「それがオドの意図したことだったのかもしれませんよ」

「そう信じているのですか？」ワイはたずねた。思いがけなく切実な響きに押されて、ヤールは答える前に自分の内心を探った。記憶が手まねきしてくる。すっかり忘れていた道、かつて空気や光、土や闇を師として学んだ道を少したどってみた。昔は必要にかられて、みずからの魔力と格闘していた。暗闇とは、書物の頁に記された抽象的な文言ではなく、同化し、喰らい、闘い、吸いこむべきものだった。おのれが粉々にされる前に分解し、新たな形を与えるべきものだった。そうして本質を明らかにし、ひとつの言葉に戻してはじめて、安らかな気分で共存することができたのだ。

「ですが、あれはずっと前のことです」とささやくと、ふたたびワイが視界に映った。奇妙にはかなげな目つきで、答えを待っている。ヤールは率直に言った。「いいえ。自分が持っていた力を裏切ったと思っています。長年のうちに、身の安全と快適さを守る壁がどれだけ視野をさまたげてきたか、気づかなくなっていたのですよ。われわれが教材として使うのは、国王やその配下の魔法使いが持たせてくれている書物だけです。闇という言葉を教えながら、夜を忘れていたのです」

「ブレンダンは忘れていません」またもや糸のようにかぼそい声で、ワイは言った。

「そのとおりです」

「では、あなたも感じたのですね。あの底知れぬ力を」

「ええ」

「本人はろくに自覚してさえいないのです。だれにも知らせることはありません。オドが送りこんできたのには理由があるはず。この学校があの力をどう変えてしまうかということなら、わかりきっています。わたくしが見たいのは、ブレンダンが自分自身をどう変えるかということ。ですから」

ヤールはうなずいた。「口をとざしていましょう」と約束し、机から身を起こす。「靴の件に関しては」

ワイはまたペンをとりあげ、インクをつける前に間を置いた。「あの子に話し相手がいてもいいでしょうね」と提案する。「ひまがあるようなら、ときどき立ち寄ってみてはどうですか。思いきって質問してきたら、説明してあげるのですよ。もっと自分のことを話してくれるかもしれませんしね」

「なぜ私が？　ご自分ではなく？」

「わたくしは靴屋の靴の下をくぐっていないからです。あの子があなたと似ているからですよ」

ヤールは低く笑った。「そうかもしれませんね。遠い昔のことですが。でも、できるだけのことをしてみますよ」

その晩は、ふだんどおりセタと過ごし、その日に出くわしたささいなできごとや、おかしな質問の話で楽しませてやった。北方の領主の娘であるセタは、田舎に地所を持つ貴族と結婚したのだが、夫が宮廷の近くで暮らしたがっていたため、父親からこの家を与えられたのだ。どちらかといえば義務感で結婚したのよ、とヤールには打ち明けていた。若い貴族が急死したときにも、それほど落ちこむことはなく、悲嘆にくれているという口実で再婚を拒んだ。ふたりがはじめて出会ったのは数年前、王立図書館でのことだ。散逸したオドの著書の一冊を探しに行ったヤールは、ひたすら歴史の研究に没頭している美しい未亡人を見つけた。いまふたりは、川を見おろす出窓に腰かけ、毛皮と敷物の上で、味つけ肉、野菜のピクルス、オリーヴ、チーズ、平焼きパンなどをつまんでいた。眼下では、幅の広い川船やランプをともした小舟が、黄《たそ》昏《がれ》の薄紫を映し出す水面を静かによぎっていく。

背後には書籍や巻物が散らばっていた。その下敷きになっている高価な古い絨毯は、国名の綴りも定かではないような異国から運ばれてきたものだ。読みやすく流麗な筆跡の持ち主で、研究に余念のないセタは、学者としての評判を獲得しつつあった。王の依頼を受けて、ヌミス王家が学校の発展と名声に与えた影響に重点を置いた、オドと魔法学校の歴史を執筆することになっている。ヤールはもう、たえず移動している書物や紙束の波を避けて歩くことにも慣れていた。

「そういえば今日、オドのすごく古い著述を見つけたわ」セタは言った。オドが魔法について型破りな記述をするため、学生が苦労している、とヤールが話したときだ。「どこかの変わった国について書いてあって――」

「オドはそこでなにをしていたんだね？」

セタは、暗褐色の長い髪からほつれたひとすじを指に巻きつけ、じっと外に目をそそいだ。たいそう背が高く、ひょろりとした体つきで、組んだ脚が出窓のでっぱりの下にかろうじておさまっている。ひらいた窓からまげた膝を片方突き出しており、香りのいい黄色い絹の裾がひらひらとはためいて虫を惹きつけていた。「あら、思い出した」といきなり言う。「ただ別の国みたいに読めただけなの。実際にはヌミスの国内を旅していたのよ。でも、あんまり北のほうで、あたくしには書かれている場所がわからなかったの。オドはきっと、あの原稿をしばらく持ち歩いていたのよ。あれは鼠が巣を作ろうとした跡だと思うわ」

いちばんまるいオリーヴを拾いあげ、種をよけてかじる。ヤールは後ろによりかかり、ふわふわゆれる髪にブユがひっかかるのを見つめた。「それで、きみの話の趣旨は？」やんわりとたずねる。

セタはオリーヴの核を手のひらに吐き出すと、窓からほうった。「たんにあなたの話を聞いて頭に浮かんだだけよ。あと、わざわざ書き残したことが気になるの」

「書き残したとは、なにを？」

「オドが見たものよ。なんなのかわからないけれど。あたくしは聞いたことがないわね」脚をのばしてするりと出窓から立ちあがり、絨毯の上の山に近づく。「見つけてあげるわ」

ヤールは、長い指が巻物をかきわけるのをながめた。「ほら、あった——違う。こっちね」ぼろぼろの巻いた紙をとりあげる。あまりに汚れてもろくなっていたので、ひらくのはひと苦労だった。

「まるで」ヤールはぼそぼそ言った。「オドが上に座りこんだようだな」

「長いこと持ち歩いていたのよ」セタはその原稿を持ってきた。ヤールは眉をよせ、色あせた文字を見おろした。深まる夕闇のおかげで、いよいよ解読しにくくなっている。

「〝スクリガルド山の陰に〟」とつっかえながら読みあげる。「〝わたしは見出した。顔を持たず、目もなければ口もない、古い石、風化した古い切り株を。だが、このものたちは目がなくとも見る。言葉がなくとも話す。そうして待っている。雪のなかに怪我をした梟《ふくろう》を発見したので、連れ帰った〟」

「あたくしには想像もつかないわ」セタがさえぎった。「いったいなんなのかしら。あなた、見当がついて？」

ヤールはかぶりをふった。その文章に心を動かされたが、どうしてなのかわからない。「容易に忘れがたい情景だな。さっぱり心あたりがないが。ワイには訊いてみたのか？」

「ええ。あなたに訊いてみたらって」

「きみの従弟《いとこ》のヴァローレンは？」

セタはちょっと肩をすくめた。「ヴァローレンの知識は、全部学校で教わったものよ。あなたにもワイにも、オドがなにを言っているのかわからないのなら、どうしてヴァローレンにわかるはずがあって？　もしかしたら、オドがこれについてもっと書いていて、別の手がかりが出てくるかもしれないわね。いいのよ。だれにも理解できないとしたら、そんなに重要ではないはずですもの」

「そうだろうな」迷路をたどるようなセタの歩きぶりに気をとられ、ヤールはぼんやりと同意した。「重要ではないということだが」

セタはやさしく心地よい声を高めて呼びかけた。「シーラ――明かりを！」それから、窓辺に戻ってきて腰をおろした。家政婦がランプや蠟燭をつけているあいだ、こちらをじっと観察している。灯火がひとつ燃えあがるごとに背後の川が影に沈み、ふたりの顔を暗がりにくっきりと描き出した。

蠟燭の光が青灰色のひとみを照らし出したとき、ヤールは心を残しつつ言った。「もうすぐ行かなければならないな」新入生がなじむまでは、夜間、教授が学校内にいたほうがいいとワイは考えている。悪夢を見る学生もいるし、いままで知らなかった才能に気づき、実験してみようとして困った結果になることもあるからだ。迷宮で迷子になったり、王立動物園にしのびこんだり、爆発を引き起こしたりする例も知っていた。

セタの大きな口がゆがんだ。「あら、そうなの……ところで、うちの従妹《いとこ》があなたの講義をとっているのよ、ご存じ？」

「学生か？」

「ええ。テネンブロス卿の娘のマーシアよ。ヴァローレンの妹」

ヤールは曖昧《あいまい》な音をたてた。王に仕える義務のある学生がまたひとり……そのとき、セタの視線が向けられていることに気づいた。不安になるほど澄んだまなざしだった。

「不満なのね」

そっと吐息をもらし、両手を広げてみせる。「だとしてもほかに選択肢はない。学校をとりまく壁さえ、ヌミスの歴代の君主が所有してきたものだ。なぜ王が、自分に有利になるよう魔法使いを仕込んではいけない？」

「なぜいけないの？」本気で当惑したようすで、セタは問い返した。「選択肢はないと言うけれど、ときどき、ほんとうは見つかっているのではないかと思うわ。でなければ、見つけたつもりでいるか。安楽な人生に満足できなくなったの？」

「そうかもしれない」

「それなら、しばらく教えるのをやめて、ヌミスの貴族から仕事を引き受けてみるとか」ヤールは答えなかった。一拍おいて、セタはつけくわえた。「気にさわったかしら？」

「私は反逆について考えていた」

セタは笑い声をあげたが、あえぐような響きだった。口もとを押さえようとするかのように、片手があがる。「やめて。冗談でもだめよ。そんなことを言ったら、手に負えない黄昏区にでも入り浸っていたと思われるわよ」

ヤールは相手のくるぶしに手をかけ、足首に巻きついた細い金鎖をもてあそんだ。「黄昏区はまだ手に負えないのか？　もう何年も行っていないよ。禁を犯す楽しみを探究しようと出かけていく学生をひきとるためにさえだ。近ごろの学生は、じつに用心深くなっていてね。もはや悪いことなどなにひとつしないときている」

「当然ではなくて？　あそこでつかまったら退学になるのよ」

「私は退学にはならなかった」

「あなたはつかまらなかったもの」

自分の過去から例の庭師へ、思いがさまよっていった。持ち主が無知であるためにかろうじて抑えがきいている、あの絶大な荒ぶる力へと。

「どうしたの?」セタの問いかけが耳に入った。

「なんでもない。ある学生のことが頭をよぎってね」

「そう」セタは立ちあがり、今度は軽く「シーラ!」と呼びかけた。蠟燭を片手に、もう一方の手でこちらの手を握ると、芳香をふりまき、裾をなびかせてひっぱっていく。

あとになって、学校へ歩いて帰る途中で、ヤールは二度目の驚異に出くわした。幅の広い川に沿った道が、黄昏区を囲む古びた城壁につきあたってまがり、宮城《きゅうじょう》区へと坂を上っていくところだ。

黄昏門の近辺は、めまぐるしい動きで活気づいていた。厚い城壁をぬけ、内側の混沌とした世界へと導くアーチ。この風変わりな区は、昼間眠って夜起きるのだ。月の出から明け方まで、門から出入りする流れは絶えることがない。だが、奇妙な明かりを点々とつけ、角にリボンを結んだ牡牛に引かせたばかでかい荷車の列は、それにしても目立っていた。周囲に群がる曲芸師たちが流れ星や三日月のようなものを撒き散らし、鼓手《こしゅ》や笛吹きがファンファーレを奏で、のろのろと動く荷車のあとからは、凝った衣装の騎手たちが辛抱強く馬を進めてくる。芸人だ、と行列とすれ違いながらヤールは考え、どれほど遠くからきたのだろうと思いをめぐらした。

渦巻く色彩が視線を惹いた。女がひとり馬に乗って通りすぎ、ヤールはぴたりと足を止めた。目がちかちかして、その姿が光の渦にとりまかれているように見えたのだ。いや、極上の絹だ、と訂正する。手首からも髪からもくるぶしからも布がなびいていた。端を押さえているのは、たっぷりしたスカート姿の面々だ。ときおりくるりと回転してみせると、ゆるやかな裾が満月のようにまるく広がり、手にした絹の吹き流しも、騎手を囲んでひらひらと舞った。

女は馬上でわずかに身をひねり、ヤールをふりかえった。玲瓏《れいろう》たるおもては現実のものとも、実在しないものとも思われた。白磁の仮面か、あるいは月の縁者ともいうべき白妙《しろたえ》の肌なのか。松明《たいまつ》の光を受けて、ひとみが透きとおったあたたかな琥珀《こはく》色に輝き、ついで仮面に黒々とあいた眼窩と化した。背後に波打って流れる長い髪は、曲芸師の星々を捉えた巨大な暗い網のようだった。

おまえはだれだ？　ヤールは度肝をぬかれて考えた。

その問いに、女は顔をそむけた。ヤールは立ちつくしたまま、女のまわりでぐるぐると入り乱れる光と影を見つめていた。やがてその姿が門の陰に消え、ようやく体が動くようになるまで。

3

アーネス・ピットは、地区警吏監用の執務室で、冷たく白く窓のない大理石の壁に囲まれて座っていた。今晩勤務についている巡回警吏の一覧表をながめ、自分もそのひとりだったらと願う。横の壁では、鎧に身をかためた現王の先祖が、腿当ての下をなにかにかまれたという顔つきで、不機嫌そうにこちらをにらんでいた。ひらいた戸口越しに、有能な秘書官が事務作業に取り組んでいるのがうかがえた。終わったら署名を求めてくるだろう。警吏総監の牙城は、だだっ広く隙間風の吹きこむ味気ない建物で、秘密の通路を含むさまざまな経路で王宮とつながっている。ここは、そのなかに山ほどある部屋のひとつだった。隣室で紙がかさこそいっているのをのぞけば、あたりは死んだようにひっそりとしている。自分のあくびの音が耳に届き、急いでかみ殺した。指をぽきぽき鳴らしてから、その動作も中断する。ゆっくりと、細心の注意を払って、豪華なインク入れにペン先を浸し、黄昏《たそがれ》区の夜警の一覧に自分の名前を書き足した。その表を、公務のために与えられている、ぴかぴかにみがかれた巨大な木の机の片側に置く。そして、次はなにをしようかと首をひねった。

　アーネスは長身でたくましく、母譲りの黄色い髪と父譲りの緑の目をしていたが、底冷えする眼光は受け継いでいなかった。父親のミューラット・ピットは、なみなみならぬ行動力と野望をもって、一介の巡回警吏から港湾警吏監へ、続いて宮城《きゅうじょう》区警吏監へと昇りつめていった。生涯の目的を達成し、警吏総監となったのは、アーネス自身が巡回警吏として働きはじめたころだった。総監の地位には貴族の称号が伴う。ミューラット・ピットは大いに満足したが、一生平警吏でいいと考えていた息子のほうは、にわかに不満を感じることになった。この数年、もっと父親の栄光ある立場に配慮した役職につけ、とアーネスはしつこく迫られていた。だが、この仕事が好きだったのだ。腕も立つし頭もよかったので、ケリオールの街なかで腕っ節と知恵を試すことは性に合っていた。手をこまねいたピット卿は、息子を黄昏区に配属した。塀に囲いこまれた空間で、逆転した時間や突飛な任務を経験すれば、仕事にいやけがさして、総監の息子にふさわしい職を選ぶのではないか、と期待したからだ。あいにく、アーネスはすっかり黄昏区が気に入ってしまった。とうとうピット卿は、思いどおりにならない息子に対する唯一の解決策を見出した。アーネスを昇進させ、何年もまじめに勤めてきた見返りに、大理石の壁と仕事を引き受けてくれる秘書官、そして黄昏区の地区警吏監というご立派な肩書を与えたのだ。

アーネスは、いまだかつてこれほど退屈したためしがなかった。

さっさと職を辞して、そのまま歩み去ったらどんな生涯を送ることになるのだろう、とつらつら考えていたとき、秘書官が総監の緊急呼び出しを伝えてきた。内心の声を聞きつけられたのだろうか、とアーネスはいぶかった。廊下をいくつか通りすぎ、えんえんと階段を上って、ピット卿の部屋へたどりつくと、新任の国王付き顧問官、ヴァローレン・グレイの無表情なはちみつ色の視線のもとで、父が行ったりきたりしていた。

この若い魔法使いには前に一度会ったことがあったが、どうも落ちつかない気分にさせられた。父親のテネンブロス卿は、北方のどこかに武骨な城を構えている。跡継ぎ息子の陰気な性質は、片田舎のじめじめした土地柄のせいかもしれない。ヴァローレンは、これまでの人生の大半を、魔法学校の厳格な水準に従って魔力をみがくことに費やしてきた。その評判は本人に先立って宮廷に届き、すぐさま王の興味を惹くことになったのだ。

「息子のアーネス・ピットでして」忘れているかもしれないと、ミューラットはなめらかに紹介した。「問題の地区の警吏監をつとめております」

梟《ふくろう》ほども感情を見せず、ヴァローレンはうなずいた。瘦身でいくらか猫背で、淡い色の髪が顔のまわりにだらりとたれている。「憶えています」と言われると、この男は目にしたものをすべて記憶しており、ほかの人々が見逃したことにも気づいているのではないか、という不吉な印象を受けた。

「なにが問題なんです？」アーネスは問いかけ、父の机のかどに腰をおろした。にらみつけられたので、あわてて立ちあがる。

「問題となっているのは」ヴァローレンは静かな抑揚のない声で答えた。「ふた晩前に黄昏区に入った魔術師ティラミンのことです」

「ティラミン」その名前には聞き覚えがあったが、どうしてなのかわからなかった。

「去年の春、南ヌミスにいると噂があった」ミューラットが思い出させる。

「その前は西方にいたそうです」ヴァローレンがつけくわえた。

アーネスは納得してうなずいた。「ティラミンの噂か」と言う。「黄昏区の通りで何度か小耳にはさんだな。じゃあ、ほんとうにここにいるってことか。それとも、そいつも噂なんですか？」

「ケリオールに入るさいに目撃されています」魔法使いは淡々と言った。「国王陛下にはわたしがお知らせしました」

「なんのために？　ティラミンはただの手品師、芸人でしょう。袖から紙の花を出してみせたりするんじゃなかったかな」

魔法使いはまばたきもせずにアーネスを見すえた。「そうなのですか？」

「そう聞いてますよ。まだ噂だったころに」

「ほかにどんなことを聞きましたか？」

アーネスはちょっと考えた。「たいしたことは。遠くの国で生まれたとか。ここで生まれたって話もありますが」

「ケリオールで？」

「黄昏区で」

ミューラット・ピットは、自分のひとみと同じ、濁った緑の石のついた公用の指輪で、机をこつこつたたいた。父は元気旺盛で壮健で、まったく冗談が通じない人間だ。鷲鼻の横顔は、顔が描いてある紙の三日月を思わせた。黄昏区で棒にくっつけて売っているやつだ。「そうなのか？」とアーネスにたずねる。「どうやったら、ケリオールでそんな魔法を使う者が生まれるというのだ」

「本物の魔法じゃないんだろう」アーネスはほのめかした。「そういう話だ。ただの手品、めくらまし、みんなそう言ってるぞ」

「みんな」ヴァローレンはひっそりとくりかえした。思案に沈み、遠くを見る目つきになっている。「わたしはもう何年もそういった噂を耳にしてきました。ティラミンはここにいる、あそこにいる、魔法を使っているらしい、いや違う、と。あの男は無秩序な群衆を惹きつけています。法にそむいて魔法を教え、人々を煽動しているという者もいれば、手品師にすぎず、幻影を創り出して暮らしを立てているだけだという者もいる。どちらともつかないまま、ケリオールに入りこんだのです。国王陛下は案じておられます。総監によると、あなたは黄昏区の街路をだれよりもよく心得ているそうですね。判断も信頼できるという話でした。ティラミンを拘束せざるを得ない状況になった場合、どんな手立てがいるかを知っておきたいのです。巡警吏ひとりですむのか、魔法学校の全員が必要となるのか。探り出すことは可能ですか？」

「俺は魔法のことはなんにも知りませんよ」アーネスはざっくばらんに答えた。「わかってるのは、黄昏区ならなにが起こっても不思議じゃないってことだけで。魔法使いに判断させたほうがいいんじゃないですか」

「そうかもしれません。ですが、魔法使いに対して正体を隠す力を持っているという可能性もあります。あなたが相手ならわざわざそんなことはしないでしょう。ティラミンの最初の興行は今夜です。少なくとも、そういう噂が流れています。現場へ行ってください。やり方はそちらの裁量にまかせます。なにがわかるか見てきてもらいたいのです。はたしてティラミンが、国王陛下やケリオールを、あるいはケリオールの魔法使いをおびやかす存在なのか、確認したいので」

アーネスはうなずき、父に目をやった。見たところ総監は、またもやアーネスを現場に出さなければならないという苛立ちと、息子ひとりがこの極秘任務に選ばれた誇らしさのあいだで引き裂かれているらしかった。「地区警吏監の業務を免除しなければならんようだな」ピット卿は考えこむように言い、強調してつけたした。「一時的にだ」

「わかってるよ、親父」

「ここでその呼び方をするな」父はいらいらと言った。

「失敬。了解しました」

アーネスは執務室に戻り、しばらく俺なしで仕事してくれ、と秘書官に告げた。すると相手があわてて鼻先に書類をつきつけてきたので、署名する。そのあと少し考えてから、家に戻って服を着替えると、魔法の噂を追跡するため、都でもっとも古い地域へと馬で乗り出した。

黄昏区と名づけられたのは、いちばん明るい昼の時間帯には、ほとんどの住民が眠っているからだった。日没が訪れるころ、ようやく活気が出てくるのだ。戸口の鍵があけられ、窓がひらかれて、あやしげな名もない店に灯がともり、人々が街路にくりだす。火の上でじゅうじゅういっている肉や玉葱、焼きたてのパン、深鍋に入った熱いスープの香りが、市場のくだものや動物や異国の香料のにおいとまじりあう。日中はぴったり閉じた天幕のように人をよせつけない店が、仕切りをあげて布地やおもちゃ、道具、宝飾品などをみせびらかす。曲芸師は炎をほうりあげ、占い師は色あざやかなスカーフや札や水晶玉を広げる。やくざな連中が骰子《さいころ》や短剣を投げあい、巨大なあやつり人形が竹馬に乗って通りを闊歩し、物語を演じて金を集める。油のランプや松明《たいまつ》が昼間のような明るさを作り出す。前触れもなく光が影に交わり、そのあいではなにやら不穏なできごとが起こるかもしれないし、起こらないかもしれない。

こうしてからみあった街路を、アーネスはたいていの者よりたくみにたどることができた。巡回警吏として働いていたとき、何度も通っていたからだ。だが、新しい役職について以来、ここにはきていなかった。本能に頼るのと同時に、記憶も掘り起こさなければならない。この夜の街では、たえまなくものごとが移り変わっているからだ。あったはずの店がなくなり、道の標識が姿を消す。酒場はなめし革工場に、家々は倉庫に化けてしまう。ねじれた街路の迷宮だけがそのまま残り、あらゆる分岐点で右か、左かと迫ってくる。しかしその晩は、自分の記憶よりまともな道案内がいた。噂が一緒に移動してくれていたのだ。かどをまがるたびにティラミンの名が耳に入った。

アーネスは適当に足を止めては、ティラミンの出てくる場所をたずねた。だれもが自信満々で違うことを口にした。魔術師本人の称する〝ティラミンのめくらましと幻術〟をめざしている人々がちらほらいたので、あとについていったが、騒がしい分かれ道で見失ってしまった。全員がばらばらの方向へ散ってしまったのだ。別の集団が雑踏をかきわけて進んでおり、簡単に加わることができた。そのうちの数人とは、父がせっせと参加している宮廷の行事で顔をあわせていたからだ。むこうも気がつき、機嫌よく声をかけてきた。きらびやかに着飾った若い男女は、ガーリン王の廷臣の子弟たちで、アーネスと同様、魔法の噂を追って黄昏区にくりだしてきたところだった。

俺もそうなんだ、とアーネスは打ち明けた。暗い色の絹と革という洗練された服装で、警吏とわかる特徴はいっさいなかったので、質問した相手に警戒される心配はなかった。裕福な連中が娯楽を求め、馬や徒歩でこのあたりの通りをうろつきまわるのは、いつものことだ。川を見おろす豪華なバルコニーつきの部屋は高い位置にあり、ぴったりと鎧戸がしまっている。その奥で騒ぎが起こることもあって、巡回警吏時代にはときおり気を配らなければならなかったものだ。だが、今晩のアーネスは金とひまをもてあました若者たちとふざけあい、仲間の一員であるふりをして、事件を探っている気配など微塵も示さなかった。

たんに好奇心をそそられ、多少度肝をぬかれているだけだという顔つきで、詳細を問いただす。「いま捜してる通りに名前はあるのか？」

この発言に、知り合いも通行人もどっと笑った。竹馬に乗った人形があぶなっかしくふりむき、「ティラミンを捜してるのかい？」と呼びかけてきた。ばかでかい顔には途方もなく突き出た頬骨がついており、あごのほうにまがった鉤鼻は父を思い起こさせた。「どうしてわかるんだ？」アーネスはあっけにとられてたずね、さらにくりかえしたので、通りの人々はいっそうおもしろがった。「どうしてわかったんだろう？」

「みんな捜してるからだよ、若いの」串に刺した牛肉をあぶっていた老女が声をあげた。ぽたぽたと脂のたれる串をふりまわす。「あっちへ行ってみな」

笑いながら串の指す方角へ向かうと、また通りがごちゃごちゃと交わっている地点に出た。そこではふたりの踊り子を囲んで人垣ができていた。硬質で繊細な白磁の仮面をつけ、ゆったりとした繻子《しゅす》のスカートで完璧な円を描いてみせる。アーネスは注意深く馬を進め、周囲につめかけた群衆には気づきもしないそぶりで、手あたり次第に質問を投げこんだ。

「だが、本物の魔法を使うのか？　どっちの話も聞いたぞ」

「本物だし、贋物だよ」だれかがどなり返し、アーネスの目がとまると深く一礼した。「どうも、旦那。つまりそういうことで、どっちの話もほんとうなんでさ」

「どっちともいえないよ」若い廷臣のひとりが、平衡を保とうとアーネスのあぶみをつかんで言った。「ティラミンは魔法を使うふりをするだけだ。なにを見ても信じないほうがいい。ここは黄昏区なんだから」

だしぬけに踊り子の裾がぱっと燃えあがり、色とりどりの炎の輪となってぐるぐるまわりはじめた。アーネスは目をぱちくりさせ、馬の手綱を引いた。廷臣の若者がよろめいてこちらの脚にもたれかかり、また笑い声をたてた。

「魔法だ」とわめく。踊り子たちはぴたりと静止した。スカートだけがなおも回転しつづけ、やがておさまっていく。火花が虹色の虫のように宵闇へ舞い散り、徐々に薄れた。「魔法じゃない」

「しかし」と言いながらアーネスが馬を前進させたので、若者はふたたび体勢を崩した。「そのティラミンってのは、どこからきてるんだ？」

「どこでもない」みなが唱和する。「どこからでも」

「だれだって、どこかからきてるはずだ。たとえ魔術師だって。なにも空中の卵から孵《かえ》ったわけじゃないだろう」

人込みのなかから、卵がひとつ宙に飛んで、人々の視線を集めた。ぱかっと殻が割れたかと思うと、烏《からす》が飛び出して上空へはばたいていき、しわがれ声で鳴きたてて、そのあとすうっと一筋の煙に変わる。一瞬、通りがしんとなった。

それから、だれかが叫んだ。「ティラミン！」

群衆は魔法の気配を追っててんでに動きだした。アーネスはその流れに乗ろうとしたが、人波は四方八方に分かれ、若い廷臣たちをどこかのわき道にひっぱっていってしまった。数本の通りがでたらめにいりまじっている、ほぼ無人になった辻で立ち往生し、物音やなんらかのきざしがないか、とつぜん色あざやかな光がひらめいたりして道を示してくれないかと待ち受ける。白磁の顔が目についた。踊り子のひとりが、うつろなふたつの穴からこちらを見つめているのだ。優美な手をあげ、仮面をはずすと、その下から仮面とうりふたつの、白くこわばった繊細なおもざしが現れた。

アーネスは自分のはりつめた表情がゆるむのを感じた。踊り子はほほえみ、欠けた歯をひとつ見せた。

「あんたはずっと見張ってた」と声をかけてくる。「笑うのを忘れてた。笑顔がいちばんいい変装なのに」

アーネスは微笑したが、その顔つきでは自分自身でさえだませなかった。「ティラミンはどこにいる？」と問いかける。

適当な方向を指さしたように思えたが、かまわずその通りを進んでいくと、黄昏区への出入口となっている古びたアーチ、黄昏門に行きついた。

アーネスはそこで立ち止まり、まぶたをこすって溜息をついた。馬首を返してもう一度迷子になるか、それとも今晩はあきらめて仕事に戻るべきか。そのとき、顔を見る間もなく、徒歩のだれかがさっと門を通りぬけた。袖口とフードのふちに銀糸の縫いとりをした、はためく黒衣には見覚えがあった。あれは魔法学校の学生が身につける長衣で、本来なら、立ち入りを禁じられた地区の近辺で見かけるはずはない。

あの学生も魔法の噂をたどってきたのだろう、と推測がついた。

アーチの下の暗がりに馬を乗り入れると、ふりかえってじっと観察する。広場で動くものといえば、頭上の明るい部屋の灯に照らされた、身ぶり手ぶりをまじえて酒席で談笑している影ばかりだ。さらに目をあげれば、きびしく繊細な青白い月のおもてがじっと視線を向けてくる。アーネスは一瞬、そちらを見返して、仮面をはいで顔をあらわにしたらどうだ、と挑みかけた。

そう考えたせいで、思わず本物のほほえみが浮かんだ。すぐ近くの塀ぎわでなにかが動いた。黒っぽいものが薄闇から離れる。銀のふちどりのある影が足をとめ、群衆の驚きと喜びの声に耳をかたむけているあいだに、アーネスは馬を近づけた。

はっと緊張した影が逃げ出そうとする寸前、口をひらく。「俺は黄昏区の警吏監だ。きみはこんなところをひとりでこそこそ歩きまわるより、学校で勉強しているべきじゃないのか」

上を向いた顔が、月明かりにぼんやりと浮かびあがった。学生の落ちつきはらった声音に、アーネスは意表をつかれた。それは若い娘の声で、ぎくりとしたというより、茶化しているような響きがあった。

「あなたが地区警吏監なら、わたくしは王女殿下よ。どうせろくでもない酔っぱらいなんでしょ。道で女の子にからむぐらいしかやることはないの」

「きみは魔法学校の学生だ。この地区に立ち入ることは許可されていない」

「ほうっておいてよ。わたくしが悲鳴をあげれば、黄昏区じゅうが助けにくるわ。お父さまのいちばんきたない地下牢で骨を腐らせるはめになるから」

「きみが悲鳴をあげれば」アーネスは悠然と答えた。「禁じられた場所にいることがこの地区全体に知れ渡って、退学になるぞ。いますぐおとなしく立ち去れば、だれも知る必要はない。送っていく」

相手は王女らしからぬ無作法な音をたてた。「ああ、そう？　あなたが地区警吏監だとしたら、制服を着てないじゃない」

「きみが王女殿下だとしたら、人のことは言えないだろう」

「あなたには関係ないわ」

「実のところ、俺は完全にしらふで、こうして話しているあいだも勤務中なんだ」

「証明はできないでしょ」

アーネスは肩をすくめ、若い娘の顔をもっとはっきり見きわめようとした。フードからのぞいているのは、鼻の一部とあご、動いている口だけだ。「証明するまでもないさ」と告げる。

「ただ口笛を吹いてみればすむ」

「それでなにがわかるっていうの？」

「口笛で巡回警吏を呼びよせて、きみを学校に連れていかせる力があることがわかるさ。そうなったら、内分にはすまないぞ。直接ワイに身柄を渡すことになる。好きなほうを選ぶといい」

くちびるがひらき、また閉じて、きゅっと引き結ばれた。なにやらつぶやいたようだが、聞きとれなかった。まあ、見当はつく。

「ティラミンか？　きみも見にきたんだろう？」

娘はこちらをのぞきこんできた。そのとき、片方のひとみがひとひらの月光に照らし出された。「あなたはそれが目的なの？」

「好奇心だ」だれの好奇心なのかは言わず、さらりと答える。

娘はうなずいた。「そうね」わずかに身をよせてくる。「ふたりで見つけたらいいんじゃない、あなたとわたくしで。どこへ行ったらいいかよくわからないの。ここの古い通りは迷路みたいだって話だし」

「たしかに」アーネスは同意した。「俺もどっちへ行けばいいのかわからないんだ。だが、魔法学校の学生と一緒に黄昏区を歩く気は毛頭ないぞ。馘《くび》になる」

「馘ね」娘はばかにした。「いいわ、それなら。長衣を脱ぐわ」

「やってみろ、黄昏区じゅうの警吏を呼び集めて、きみを連れ戻させるぞ」

沈黙が流れた。一拍おいて、吐息をもらすのが聞こえた。「あなた、ほんとうに地区警吏監なの？」とむっつりたずねる。

「ああ。きみはほんとうに王女殿下なのか？」

相手は答えず、門へ向かって歩きだした。アーネスはそのわきに馬を進めた。アーチをくぐり、黄昏区をあとにすると、いくらか楽に息がつけるようになった。連れは首をうなだれ、黙りこくって足を運んでいた。このあたりの通りのほうが静かだった。安心できる人込みもなく、ところどころにいぶっている街灯があるほかは、ろくに明かりもない。しばらくすると、娘は頭をもたげた。その声がふたたび耳に届いた。

「あなたがだれでも、送ってもらえてよかったわ」

「馬を貸してもいいが」と申し出る。

「遠慮するわ。あなたのことを信用できるのは、わたくしの両足が地面についていて、あなたの両足がついていないときだけだから」

「ご随意に」

「だって、勤務中の警吏監は、ただの巡回警吏みたいに街を馬でまわったりしないもの」

「俺は外回りが好きなんだ。ケリオールの住民に会える。机の上の紙切れより、よっぽど思いがけないことをしてくれるからな」

信じてもらえたのかどうかは判断がつかなかった。娘はこう問いかけただけだった。「名前はなんていうの?」

「アーネス・ピット」

返事はなかったが、きびきびした足どりが半拍乱れた。娘はせきばらいした。アーネスは待ち受けたが、つけたすことはないようだった。学校と王宮の巨大な塔群が頭上に立ちはだかっている。高い窓にぽつぽつと灯がともり、星空を背に火の星座を描き出していた。

「無事に入るところまで見届ける」

「ありがとう」いくぶん皮肉な反応だった。

「今度黄昏区で見かけたら、この手でまっすぐワイのところへ引き立てていくぞ」

「もう見かけることはないわ」娘は約束すると、道を渡って、学校の正面玄関に通じるどっしりした錬鉄の門へ近づいていった。アーネスは通りの反対側から馬に乗ったまま見送った。門の手前でその姿がためらいがちに向きを変え、こちらをふりかえった。

通りも敷地内もひっそりとしていた。人影はなかったが、声を抑えて呼びかける。「面倒なことにならないで入れるか?」

娘は大門に付属した小さな門をあけた。「ここは真夜中まで鍵をかけないの」と告げる。「もう大丈夫よ」

門がしまると、その姿は月光の織りなす黒々とした樹影にのみこまれた。アーネスは鉄柵のかどまで馬を寄せ、そこから見守った。娘はもう出てこなかったが、どうやって学校に入ったにせよ、正面の入口からではなかった。扉がひらくところは見えなかったからだ。

4

スーリズ姫はするりと木立を抜け、学校をめぐるわき道を歩いていきながら、役立たずの長衣のボタンをはずした。一本の指で肩にひっかけ、まっすぐな眉をよせる。その下は絹のシュミーズとペチコート姿だったが、どちらも喪服用の黒い下着で、おおっぴらに見せてまわる服装ではなかった。もっとも、黄昏区《たそがれ》で物議をかもすことはなかったはずだ。どんなことが起こるか予測のつかないあの場所で、人々の注意を惹く恰好があるとしたら、なにも身につけていないか、あるいはまさしくいま自分の着ているものだったらしい。この学生用の長衣は、何年も前にはじめて学校を公式訪問したとき、敬意のしるしとして贈られたのだ。黄昏区に学生が出かけていくことを厳しく禁じている規則を思い出すべきだった。だが、忘れていたわけだし、どちらにしても、ようやく黄昏門をくぐったところで警吏総監の息子に見つかるなどと、いったいだれが考えつくだろう?

顔を見せていたら気づかれていたはずだ。しかし、相手の名前を訊いたのは学校に到着する寸前だった。アーネス・ピットに正体を明かしていれば、だれかに、おそらく総監である父親に、国王の一人娘が不思議に満ちた物騒な黄昏区で単身さまよっているところを助けてやった、と報告されたことだろう。野心のかたまりのようなピット卿のことだ、さっそくその話を父の耳に入れるに違いない。すると父は、鼻の穴から火を噴き、呼び売りさながらにがんがんわめきたてる。兄のほうは氷柱と化し、冷水のような言葉をあびせてくる。ファナール叔母は、夫として非の打ちどころのない若者を何人も挙げ、即座にだれかと結婚させるべきだと提案するだろう。しかも夫候補の全員が、どうにもこうにもがまんできない連中ときている。

母さまだったら、きっと笑ってくれたのに。

だが、王妃は異国の生まれで、ガーリン王に言わせれば、権力と魔法の複雑な関係というものをよく心得ていなかった。スーリズは父王の台詞をそらで憶えていた。魔法使いオドは、そこらの木の下で学校を始めたわけではなく、わざわざヌミス国王の城を訪れ、ケリオールに魔法を持ちこむ許可を求めた。みずからの学校と知識と力とを、王の支配下に置いたのだ。君主も魔法使いも、ともに力を欲している。争いと混乱を避けるためには、一方がもう一方に拘束されなければならない。制限のない魔法とは疑わしく危険な存在だ。したがって、ヌミスのどこであろうとも許されない。ヌミスの魔法使いは、貴族と同じく、国の法律に従わなければならない。ヌミスの力はすべて、魔法であろうと法であろうと軍事であろうと、究極的には国王に属する。

学生が黄昏区への立ち入りを禁じられているのは、ケリオールの魔法使いに知られていない、無軌道であやしげな魔法がひそんでいると本気で信じている者がいるからではない。まるでトウワタの莢《さや》から種が散るように、その手の風聞がひっきりなしに流れ出しているからだ。経験の足りない学生は、手品を真実と思いこみ、黄昏区の錯綜した通りに負けずおとらず混乱してしまいかねない。学校史上、何度かそういった例がある。もっとも重大な事件は、フレイミン王の治世に、もめごと好きな旅の魔術師の煽動で、学生たちが王に反乱を起こしかけたことだ。それ以来、この規則はきびしく適用されてきた。黄昏区で見つかった魔法学校の学生は、問答無用で退学となる。スーリズは学生ではないし、好きなところに出かけていく権利がある。とはいえ、たったひとりで、変装して黄昏区に行きたがれば、分別に欠けた危険な行動をとって、無意味に父王の怒りを招こうとしていると受けとめられるだろう。素行が悪いという点は言うまでもない。

なぜアーネス・ピットが、そのままワイのところへひっぱっていかなかったのか、見当もつかなかった。門より先に行けなかったので、大目に見てくれたのかもしれない。あんなにあっさりつかまれば思い知ったはずだと判断したのだろう。その点では運がよかった。だが、あのやっかいな出会いのおかげで、全部はじめからやりなおさなければならなくなってしまった。また別の晩に、違う扮装を見つけて、別の場所にいるので人前に姿を現すことはできないというふりをしなければ。

学校の門を通りぬけながら、地区警吏監が立ち去るまで待って、こっそり黄昏区へ引き返そうかとも考えた。だが、ほかの変装手段はないし、それにむこうはどうせ、そういう行動を予想して、一晩じゅう馬上で見張っているつもりに違いない。

学校の敷地から、滝のようになだれおちる蔓《つる》に隠されたちっぽけな木戸を通り、王家の庭園に入る。庭園を進んでいくと、白孔雀が長い尾羽をさらさらとゆらしてみせた。地味な長衣は、鉢植えを入れておく納屋に残した。暗がりのなかで鉤につるし、外に出ると、罪のない顔で薔薇の木のあいだを散策する。通りすがりに花を一、二本摘んで、ぶらぶらと王宮に戻っていった。もともと、ひいおばあさまと静かな夕べを過ごしたいの、と公言していたので、その言葉どおり、はるか高みにある一角へあがっていこうと決めたのだ。

レディ・ディッタニーが最後に自室を離れたのは一年前、孫娘の埋葬のためだった。それ以来、わざわざ出かける理由もなくなっている。実のところ、どんどん目が悪くなっていて、いまではほとんどなにも見えなかった。視野がどこまであるかということは、茶碗の動く範囲で測ることができた。何日も寝台や暖炉のわきの椅子の上で過ごすこともあった。スーリズが入っていったとき、曾祖母は青い繻子《しゅす》と黄ばんだレースに身を包み、みすぼらしい毛のかたまりをぼんやりとなでながら、侍女とおしゃべりしていた。女主人も小さな飼い犬も忠実な侍女ベリスも、ともに年をとってきた。いまではみんなそろって、この贅沢なひと続きの間のなかで、いちばん居心地のよさそうな場所を探すことに没頭していた。

扉がひらくと、レディ・ディッタニーは微笑した。部屋に入ってきた相手はぼやけた像としか映らないはずなのに、どうやってあれほど早く見分けがつくのだろう、とスーリズは首をひねった。

「スーリズ！　よくきたねえ」と、かよわい手をさしのべる。スーリズは身をかがめてくちづけた。

「どうしてわたくしだってわかるの、おばあさま？」

「おまえの心はさわやかなそよ風みたいなものだからね。お座り」

「お持ちしたものが――」

「薔薇かい。外にいたんだね。香りがするよ」薔薇のにおいを嗅ぐと、立ちあがってスーリズによろよろと一礼した老侍女に手渡す。「ベリスと思い出話をしていたんだよ」

「水に入れて参りましょう、お方さま」ベリスが言い、ふたりきりにしようとさがっていった。

スーリズは腰をおろした。一瞬、その場に母の姿が加わったようだった。無言で炉辺に腰かけてほほえんでいる、黄金の髪の幻。国王であろうと、死そのものであろうと、なにひとつ深刻には受けとめない人だった。やせっぽちの手足と、ある種のやっかいな才能をそなえた、褐色の髪のむっつりした娘のほうは、青いひとみ以外、母親にはまったく似ないで育ってしまったという気がしていた。

ベリスが扉をしめる音を確認したとたん、曾祖母はやんわりと言った。「会えなかったんだね」

スーリズはレディ・ディッタニーの椅子のわきにある、綴《つづ》れ織《おり》のまるい腰かけに座った。乱れた褐色の頭と、象牙色の三つ編みを巻きつけて青い繻子をかぶった頭とが、たがいによりそう。声はひそめたままにしておいた。「ええ。わたくし、これならだれも気にとめないと思って、ばかみたいに学生の恰好で出かけたの。門から三歩と行かないうちに、地区警吏監につかまっちゃったわ」

「まさか」曾祖母はレースにくるまれた手のひらを口にあてた。「おまえだと気づかれたのかい？」

「いいえ。顔のまわりにしっかりフードをよせて、わたくしは王女殿下よって言ってやったから。もちろん信じなかったわ」

「だれだい？」

「アーネス・ピット」

「ミューラット・ピットの息子？　面倒な相手だね」

「学校までついてきたけど、ワイには突き出されなかったわ。もっと大事な用件があったんじゃないかしら。自分でティラミンを見つけるとか。一緒に連れていってって頼んだのに、学生といるところを見られるのはいやだって断られたの」溜息をついてから、きびきびとつけたす。「また別の夜にするわ。近いうちにね。エニズの服を借りてみる。もっとも、だれにどういう嘘をついて捜されないように手配したか、いちいち憶えておくのがたいへんなんだけど」

「今日、捜しにきたよ」レディ・ディッタニーは教えてくれた。「おつきの女官たちがね」

「ほんとう？　なんの用で？」

「言わなかったんだよ。だからベリスに指示して、邪魔をしないようにと伝えさせたのさ。うまくやってのけたよ。立ち去るまで耳が聞こえないふりをしてね」

スーリズはにっこりしたが、そんなに緊急に呼びにこさせるのはだれなのか、どうしてなのかといぶかった。父も兄もファナール叔母も、わざわざこの塔に上って、老いたレディ・ディッタニーを訪問したりはしない。スーリズがようすを見にくるだけで充分だと考えているらしい。たいていは、問題を起こさず、必要なときに姿を現していれば、スーリズのことも無視していいと思っているようだった。おかげで、曾祖母とたくらんでいる小さないたずらを隠すのがずっと楽になっていた。

ちょっとした魔術。とるにたりない魔法。隣の魔法使いに気づかれないほどささやかな呪文。幼いころからレディ・ディッタニーに教わってきたことを、スーリズはそんなふうに受けとめていた。通りすがりの鳥《からす》を呼びよせて、伝言を託したり、なにかを見張ってくれと頼んだりする方法。ある人物が王宮のどこにいるか、水晶玉や水面をながめて知る方法。秘密の持ち物を糸の奥に縫いこみ、目に見えないようにする方法。うっかりなくした指輪を見つける方法。明日どんなことが起こるか、蠟燭の炎から読みとる方法。

うまくいくときもあるし、失敗することもある。こういう術はどれも無害で、レディ・ディッタニーが生まれ故郷で学んだものだった。そこでは夢を見るようにあたりまえのことなのだ。もっとも、だれもが曾祖母のいう〝資質〟に恵まれているわけではなかったが。スーリズの母にそんなことはできなかった。曾祖母自身、ごく幼いスーリズが、蠟燭の灯を見つめて白い羽の大きな鳥を目にするまでは、すっかり忘れていたほどだ。その鳥は翌日やってきた。王の舅から誕生日の贈り物として、白孔雀が王立動物園へ送られてきたのだ。

ティラミンも母の国で生まれ、そういったちっぽけな秘密の魔法を心得ているという噂があった。母親が恋しくてたまらなかったスーリズは、旅の魔術師がその国の宮廷で演じてみせたとき、母の姿を垣間見る機会があったのではないかと考えた。同じ国の人間なら、母のように笑い、心を惹きつけるすべを知っているのではないかと。

はかない期待ではあったが、どうせ嘆くことがいやになって落ちつかない状態だったし、曾祖母は止めようとしなかった。

「当分はケリオールにいるだろうよ」レディ・ディッタニーは予測した。「あれほど高名な魔法使いなら、荷物も山ほどあって、のろのろ旅をするだろうからね」眠っている犬に手を走らせ、追憶にかすむようなまなざしになる。「あの大きな荷車を見たときのことを憶えているよ。どれもこれもあざやかな色で、リボンをなびかせながら、白い牡牛に引かれてお父さまの中庭に入ってきたものだったよ」

「ティラミンが？」

「ずうっと昔、わたしの十六の誕生日のことだよ。ティラミンはこの髪から薔薇をとりだして、未来を占ってくれたっけねえ」

スーリズは、犬をなでているかぼそい手を軽くたたいた。「似たような人だったのかもね」とやさしく言う。「そのティラミンが、まだ生きて旅をしていることはないでしょうから」

レディ・ディッタニーは黙っていた。くもったひとみは、ぼんやりとした霧を見透かそうとしているようだった。「そりゃそうだね。だれか似たような相手。みごとな手品をいくつでも披露してくれた旅の魔術師。花も鳥も火も、なにもかも帽子やブーツにつめこんでね。あの魔術師には娘がいたよ。象牙の髪と青玉の目をしたきれいな女の子だった。魔術師はその子を炎に変えて、それから鳩の群れにして……」

「おばあさまの未来はどうだったの？」

「はるか遠くへ旅立ち、恵まれた結婚をして、長くおもしろい一生を送るだろうと言われたよ」

「魔法ね」スーリズは皮肉まじりにつぶやき、レディ・ディッタニーはくつくつと笑った。

「もちろん、そんなことはとっくにわかっていたとも。若い娘なら、だれでもそんな未来を夢見るものだからね。それに、全部ほんとうになったからね。わたしは王族の末息子と結婚して、おまえのおばあさまを産んだ。その子もまた別の国へお嫁に行ってね。おまえのお母さまが、ガーリン王に嫁いで二、三年あと、ひいおじいさまが亡くなったとき、この国まではるばる招いてくれたんだよ。そういうわけで」また犬をぽんとたたき、ふいに少し驚いたような顔をする。自分の未来はどこへ行ってしまったのだろうと首をかしげているようだった。「ほら、魔術師の言葉どおりになったわけさ」

スーリズは曾祖母に腕をまわし、つかの間そっと抱きしめた。「すてきな未来になったわ」と同意する。

「まあ、わたしを見てごらんよ。道ばたで暮らす身になる可能性もあったんだからね――葡萄酒樽にでも住んで。もう娘も孫娘もいなくなってしまったがね」と雄々しくつけくわえる。

「でも、おまえがいるからね」

「そうよ。わたくしがいるもの」スーリズは手を離した。「さあ、なにをしたらいい？」あたりを見まわす。目がとまったのは、灼熱した涙のように蠟燭から流れ落ちる溶けた蜜蠟だった。

「蜜蠟」新たにこぼれおちる涙にそって視線を動かしながら、静かに言う。「熱くて冷たくて、固体でも液体でもあって……変わりやすいもの。これでどんな術ができるかしら？」

「今夜はなにもできないよ」レディ・ディッタニーは嘆息した。「むこうでおまえを捜しているんだったらね。魔法使いの捜索の術にひっかかってしまうかもしれないし、そうなったらただではすまないからね。わたしのところにきているというのがたんなる口実で、じつはおまえひとりで出かけたのかと疑われないうちに、下へ行ったほうがいいよ」

「そうかもしれないわ」スーリズはしぶしぶ認めた。

「それに、たとえエニズの服を借りていたって、やっぱりひとりきりでケリオールの街なかを歩きまわるのはあぶないかもしれないよ。この次は、だれか一緒に連れていけないのかい？」

「考えてみるようにするわ」曾祖母を安心させるため、スーリズは約束した。レディ・ディッタニーにキスして、侍女を呼び戻す。そして、白髪頭をよせあい、今晩の思い出を語り合おうと身を落ちつけたふたりを残して、部屋を出た。

戻っていったのは階段までだった。もうすぐおりていって、ふたたび世間に顔を出そう。だが、ここは平和で、だれも不愉快な要求をつきつけてきたりしない。そこで、段のひとつに座りこみ、黄昏区へついてきてくれそうな相手について思いをめぐらした。魔法使いではない。みんな父王におとらず目先のことしか見ていないのだから。エニズでもない。兄は母が死んでからというもの、おもしろみのない、もったいぶった堅物になってしまった。あの地区警吏監はどうだろう、と、一瞬望みをもって考える。ほんとうのことを打ち明けたら、ちゃんと護衛してくれるだろうし、もともとあのおかしな地区を気に入っているようでもあった。それから、希望はついえた。だめだ。きっと父親の総監に話してしまうに違いない。ミューラット・ピットは嬉々として、スーリズ姫が黄昏区で魔法の噂を追っていたと父王に告げ口するだろう……ブーツが片方、考えごとをさえぎった。何段か下で立ち止まったところで、黒くてぴかぴかしており、ちょうど視界の端ぎりぎりに入っている。スーリズはにらみつけたが、ブーツは動こうとしなかった。心のなかでひそかに吐息をもらすと、顔をあげる。

「そのブーツ、見覚えがあると思ったわ」

それは予想どおり、ガーリン王の子息にして世継である、兄のエニズだった。はじめて生やした口ひげが、毛虫のようにくねくねと上くちびるを横切っている。兄も母譲りの青い目だったが、あたたかな空色ではなく、ひやりとした水色に近かった。その点をのぞけば、父の強健な体つきと母の黄金の髪を受け継いでおり、風采は悪くない。スーリズとしては、求婚者の前に王国をまるごとぶらさげられる人間がそんな容貌を持っているのは、無駄としかいいようがないと思っていたが。

「いったい」エニズは不機嫌そうに問いただした。「階段の真ん中に座りこんで、なにをやっている?」

「考えごとよ」ひややかに応じる。「失礼。お邪魔だった？　まさか、ひいおばあさまのご機嫌うかがいにきたわけじゃないんでしょ？」

「むろん違う」と相槌を打つ。「いまはおまえを捜しているところだ」

スーリズは出端をくじかれ、兄を見あげた。「お兄さまが？　だって、どうしてお兄さまがわざわざ？　だれかよこせば――」そこで息をのみ、混乱した記憶の波に駆り立てられて立ちあがった。「なにかあったの？」

「いや」いらいらするほど冷静な答えが返ってきた。「父上がおまえの夫をお選びになった。知りたいだろうと思っただけだ」

スーリズはふたたび、大理石の段にどすんと腰を落とした。ひゅうっという音が口からもれたが、それは問いかけに聞こえないこともなかった。エニズはそう受けとったらしい。

「喜ぶといい、ケリオールを離れる必要もないときている。適当な申し込みはいくつかあって、ひとつかふたつはヌミスの東と南の国の君主からの求婚だった。の学校のなみなみならぬ力を考慮した結果、平和を保つためにおまえを異国へ嫁がせる必要はない、と父上は判断された」

「エニズ」スーリズは歯を食いしばって言った。

「実のところ、王宮を離れる必要すらない」

「エニズ！」

「見当がつかないか？」兄はちらりと得意げな微笑をひらめかせた。

「つかないわ！」

「父上のもっとも新しい顧問官、ヴァローレン・グレイだ」あぜんとして言葉もない妹を見て、笑みが大きくなる。「まず年が若い。父親のテネンブロス卿はきわめて裕福で、北方に広い土地を何カ所も持っている。ヴァローレンは知性も技能もすぐれているとして、魔法使いたちから父上に推薦された。そして、この一年で、顧問官の地位にこのうえなくふさわしいと証明してみせた。おまえの求婚者として認めてほしいと懇願されて、父上はたいそうお喜びだった。もちろん、父上もわたしも、おまえにケリオールを去ってほしくはなかったからな」エニズは反応を待ったが、スーリズはまだ口がきけなかった。「どうした、うれしいと思うだろう」

脳裏にひとつの像が浮かびあがった。若くやせぎすで無口な顔。だらりとたれた淡い色の髪、蜂の巣の色をしたひとみ。まっすぐでありながら、びっくりするほど内心の読めないまなざし。やっとくちびるが動くのを感じ、自分の声が耳に届いた。「ほとんど話したこともないのよ……どうしてうれしいかどうかなんてわかるの？」

「それは――」

「黄昏区へ戻っていればよかった」ささやくように言う。

「なに？」

どうにもならない絶望感がわきあがってきた。もう決して、ヌミスの歴代の王が魔法を囲いこんだ壁の外を見ることはないだろう。もっと知るべきものがあるとしても、そもそもどれだけ未知のことがらが存在しているのかということさえ、絶対にわからないだろう。たんに父王に仕える貴族と結婚しなければならないというだけではない。相手は魔法使いなのだ。国王の娘がみずからの考えを持っているとは想像もしていないに違いない。ヴァローレン自身も、そんなものは持っていないのだから。

「スーリズ」

少なくともほかの国なら、たぶん母の故郷にいれば、考えることぐらいできたかもしれない。ようやく兄と目をあわせた。そのひとみは、使われていない部屋の窓のようにとざされていた。

「お父さまがお呼びなの？」

「ああ、お待ちになっておられる。ヴァローレンと」

「なぜヴァローレンがこなかったの？　どうしてわたくしのところに直接こなかったの？」

兄は肩をすくめた。「このほうが適切なやり方だ。あいつはろくにおまえを知らないのだからな」

「わたくしだって、あの人のことは知らないわ！」

「ああ。だが、父上は知っているだろう」

「選択肢はあるの？」

「ほかの選択肢は目にしたが」その口ぶりの辛辣《しんらつ》さに、またもやぞっとして兄を見つめる。

「なるべくいさぎよくあいつを受け入れたほうが賢明だろうな」よろよろとわきを通りぬけ、階段をおりていくスーリズに向かって言い添える。「父上は本気で、おまえが喜ぶとお思いになったのだぞ。もしそう感じない理由があるというなら、もう一歩階段をおりる前に頭から消し去ることだ。父上には思いもつかないとしても、ヴァローレンなら察するだろう。あいつの忠誠はまず国王に対してのものだ。だから夢は忘れ、服についた植木の泥を払って、にっこりしてみせるがいい」

5

朝方、屋上庭園に入っていったブレンダンは、勢いよく吹きつけた一陣の風にあおられ、庭のこがね色の枯葉とともに塀から飛ばされそうになった。風には北の雪のにおいがまじっていた。その日は冬に備えて温室を整理して過ごした。温室というのは、一方の壁面に沿って建てられた、石材や木材や硝子《ガラス》からなる複雑な構造物だった。板をずらして開閉し、光や風雨をさえぎることができるようになっている。ブレンダンは垂木から枯れた花のついている蔓《つる》をはずし、しなびた植物と残った土をあけた植木鉢を積み重ね、冬を越す植物を水やりのために台のひとつに並べておいた。実験してみている作品、目を配っておかなければならない風変わりな苗木や挿し木などは、別の台にまとめて載せる。がたがたになったほうきを見つけ、埃やひからびた花びらを戸口から掃き出した。ほうきを逆さに立てかけ、張り出し棚にしつこくからみついている蔓をひきはがそうとしていたとき、足もとのきたない植木鉢に見慣れないものがあるのに気づいた。ほうきをわきに置き、しゃがみこんで調べてみる。

目も口もなく、土につっこまれていて、緑色をしている。そこから考えて、たぶん植物なのだろう。だが、食べられるのか、薬になるのか、魔法に役立つのか、さっぱりわからなかった。じっと見つめていても、黙りこんだままだ。言いたいことがないのかもしれないし、たんに生命がないのかもしれない。でなければ、あまりに深遠な魔法の言語で話しているので、とうていこちらには理解できないのか。なんとか聴きとろうとひたすら耳をかたむけているうちに、屋上にはほかにも庭師がいて、自分よりずっと長く学校に勤めているのだから、この妙なしろものの名を知っているかもしれない、と思いついた。もう少し待ったら、ひらいた扉からだれか入ってくるのではないかと気にしながら床に寝そべり、ひんやりと分厚い葉肉に指を一本あてがってみる。そのあと、あきらめて体をはたき、庭師たちに相談しに行った。

　ふたりはやってきて、しげしげとながめた。打ち身や悪夢、消化不良に効く薬草を育てているシゾールと、食卓用の野菜を作っているレムリーだ。背が高くひきしまった体格で、長い麦藁色の髪をしたシゾールは、園芸用の手袋をはめた手で鼻をこすると、意見をのべた。

「こりゃまあ、あたしが見たうちでいちばんみっともない植物だね」

「なんだかわからねえなあ」レムリーがもぐもぐ言い、古ぼけたパイプをふかしつつ観察した。日に焼けたしわ深い顔は、乾ききってひびわれた大地のようだった。「だが、わしなら食う気にゃなれねえがな」小型の雲を空中に吹きあげると、思いきったように口にする。「茸《きのこ》じゃねえかい？」

「こんな棘《とげ》だらけの茸なんて見たことがないけどねえ」

　ブレンダンは、植木鉢のからからになった土をつついた。「まだ生きてるのかな」

　シゾールは手袋を脱ぎ、棘のあいだに指をすべりこませて、なめらかで厚い葉肉にふれた。

「なかに水を溜めこんでるのかもしれないよ。そういう植物もあるんだよ。前にいた庭師が自分の国から持ってきたのかねえ。でなけりゃ、黄昏区《たそがれ》の店で見つけたか。あそこじゃへんてこりんなものを出してるからね。それにしても、どれなんだろうね？」首をひねり、ブレンダンに目をよこす。「食用か、薬用か、魔法用か？」

「食用になるかもしれねえが」レムリーが疑わしげに言った。「食べてみるのは、最後のブーツをゆでたあとだな」

それから、煙越しにやはり視線を投げてくる。ふたりともなにか期待しているらしい、とブレンダンは気づいた。こちらが行動するのを待っているのだ。シゾールが質問でうながした。

「訊いてみたかい？　こいつ自身はなんて言ってるのさ？」

「ああ」ブレンダンは意表をつかれた。いままでそんなことをたずねられたことはなかったからだ。「うん。答えなかった。おれがわからなかったのかもしれない」

シゾールは目を細めて微笑した。「またやってごらん。そのためにここにいるんだからね」

ブレンダンはその謎についてじっくりと考えた。釣り針めいた棘に全面をおおわれ、分厚くずんぐりした葉に最大限の水分を貯えておくような植物が生えるのは、どんな奇妙な土地だろうと想像してみる。緑が視界にしみわたり、心がぼうっとかすんできた。蕨《わらび》の茂みに何時間も横たわり、新芽がほころびるのを見守っているときのように。この奇妙なものが森のなかや湿原、山のてっぺんにあるところを思い描く。だが、どう考えても目の前の植木鉢にしか属していないようだった。そこで、乾いてぼろぼろになった土を脳裏に浮かべ、青と白に光り輝く空のもと、ありとあらゆる場所へと撒き散らしてみた。すると、植物は思いがけず口をひらいた。

棘だらけのまるい形が、大地から出てくる唯一の緑として、不毛の土壌を埋めつくしている。ぎざぎざした稲光が心を切り裂き、骨が砕けるような雷鳴が頭のなかでとどろいた。熱い雨が激しくふりそそぐ。急な嵐のただなかにあっても、じりじりとたえまなく照りつける陽射しがまわりじゅうに感じられた。目に見えない炎のような空気が、ときたまみずから発火し、深紅の花を咲かせる。いちばん高い葉の上であやうい平衡を保ち、さらなる光と熱を吸収しようと広がる花……

周囲の空気に違和感をおぼえ、まぶたをあけると、自分の指先からその花がのびているのがちらりと見えた。大きくあでやかで、見ているうちにみるみる薄れていく。

シゾールとレムリーもまじまじと見つめている。パイプは火が消えていた。

一拍おいて、レムリーが沈黙を破った。そのあいだにブレンダンの脳裏の驟雨《しゅうう》はやんでいた。

「そこまでやってのけるやつは見たことがねえなあ。四十七年も勤めてきて、魔法の植物を扱う庭師も六人見てきたが」

「なにが――」ブレンダンは声をつまらせた。「どこまでやったたって？」

「あんた、花が咲いてたよ」シゾールが力なく言った。

ブレンダンは体を見おろした。「棘も生えてたのか？」

「いいや。でも、その場で緑に変わりかけてたよ、最後のほうではね。あんた、いつでもあんなふうになるのかい？」

「いや」と答えてから、訂正する。「どうかな。これまで見られてたことがなかったから」

レムリーは眉をかくと、問いかけるような視線を投げてきた。「だれかに報告するべきかもなあ。おまえは別のところに行ったほうがいいかもしれねえ。ここで植物と話すより、下の魔法使いや学生と一緒になったほうがな」

「おれは庭仕事にきたんだ」ブレンダンは短く言った。学校の内部で見た、めまぐるしく騒々しい世界に興味はなかった。「上は静かだ。おれはここになじんでる」

ふたりのまなざしにはなおも疑念と臆測が残っていたが、反駁《はんばく》しようとはしなかった。シゾールが曖昧《あいまい》に言っただけだ。「勝手に解決するだろうさ。ここではふつう、そうだからね。その植物はなにを教えてくれたんだい？」

目にしたものすべてを表現する言葉は知らなかったが、ブレンダンはせいいっぱい伝えようとした。「こいつは、岩ばっかりでなんにもない土地からきたんだ。やたら暑くて乾燥してるけど、たまに空の底がぬけたような土砂降りがくる。あんなところは見たことがない。草もなければ木もなくて、ただこんなのだけがそこらじゅうに生えてる」

レムリーはなるほどというように言った。「砂漠だろうな、そりゃあ。前に聞いたことがある」

「そんな感じだね」シゾールも賛成した。「だけど、あたしらのだれが世話をしたらいいんだい？」

「それは教えてくれなかった」

「司書ならわかるかもね」とすすめる。「どこかに絵でもあるんじゃないかい。説明とかさ。

あたしなら下におりて訊いてみるね。行き方はわかるかい？」

「たぶん」階段の近くのだだっぴろい一室を思い出し、ブレンダンは答えた。床から天井までぎっしり棚に本がつまっていて、てっぺんの高さときたら、魔法でなければ届かないのではと思うほどだった。屋上の心安らかな孤独から出ていくのは気が進まない。だが、ほかのふたりは期待のこもった目を向けてくる。これもどうやら、仕事の一部ということらしかった。そこで、棘の謎は心にしまいこみ、答えを探しに出かけた。

廊下も階段も学生でいっぱいで、街なかの通りにおとらず混雑しているようだった。だれもが産卵のために川を遡る魚よろしく、一心不乱に同じ方角へ動いている。この群れに巻きこまれたブレンダンは、体が透明になってしまった気分だった。おおかたは贅沢な服をまとった、身分の高い有力な一門の子女たちだ。感情をまじえない低い声で話し、その目にはもはや、王国の半分を歩いて横切ってきた、靴底や爪が泥だらけの庭師など映っていない。学生たちを惹きつけているにおいが鼻に届いた。夕食だ。上の庭師にも、そのうち分け前がまわってくるだろう。あちこちに教師の黒い長衣が見えた。一日が終わって、自分も長衣を脱ぎ捨てた上品な教え子たちを、魔法使いたちが監督しているらしい。

一度、下っていく流れ全体がはたと止まった。シャンデリアの切子硝子《ガラス》に火がついて爆発し、きらきら光る透明な破片が滝のようになだれおちたのだ。

野太い声が、壁に不気味なこだまを響かせて詰問した。「だれの仕業だ？」

唐突に沈黙がおりたなかで、もうひとつの声があがった。申し訳なさそうではあったが、ブレンダンの耳には後悔しているようには聞こえなかった。「すみません、バリウス先生。賭けをしてたんです。絶対できないと思ったのに」

「おまえは？」

「エルヴァーです」

「だれだと？」

「エルヴァー。ついたばっかりなんです」

バリウス教授は、ブレンダンのそばの段に立っていたが、人垣の上に片腕をあげた。背が高くごましお頭で、口のわきにはひたすら厳格な性格を表す深いしわが刻まれている。「では、ついたばかりのエルヴァー君、一緒にきてもらおう。歩きながら、この学校の規則をいくつか教えておく。もし、その硝子を割ったようにうかうかと学校の秩序を破壊するならば、どの扉から入ってきていようと、同じ戸口からほうりだすぞ」

下の踊り場で、立ち止まっている人込みがざわざわと波立った。その波紋が階段をなかば上っていき、バリウス教授の位置にたどりつくと、流れはふたたびとぎれとぎれに動きだした。ざわめきを圧してきびしく糾弾している教授は、その熱弁のおかげでやや遅れていた。あとに続いているブレンダンには、人波がふたりの両側に分かれて進んでいくのが見えた。少しすると、学生たちは小言をちょうだいしている茶色い髪の少年につきあたりはじめた。みんなうろたえてひきさがり、なにが邪魔をしているのか見えないとでもいうように、少年のまわりの空気をたたいている。それから、当惑した表情のまま、用心深くその部分を避けて通りすぎていく。まじめくさってバリウス教授の言葉を聞いている少年は、おしあいへしあいしている学生たちを気にもとめていなかった。

わきをすりぬけながら、ブレンダンは興味を惹かれて見やった。少年は学生の平均より二、三歳下に見える。質素で実用的な服装で、つぎはあたっていないが、飾り立ててあるわけでもない。ブレンダンが行きすぎると、相手は顔をあげて視線をあわせた。目がまるくなり、こちらに向かって微笑をひらめかせてくる。そのとき、別の学生が若者にぶつかり、あやうく階段からつきおとしそうになった。バリウス教授は説教の途中で口をつぐみ、じろじろと見た。

「エルヴァー!」するどく叱る。「こういった理由があるからこそ、最高位の学生だけが、姿消しの呪文を使うことを許されているのだ」

「失礼しました、バリウス先生」エルヴァーはおとなしく言った。「知らなかったんです」

「目に見えん状態でそこに突っ立っているのはやめんか!」

「すみません」

ブレンダンはその場で一瞬、目をぱちくりさせた。だれかが背中を押してきたので、また進みだす。中心の階で、学生が一方に流れていったので、別の方角、図書館を見たような気がするほうへ行った。しかし、そこに図書館はなかった。ふらふら歩きまわり、適当な戸口をのぞいているうちに、校内はしんとなり、廊下にも人影がなくなった。とうとう、どっしりと豪華な、いかにもという両開きの扉を見つけ、ひらいてみた。すると、無数の顔がもぐもぐ口を動かしながらいっせいにこちらを向いたので、ぎょっとして戸口で立ちすくむはめになった。

ぱっとあとずさったとたん、すぐ後ろに続いていただれかに衝突した。

「悪い」狼狽しきって口ごもり、シゾールのもとへ送るべきかとあやぶんだ。こちらの後頭部にぶつかったらしく、相手が片手で鼻を押さえていたからだ。

「ここでなにをしているのですか？」男は指のあいだからこもった声で問いただした。長身でやせており、まっすぐな淡い色の髪と、似たような色の薄いひとみをしている。蜜蠟の色を宿した双眸《そうぼう》の異質さに射すくめられ、ブレンダンは動けなくなった。

「おれ——図書館を探してて」

「そうですか」若い男の声音は、妙に超然としていた。まるで、頭の中身がとつぜん苦痛から切り離されたかのようだ。ぱたりと手を離す。ほっとしたことに、血は出ていなかった。ブレンダンがあの一風変わった植物を観察したときのように、男はこちらをながめた。「きみはだれです？」

「おれは庭——新しい庭師だけど」

「どの？」

「ブレンダン。ブレンダン・ヴェッチ」

「わたしが訊いているのは、カブが専門か、キツネノテブクロのほうかということです」

「どっちでもない。三番目の庭師だ」

「なるほど」これは魔法使いだ、とふいに思い至る。男の目つきは、窓のない部屋に続くとざされた扉の前に立ちはだかる番兵を思わせた。その室内には、莫大な財宝か、めちゃめちゃな混乱か、もしくはまったく名前のわからないもの、金輪際日の目を見てはならないものがあるかもしれないのだ。男はブレンダンに対して決断を下したらしい。動きもせずに一歩近づいたように見えた。「ひょっとすると、力を貸してもらえるかもしれませんね。贈り物が必要なのです。なにかめずらしいものが。ほんの少し魔法が加わっていてもいい。そういうものが、きみのところにありますか?」

「もしかしたら」ブレンダンは答えた。どことなく不安をもたらすまなざしのもと、慎重に言葉を選ぶ。「ただ、慣れてないから、魔法を見ても気づかないかもしれないな。自分で探してもらわないと」

「わたしのうちにある魔力は見たでしょう」若い男はやんわりと言った。「たったいま、そう伝えてきましたね」

ブレンダンは黙りこんだ。どうしてなのかわからないが、このひょろりとした陰気な若い魔法使いに当惑させられていた。「あんたは教師なのか?」ついに、そうたずねる。

「いえ。わたしの名はヴァローレン・グレイ。国王陛下の顧問官のひとりで、父はテネンブロス卿です。たぶん聞き覚えがあるでしょう。見たところ、やはり北国育ちのようですから」

「その名前なら、ときどきうちの村で噂になってたな。実際に顔を見たことはない」

「これほど故郷から離れたところにきたのは、ここのせいですか? 魔法に惹きつけられて?」

「いや。この場所があることも知らなかった。きてくれって頼まれたんだ」

「それなら、よほどその方面の腕がいいということでしょうね。はるかケリオールまで噂が届くほどですから」言葉を切る。血色の悪い頬骨のあたりがさっと紅潮した理由は、次の台詞であきらかになった。「スーリズ姫への贈り物がほしいのです。姫君との結婚が決まったので。必要書類は作成ずみで、明朝の儀式のさい署名することになりました。正式な結納を交わす前に、ささやかな記念の品をさしあげたいと思っています。なにか、父君の庭園にある薔薇以外のものを」

ブレンダンはまたうなずいた。事情は把握したものの、どうしていいかとまどっていた。

「一緒にきて、自分で選ぶのがいちばんじゃないかな。おれに帰り道が見つけられれば」

「わたしが知っています」

ブレンダンは魔法使いヴァローレンについていき、秘密めいた薄い色のひとみが、通りすがりにどんなものにも興味深げな視線をそそいでいるのを観察した。みな食事に行っているのか、出くわしたのは廊下を急ぐ学生ひとりふたりだけで、知り合いにはまったく行き逢わなかった。ヴァローレンは学生にも穿鑿《せんさく》の目を向けた。この先参照できるようにと、脳裏のどこかに顔の情報をしまいこんでいるようだった。

納屋や温室では、そのするどい注意力は植物に集中した。まだ花が咲いており、こまかな花が白と紫のヴェールとなってしだれおちているものもあれば、この季節らしく紅葉の濃淡さまざまな色合いに染まっているものもあった。魔法使いは草木のにおいを嗅ぎ、ときたま問いを投げかけてきた。

「これはなんの役に立つのですか？」

「暗いところが見やすくなる」

「こちらは?」

「おれは沼地を通るとき、こいつらを探すようにしてる。このまわりの地面は必ずしっかりしてるから」

魔法使いは低い音をたてた。「沼百合はありますか? 故郷で見かけたのを憶えています。シナモンの香りのする金色の花です」

「球根だけなら。花はない」

「それはそうですね。春先に咲く花でした。残念です。あれにはどんな魔法があるのですか?」

ブレンダンはためらい、軽く肩をすくめた。「おれが知ってるかぎりでは、なんにも。家を思い出すのに持ってきただけだ」

「記憶の魔法……」ヴァローレンは、例の名なしの植物の前で足を止めた。棘にひっかかったらしい。「これは花をつけますか」

「つける」

「やはり気味の悪い花ですか?」

「いや。きれいな花だ」

「なんという名前です?」

「それは知らない。今日これがあるのに気がついたばっかりだから」

魔法使いは奇妙な植物から目を移し、ブレンダンに焦点をすえた。「では、どうして花が咲くとわかるのですか」

「それは――見たから――」口をつぐみ、みひらいたひとみに注視されながら、息を吸いこんでまた言いはじめた。「こいつは話すんだ。おれに見せてくれた。どの植物が役に立つか立たないか、そうやってわかる」

「だれにそのやり方を教わりました？　植物を見ぬくすべを？」

「だれにも」

「だれにも？」ヴァローレンは信じられないという口調でくりかえした。

「でも、植物には話ができないとか、おれにその言葉がわかるはずがないとか、だれにも言われなかったから。ただふつうにやってたことだ」

「ただふつうにやっていたこと、というのはほかにもありましたか？」

「ない。おれは植物の世話が得意なだけだ」

「それで、学校のだれかがその話を聞きつけて、きみをここに招いたわけですね」一本の棘に指を走らせ、そしてまた同じことをする。まるでなでさすっているようだ、とブレンダンは思った。「じつに奇妙な植物ですね。なにかから身を守るために棘を生やしたような。あるいは、風に乗ってきたものを受けとめようというかのような。学校の庭師はどうやって見つけるのでしょう？　いままで考えてみたことがありませんでした。前の庭師は、たしか魔法に関する植物を扱っていましたね。本人が立ち去る前に代わりを探しに行ったのですか？」

「さあ」

「では、遠い北の地方までわざわざ出かけていって、きみを見つけたのはだれです？」

「オドだ」

棘をいじっていた魔法使いの手がぴくっと動いた。指先から血のしずくをふりおとし、まじまじとブレンダンを見つめる。「オドが見つけたのですか？」

「うちの庭にきて、ケリオールの学校で働いてくれって言ってきた。その傷、シゾールに見せたほうがいい」と、気になってつけたす。「そいつに毒があるかもしれないから」

「いつでした？」

「今年の春。そのとき、夏の終わりに行くって返事した」

「どの扉を通りましたか」

「は？」

「どの扉から入ってきたのですか」

「靴の下の扉だけど。どうしてだ」例の不可解なまなざしにまた警戒心がわき、そう問い返す。

「おれがなにかまずいことでもしたのか？」

「さて、どうでしょうか」ヴァローレンは目に見えて努力し、ひとみの奥にひそむ力を、ふたたび窓のない部屋へ閉じこめた。「この植物と同じことですね」と、いくらか力をぬいて言う。

「異質なもの。解くべき謎。使い道があるかもしれないし、ないかもしれない。そういった問いに答えるには、もっと対象について知らなければなりません。はるかに多くのことを」

「さっきぶつかったとき、くわしく調べようと思って図書館を探してたところだった」

「図書館はまったく別の階にあります」

「迷ったんだ」

「それでも、靴屋の扉への道は見出した」魔法使いはつぶやいた。「不可解な」いきなり身をひるがえす。「行かなければ。夕食の席で教師たちと話す予定だったのですが、途中できみと出くわしてしまったので」

「待てよ」切迫した口ぶりが、棘でひっかけたように魔法使いのせっかちな動作を押しとどめた。ブレンダンは硝子の小瓶をあれこれ探り、ただの切り傷の軟膏をひっぱりだして、怪我をした指に塗りつけた。ヴァローレンは言葉もなく見守っていた。「念のためにやっとくのがいちばんなんだ」ブレンダンは短く説明した。「自分の経験でいやってほどわかってる。もし治らなかったら、シゾールに見てもらってくれ」小瓶に栓をすると、花の咲いた蔓草の山になかば隠れていた植木鉢を持ちあげる。一本だけの茎についた大きな花は、赤と白の縞が走っており、星の形をしていた。それをヴァローレンに渡す。「お姫さまがこの百合を気に入ってくれるといいな。魔法の性質については、もしあるとしても、まだ見たことがない。魔法みたいにきれいだってだけかもしれない」

「ありがとう」魔法使いは言い、上の空でわきにかかえた。そのあいだもブレンダンから目は離そうとしない。相手が立ち去ったあと、はたして婚約者に持っていく贈り物をひとめでも見たのだろうか、とブレンダンはいぶかった。

それから、夕食のほうがこちらを捜しにきた。納屋をふたつとこの温室を通りぬけて、召使いが運んできたのだ。暗がりから星が姿を現し、都の明かりを映してまたたくようすが観察できるように、屋上で食べた。ふるさとの名残はこれだけ、頭上に広がる見慣れた模様だけだ。

やがて、その夜空から、松明《たいまつ》やいぶる街灯が闇に描き出す別の図形へと視線が動いた。メリッドもあそこにいるだろうか、と思いをめぐらす。目の前から走り去ったとき、はるばるケリオールまで逃げてきたのだろうか。それはなさそうだったが、そう思うと心がなぐさめられた。この厖大《ぼうだい》な見知らぬ人々のなかに、なじみ深い顔がひとつあって、自分を見分けてくれるひとみが、声をかけないうちに名前を呼んでくれる口が存在しているかもしれない。それにジョードだ。いまごろ、あかあかと灯のともる窓のむこうに腰をおろし、ひっそりと麦酒《エール》を飲みながら、故郷に思いをはせているだろうか？

そう考えていると、いてもたってもいられなくなった。三人ともケリオールにいながら、おたがいの所在をだれも知らないかもしれないのだ。こがね色の秋の日々が訪れているとき、少し都を捜しまわる時間がとれないか、ワイかヤールに訊いてみよう。冬が足もとから牙をむき、とざした戸口に向かって泣き叫ぶ前に。迷子になる心配はない。見あげるような王の塔が、街じゅうに影を落としているのだから。

夕食をすませたあと、もう一度図書館を見つけようと試みた。廊下はさっきと変わらずしんとしていた。学生たちはみな閉じこもって、勉強しているか、魔法を使っているか、ともかくいつも夕べにやることにいそしんでいるようだ。魔法を使うところを想像しようとすると、耳にトカゲをしがみつかせ、肩に一本足の大鴉《おおがらす》をとまらせたオドの記憶へとたどりついた。あれは魔法というより、やさしさの領域に入っているようだ。だが、現れたり消えたりする、あの靴の下の扉のこともある……いったいぜんたい、どうやったらあんなことができるようになるのだろう？

若い教師に行き逢い、正確な道筋を教えてもらうと、頭上の階に図書館が見つかった。痩身で白髪まじりの男が、梯子《はしご》に乗ってはてしない棚の列に本をしまっていたが、骨ばった指をまげて訪問者をさしまねいた。器用に横木の上で平衡を保ちながら身をかがめ、注意深く質問に耳をかたむける。

「植物かね、知りたいのは？　魔法関連か、薬用か、食用か、毒性のあるものかね？」

「よくわからない」

「樹木か、草か、野生種か、栽培種か？」

ブレンダンはどうしようもなく首をふった。司書は指をあげると、最後の分厚い一冊を隙間に押しこんで、乾いた羊皮紙のにおいと埃をふわりと漂わせた。それから、梯子のいちばん下の横木まではるばるおりてきて、その位置に立ち、まるでそこで暮らしているかのようにくつろいだ姿勢になった。

「どういう植物か説明できるかね？」とたずねる。とがった鼻とばさばさの髪のおかげで、知りたがりだが親切な小鳥のように見えた。

ブレンダンはできるかぎりの説明をした。司書は床におりたち、まわりじゅうにそびえたっている巨大な本棚の陰へ姿を消した。あまり棚が高くて、奥の壁にはめこんである、はなやかに彩色された鏡板の一部が見えなくなっているほどだった。じっと待っていると、ようやく司書が腕いっぱいに本をかかえて戻ってきた。

「これを見てみるといい」

机に積みあげる。ブレンダンは長いあいだその前に座って、つぎからつぎへと頁をめくり、植物のスケッチや絵をながめた。たいていは聞いたこともない外地のものだった。未知の世界にすっかり惹きつけられてしまい、学生や教師が出たり入ったりしていることも、溶けてちぢんだ蠟燭の火がふっと消えたことも、周囲に影がわだかまりはじめたことも、ろくに意識していなかった。とうとう、はるかな森や精巧な庭園や、目がくらむような密林といった、おのれの経験を超える美と知識の宝庫からブレンダンを引き出したのは、あの司書だった。そこでようやく、図書館がどれほど暗くなっているかということに気づいた。残っている明かりは、肘のわきにある一対の燭台と、司書の手にした細い蠟燭だけだ。

「見つかったかね?」司書は問いかけた。

「いや」

「ふむ。もうそれらしい本はないがね。しかし」影が耳をすましているかもしれないというように、いくらか身をよせてくる。「おまえさんは学生でも教師でもないでな、こういう提案はできるぞ。黄昏区で訊いてみるといい。あそこには、交易商の店から、おかしなものがひっきりなしに流れてきとる。この前の庭師は、よくあの地区から妙ちきりんな植物を持ち帰ってきたもんだ。そのうちのひとつかもしれん」

「黄昏区」

「遠くはない。ずっと坂を下っていくと、城壁の門につく。道のほうはそこでまがって、川沿いに続いとる。黄昏区は昼間眠って、黄昏どきになると目を覚ます。正面からは目をあわせられんようなものを探しに行くところさ」

「魔法ってことか?」ブレンダンは言ってみた。

司書は肩をすくめた。「さてな」と答え、行く先を照らすようにと蠟燭を一本よこす。「自分で確かめてみることだ」

6

黄昏区《たそがれ》では、魔術師の美しい娘が、血の色の糸をひとすじ針に通していた。玉結びをこしらえ、吐息にもふるえるほど薄い絹を手にとって、ふちをゆるく折りはじめる。ティラミンが興行で群衆を楽しませるとき、炎と幻影に彩られた娘の姿は、丈高く華奢な骨格をそなえており、しぐさは端々に至るまで優雅そのものだ。黒髪はふんわりと波打ち、星の火を宿した宝玉とそれ自体の光沢でつややかに輝く。双眸《そうぼう》はあたたかな琥珀《こはく》に封じられた夢や幻をちらちらと映し出している。そんな美貌だからこそ、鳩の群れにも色とりどりの炎にも、あるいは空気そのものにもたやすく変化したうえ、なにひとつ、微笑にほころんだ顔の線すらたがえることなく、もとに戻ることができるのだ。

もっとごまかしのない光、たとえば縫い物のためにつけた油のランプのもとなどでは、ふたたび変身することになった。小柄でやせっぽちで、指の関節は赤くなり、足にはたこができ、髪はぎりぎりと後ろにひっつめて編んでいる。夜を明かして朝を迎える日々を経て、目の下には隈《くま》とかすかなしわが浮き出していた。こんな外見なら、気づかれることなく用を足しに行けるし、実際よく出かけている。ぼうっとなって父親のめくらましや幻術を見物した客に、興行のときの姿をほのめかすのは、大きな黄金のひとみと、優美な卵形の顔だけだ。しかし、相手のきょろきょろした目つきが、まんまとだまされていると告げている。いや、あんたはあの娘じゃない。そして、人々はそのまま通りすぎていく。

魔術師の娘は、川の近くにある古い倉庫の奥まった部屋に座っていた。槌をふるう音、すりへってひびの入った床に沿って重い荷物を押していく音、ほうきでせっせと蜘蛛の巣や埃を払う音が耳に届く。うつろな屋内に話し声がわんわん反響し、形のないこだまが伝わっていった。掃き手がくしゃみをし、楽士が弦の音をあわせている。まわりじゅうに、豪華で風通しのいい素材を使った、日常ではめったに見ないような色合いの衣装がかかっていた。硝子《ガラス》の飾り、あざやかな羽根、縞瑪瑙《しまめのう》の玉や真珠貝などが袖やスカートや裾に光っている。たいそう古い衣装もあったし、自分や踊り子たちのために、あるいは、スカーフや剣だの、靴や箱だの、ティラミンが出現したり魔法をかけたりする大きな櫃《ひつ》だのを運んでくる助手のために、みずから作った服もあった。隣にはティラミンの頭部が置いてあり、部屋のむかいに並んだ仮面をじっと見つめている。このかさばった力強い紙の頭は、人間離れした雰囲気をかもしだすためにかぶるものだ。幅広い顔には濃い眉とひげと長い黒髪がついており、魔法を見せているあいだは髪の毛からぱちぱち火花が散る。色を塗った頰と動くことのない表情が魔術師のおもてとなっており、ティラミンの声はその内側から千変万化にとどろきわたる。魔法の王国から訪れた巨人が、不思議な術でその領土の秘密を明かしてみせる、という幻想を支えているのは、肩のつめものとばかでかいブーツの上げ底だった。

扉がひらいた。芳香とともに踊り子がふわりと入ってくる。ミストラルは絹の布をわきに置き、移動中に魔術師の道具一式を保護している古びたキルトや敷物の山の上で、もっと居心地よくなるよう座りなおした。それは、ティラミンの芸で幻惑できるよう、観客を集める六人の踊り子のうちのひとりだった。ミストラルのかたわらに膝をつき、薬味を効かせた肉と野菜をくるんだ熱々のパイを手渡す。屋台で買ってきたのだ。

「ありがとう、エライド」ミストラルは、低く淡々とした声で言った。

「すごく熱いよ」

「おなかがぺこぺこなの」ふうふう吹いて、端っこをかじる。スカートを回転させ、月のように神秘的な仮面をつけて、みずからの魔法を織りあげる踊り子は、目尻に寄ったこまかなしわを見せてほほえんだ。

「今晩は通りが人であふれてる」と言う。「月も満ちてるし。みんなそわそわしてるよ。それ、あたしのスカート?」

ミストラルはうなずいた。「そのうちの一枚。裾をほつれさせたでしょ。もうほとんど終わりよ」

こちらが食事をしているあいだに、エライドはほかのスカートを鉤からはずし、何枚も重ねて身につけはじめた。また口をひらいたが、微笑は薄れていた。「スーミックが言ってた。地区警吏監がひとり、ティラミンを捜してるって。気をつけなよ」

「地区警吏監」ミストラルは愉快そうにきらりとひとみを光らせ、そちらを見た。「まだここにきて二、三日しかたってないのにね。魔法を見たいのかも」

「絶対そう。身なりはぜんぜん警吏っぽくなかったらしいけど、目がね。問題が起きないか見張ってる感じだったって。前にここで巡回警吏をやってて、いまは地区警吏監になってるって話。父親はケリオールの警吏総監でね。王さまがどんなにきびしく魔法を監視してるか、知ってるでしょ」

「物乞いがぼろを守るみたいにね」ミストラルは口いっぱいにほおばりながら答え、のみこんだ。「地区警吏監がくるならくればいいわ。なにも隠すものはないもの。その靴、破れてるの?」エライドが片足に赤い繻子《しゅす》の靴をはくのをながめて、問いかける。「いったいゆうべ、なにをしたわけ?」

「踊ったんだよ」

「こっちに貸して」

エライドは、ふわふわした赤い絹の近くに靴をほうってよこした。ミストラルはパイを置き、指をぬぐって、またスカートを手にとった。だしぬけに戸口があいたので、ふたりとも顔をあげる。ひきしまった体つきの若い助手が、ちぢれた赤毛頭を突き出した。

「ネイ」ミストラルは言葉に力をこめた。「戸をたたいて」

「すいません。表に気どり屋がふたりきてて。ティラミンに会いたがってます」

「あとでもう一度くるように伝えて」

「いま会いたがってるんですよ。すぐ会えれば金を払うそうです」

「どういう目的で?」ミストラルは絹地に針を運びながらたずねた。

「友だち何人かに、こっそり術を披露してほしいんだそうで。血のめぐりの悪い一般大衆に見せるごまかしなんかじゃなくって、本物の魔法を頼むって言ってますよ。なんて答えたらいいですか?」

「お酒はどのくらい入ってるの?」

「かなり」

ミストラルは布に玉留めをすると、糸を歯で切った。「今夜の出し物のあと、魔術師の娘が話をするって言ってやって。たとえ実の娘でも、ティラミンが上演に備えてひきこもっているときに邪魔することはできないってね」

「うちには金がいるんじゃないですか?」ネイはものほしげに訊いた。「会わせるふりはできないですかね?」ミストラルのまなざしがふたたびその顔にすえられ、ふいに炎を映して冷たくきらめいた。ネイはよろめくように一歩さがり、ぐらついた扉の掛け金を、音がするほどぎゆっと握りしめた。「つまり、だめってことですね」

「そんなやり方ではね。このケリオールで、王さまの鼻先でやるわけにはいかないでしょ。よく考えて」

助手は頭をかいた。「どうやってあんなふうにやるんですか？　あの目つきのことです」

ミストラルはエライドにスカートをぽんと投げ、靴をとりあげた。「父さんに教わったの」

ネイの顔はひっこんだ。たっぷりしたスカートのひらひらと重なりあったひだに、エライドが炎の色の絹をかぶせた。踊るときにはこれが完璧な円を描いて広がることになる。その上を、ほとんど目に見えない蜘蛛の巣のような網でおおう。その糸には、ティラミンが考案した微細な粒子がずらりと通してあった。人込みのなかにいる者が――たいていはネイだ――こっそり火をつけると、その粒子はつかの間、色とりどりの炎をあげてまばゆく燃え、それからみるみる薄れて、灰のように風に吹き散らされていく。

上演前にひとりでこもっているとき、ティラミンはそんなものを考え出している。せわしく回転する頭から、さまざまな着想が火花となって飛び出してくるのを、魔法へと変えていくのだ。繻子の靴の破れ目を糸できっちり綴じながら、ミストラルは自分でも、そうした不可議であざやかな刹那《せつな》の幻に思いをはせていることに気づいた。なにかが別のものに姿を変え、ふたたびもとに戻る。まるで、ほんとうに変化したのは、見物人の表情だけだというかのように。そこに魔法があるのさ、とティラミンはくりかえし言っていた。演じるほうではなく、見るほうのうれしそうなまなざしやうっとりした心のうちにひそんでいるのだよ。魔法をおこなうのは観客で、わしではない、と。

ミストラルは巨大な頭部をちらりと見やった。人の目が外をのぞけるように、両目のふちには小さな穴が隠されている。黒く塗ったひとみがランプの灯をあび、こちらを認めてまたたいたように見えた。その幻影に、自分の心もほほえむのがわかった。

靴を仕上げ、波打つ金色の髪にリボンを結んでいるエライドに渡す。踊り子は靴をはき、仮面をとりあげると、化粧をして、遅れている輪舞の仲間を捜すために出ていった。

黄昏区では、時は生き物のようだった。予測通りの厳密な区分で計られているわけでなく、空の色や風の香《か》によって、群衆の高まりつつある昂奮の渦や、四散するさいに消えていく騒音によって、日に照らされた通りの静けさによって、見当をつけるものだ。いま、ミストラルは、周囲の群衆のたかぶりを感じていた。ひとつの名前の噂を追い、そのみなもとをつきとめようとして、黄昏区じゅうを走りぬけてきた人々。倉庫に即製の舞台を作っている槌音や、重いものをひきずる響きはやんでいた。扉があいたりしまったりして、舞台裏を駆けていく音が聞こえ、上靴がブーツに、がちゃがちゃ鳴る剣やゴブレットが金槌にとってかわる。外では、踊り子や曲芸師たちが、あとを追ってきた連中を倉庫のひらいた戸口に導いているはずだ。入口を飾る透きとおったヴェールは、ゆらめく火影《ほかげ》を映してきらきら光り、宝の存在をほのめかしている。街なかで気まぐれに見せられた魔法に胸を躍らせ、幻や恋や葡萄酒や、あるいはたんなる夜の神秘に溺れた人波は、門番に金を投げ、ティラミンの魔法がどんなふうに人生を変えるかと期待しつつ、内側になだれこんでいくだろう。

ミストラルは立ちあがった。喧騒と笑い声が、ティラミンが登場する時間だと告げていた。自分も着替えなければならない。

薄いスカートを掛け釘からはずしていると、扉をたたく音がした。またスカートを壁に戻す。

「だれ？」

「お客だよ」黒髪の踊り子、ゲイモンの低くなめらかな声だった。ちょっぴりおもしろがるような響きが、予想外の事態に備えろと知らせていた。きっと例の気どり屋だろう。断ったのに聞き入れなかったに違いない。ミストラルはまた上掛けの山に沈みこみ、あわてて針を探して、手近の衣装をひっぱりおろした。玉結びを作らずに布に針を通す。

「どうぞ」

扉があいて、ミストラルはまばたきした。これは、ティラミンをひとめ見せろと要求してくる、酔っぱらった派手な気どり屋などではない。この男はまったく酔っていないし、目を惹かない、記憶に残らない恰好をしている。そうしたいと思えば影にとけこむことも可能だろう。長身に明るい色の髪、黒絹と黒革の服装は、洒落者《しゃれもの》が一晩遊びに出たというところだ。しかし、そのまなざしが正体をあばいていた。エライドの警告を思い出す。口もとに浮かべた愛想のいい微笑の上で、ひややかに油断なく光っている警吏のひとみ。その後ろで、ゲイモンが色を塗った眉を前髪近くまでぐっとあげ、手のひらを逆さにしてひらいてみせた。止めようがなかったのさ、とそのしぐさはいっていた。

「あなた、だれ？」ミストラルはつっけんどんに訊いた。

「興味があるんだ」訪問者は答え、一瞬、床にあるばかでかい頭をながめた。

「裏のほうでうろうろしてるのをつかまえたんだよ」ゲイモンが説明した。「あっちこっちのぞきこんでたぜ。戸口だの鞄だの幕の内側だの」

「そいつがティラミンなのか？」男はおそれいってたずねた。

「魔術師は、上演の前、完全にひきこもって過ごすの。実の娘でも邪魔はできない。どんな理由でもね。なにかご要望でも？」

「ただ、魔術師ってのはどんなふうか見たかっただけだ」

「この舞台裏では、たいしたものは見られないわ。からっぽの鞄にブーツ、金ぴかの紙の剣だけ。魔法が始まるのは、ティラミンが登場してから。ほかの人みたいに正面に行って待ってれば、わかったはずだけど」

「正面に行けば、ほかの連中の見るものしか見られないだろう」

ミストラルはひと針ふた針縫いながら、ここはがまんするべきか、それとも怒るべきかと思案した。どちらも、可能性としては同じ重量でつりあっている。ほんとうに地区警吏監なら、助手を呼んでほうりだすのは無分別な行動に思える。とはいえ、時間をとられているのは事実だし、聞こえてくる音からして、倉庫は満員になりつつあるようだ。

結局、妥協することにした。「ゲイモンの指示する場所で待つ気があれば、魔術師の娘に頼んで、直接舞台の真ん前に連れていってもらえるようにしてあげる。あそこなら、同じものしか見えないとしても、いちばんよく見えるから」

男の笑みはひとみにまで広がった。「それなら公平だな」と言い、ゲイモンに導かれるままに出ていく。扉が閉じると、ミストラルは手にした服をほうりだし、急いで自分の衣装をまとった。それは泡と炎と愚者の黄金と、夢のなかを飛びゆく鳥から舞い落ちたかのような羽毛からなっていた。ティラミンの助手たちが仮装している混雑した部屋で、顔に白磁の色を、くちびるに血の色をのせる。髪をほどき、暗い雲のような広がりになるまでとかして、きらめく金の粒や宝石、紙製の薔薇のつぼみをいっぱいに散らした。鏡に映ったおもては非の打ちどころがなかった。じっと見返してくるのは魔術師の娘、琥珀の双眸は光をたたえ、口もとと指先は赤く燃え立ち、芳香を漂わせた髪には宝がちりばめられている。

こうして変身すると、ミストラルはふたたび訪問者の前に出ていった。相手はからの長櫃に腰かけ、無邪気な期待に満ちた顔つきをしている。ティラミンに魔法をかけられて兎になったり、全身が消えたりするのを待ち受けている客のようだ。絹をなびかせ、ほのかな輝きを放ちながら、魔術師の娘は変わることのない魅力的な微笑を浮かべた。

「わたしの名はミストラル」低く官能的な声音で告げると、男はすぐさま立ちあがった。「ティラミンの娘です。いま父と話していただくことはできませんけれど、会場にお連れするまでのあいだに、どんな質問にもお答えしますわ。あなたのお名前は？」

「俺の名はアーネスだ」

「こちらへどうぞ、アーネス」

先に立って小部屋や廊下の迷路を通っていくと、相手はいそいそとついてきた。道筋のあらゆるところに魔法が散らばっていたが、見てわかるような形ではなかった。糸と布とボタンとペンキでできたあやつり人形と同様、そうしたかけらに含まれる魔法を引き出すには、ティラミンの手や声が必要なのだ。アーネスの目がその品々を確認し、言葉を記憶に残しているのを、ミストラルは見守った。手袋、マント、鏡、宝玉をはめこんだ杖、紙の蛇、クークー鳴いている鳩の入った鳥籠。ひとつの単語をしまいこむと、こちらにちらりと目をよこす。そのたびに、さっとなでていく視線を感じた。そういう反応には慣れていた。だれでも魔術師の娘には恋するものだ。たとえほんのひとときであろうと。

アーネスはいそがしく頭を回転させつつ、問いかけてきた。「上演が終わったら、ティラミンと会えるか？」

「今晩はだれにも会えません」

「いつならいい？」

「二、三日のうちに訊いてみますわ。父にとって、新しい場所にくるのはいつも容易なことではないんです。とくにケリオールのように大きな都では。ここではそれだけ期待がかかるし、みんなもういろいろ見ていますから。どんな幻影でも見破れると思っている人たちの心さえ、自分の術で惹きつけられるという確信が持てるまでは、ずっとひきこもっているでしょう」

「楽な仕事じゃないな」と認めてから、アーネスはかどをひとつふたつまがるまで黙っていた。そのあいだに、倉庫内はますますせわしなく騒然としてきた。

「なにかわたしにご質問はありませんの？」前方にある、通りに面した目立たない戸口に注意を向けて、ミストラルはたずねた。あそこから入ってきたに違いない、と気づく。扉に鍵はかかっていなかったし、制止する者もいなかった。

その問いに、アーネスは軽く笑った。「ばかな質問なら。それにしても、答えてくれるとは思わないが」

「訊いてみてくださいな」

「どうしてきみは、黒い袖を赤い糸でかがっていたんだ?」

ミストラルは一瞬、相手を凝視した。ふいに警戒したのは、部外者にこの仮面を見ぬかれたことはなかったからだ。そのあと、やはり笑い声をたてると、それ以上の返事はせず、通りすがりに手をのばして扉の錠をおろした。

幕の隙間から、アーネスをぎゅうづめになった会場の最前列へ連れていく。魔術師の娘の姿を見て、やかましい見物人が歓声と喝采で梁をゆるがした。星の位置も、松明《たいまつ》のタールのにおいも、待ちかねた観客のなかでみずからの幻術を織りなす音楽も、開演の時刻だと告げている。

そこで、ミストラルはティラミンを呼び出した。

7

その晩、月のない陰鬱な時刻に、ヤールは助けを呼ぶ声でむりやり夢からひきずりだされた。

脳裏に迷宮の光景が映ったままはねおき、それからようやく目をあける。学校のなかはひっそりとしていた。扉がひらく音もしないし、頭のなかや廊下からぎょっとした声が聞こえてくることもない。だれも起きていないようだ。いや、教師たちはみな、新入生の引き起こしたほかの騒ぎに対処するために出払っているのかもしれない。そこで、ひとり学校の底へとおりていった。なかば魔法使い、なかば影となってすばやく移動しつつ、どちらの半分でも、寝床に戻りたいと願っていた。

図書館の地下にどっかりと腰をすえている迷宮は、オドの指示で建設された。はじめてオドが学校から姿を消し、だれもが死んだものと思いこんでから、一世紀ばかりのちのことだ。一見せまく、強い腕で外から石を投げれば、反対側に届くだろう。壁は整然と切られた大理石の角材を積み重ねてあり、完全に迷ってしまっても外が見えるように、あちこちに彫刻をほどこした格子造りの穴がある。ともかく、穴があると思えばなぐさめになった。これまで、実際に内側からその格子細工を見たという話は聞いたことがなかったが。この迷宮は学生の教育用の簡単な仕掛けだ、とオドは記しており、その文章に地図を加えて、迷子がすぐに見つかるようはからっていた。

オドが言及していなかったのは、迷宮の通路が、入った者に応じて変化するという事実だった。

うっかりしたのか？　ヤールはむっつりと考えた。だれかを救出に出かけるときには、いつもその疑問が浮かんでくるのだ。それとも、オドは本気で自分の力を知らず、こんな建造物に自我を与えたことに気づかなかったのだろうか。

ふつう、学校の下にある真の闇にたどりつくころには、迷子になった学生の恐怖が高潮のように渦巻いているのが感じとれる。今回は、まだ壁の内側から声が聞こえていたものの、学生はかなり落ちついているらしかった。通路という通路をむやみに走りまわっているわけでもなく、所在は一カ所にとどまっている。つまり、おおかたの連中より分別があるか、でなければ明かりが燃えつきてしまったということだ。

迷宮の通路には頓着しなかった。だれかが入ると道筋が変わってしまう傾向があるからだ。石に体を沈め、続いてなにもない空間へ出て、それからまた石を透過する。あたかも帰巣する鳩のように伝わってくる声をめざした。少年のかぼそい声が、不安でかすかにふるえながら助けを求めているのが耳をついた。無言であわててふためいている心の呼びかけのほうも、同様にはっきりと訴えかけてくる。ヤールは最短距離をとってそちらへ向かった。

そして、道に迷った。

迷宮は、ひとにぎりの糸のようにもつれあって周囲をとりまいている。パイをナイフで切るようにまっすぐ進んでいるのだから、中心部には楽々と到達できるはずなのに、なぜかたどりつかない。目の前には壁が立ちはだかりつづけた。外壁にあるはずの格子細工がついていることさえあった。石をぬけるかわりに通路を歩こうとしてみたが、一歩ごとにせりあがってくる壁に直面するはめになった。そのあいだも、学生の声はときに低く、ときに甲高く呼びかけつつ、たえまなく四方を移動していく。苛立ったヤールは足を止め、うねうねとはてしなく続く壁を見つめて考えこんだ。

いったいどこにいる？と思った瞬間、迷宮が投げかけた問いをそのまま返したことに気づいた。

くちびるがゆがんだ。まわりでふたたび、石と空間がほどけていくのがわかる。まあ、どのみちたいして意味がない、と中心に至る最後の壁を通りながら考えた。迷宮は問いを発するだけで、決して答えてくれはしないのだから。

学生は中央の石に腰をおろしていた。幅広く平たい丸石で、迷宮の地図が刻まれている。小柄でずいぶん若い。くしゃくしゃの茶色い巻き毛、くちびるの上に生えた産毛《うぶげ》、大きな黒っぽいひとみ。膝のわきで、ちびた蠟燭の炎がまたたいている。ちょうど、もう一度叫ぼうと息を吸ったところだった。ヤールが石のなかから出現したおかげで、その息はしゃっくりとなって出てきた。

「聞こえたんですか――」

「起こされたのだよ」ヤールはそっけなく言った。「安らかな眠りからな。きみはだれだ？見覚えがないが」

「遅れてここについたんです」

「そして、すでに面倒を起こす方法を見つけたわけか。入学できるほど年がいっているようには見えないな」

「すごく頭がいいって評価をもらってるんです」緊張と早朝の寒さに歯をがちがちいわせて、

少年は答えた。ぐるりと周囲の石を見まわし、ヤールが意見をのべる前につけたす。「賭けだったんです。ときどき、つい思いつきで行動しちゃって」

「名前はあるのか？」

「エルヴァーです」

「エルヴァー。それは鰻《うなぎ》の一種だろう」

少年はうなずいた。「オドの名前はおどけてますしね。わかってますよ。さんざんからかわれたんだから。先生みたいに石を通りぬけるやり方を教えてもらえますか？」

「ああ。そのうちに――」

「いまってことです」

「だめだ」

「なんだ。だったら、どうやって外に出ますか？」

ヤールは沈黙した。鰻の名を持つ少年は、実際に迷宮の中心までたどりついた。これは偶然か？　だが、この場所で偶然などというものはありえない。少し興味が増して、じっと相手をながめた。

「きみが教えてくれたらどうだ？」と提案する。「そもそも、どうやって戻るつもりでいたんだね。それに、中心についたというのに、なぜ迷ってしまったと考える？」

エルヴァーは自信なさそうにあたりを見た。「ここが中心なんですか？」

「そうだ」

「ぼく――わかりませんでした」それから、やせた顔がぱっと明るくなる。「賭けに勝ったんだ！」

「なるほど、勝ったわけだ。さて、このあと、蠟燭が燃えつきないうちに、外に出てみんなに伝える方法というのは？」言葉を切り、嘆息する。「だれひとり、その点については考えないのだよ」

「先生がここにいるじゃないですか」エルヴァーは答えた。「だから蠟燭はいらないでしょう？」

「しかし、どうやってきみを連れ出せというのかね」

「道をご存じでしょう」

「いや、知らない」

「え、そうなんですか。じゃあ」目をぱちくりさせて中央の石を見おろしたが、表面に彫ってあるきわめて正確で詳細な地図には気づかなかった。「ふつうは」ようやく、そうたずねる。「ここでみんなが迷ったら、どうするんですか？」

「寝床に戻って朝までほうっておく」

「いえ、まじめな話で」

自分の好奇心と闘っていたヤールは、もう少しで折れるところだった。しかし、結局は好奇心がまさった。地図を背にした少年と蠟燭を置きざりにして、すっと暗い空気にとけこむ。まさしく発言どおりの行動に出た魔法使いを捜して、エルヴァーはまわりじゅうをきょろきょろ見まわした。

抗議しようというのか、喉の奥で小さな音をたてたが、耳をかたむけてくれる相手はいない。エルヴァーは親指ほどの長さになった蠟燭の燃えさしを拾いあげた。中心部を囲んだ壁をめぐっているうち、通路の開口部に行きついて、そこに入っていく。未開の森を通りぬけながら、棲みついた生き物の注意を惹くまいとしているかのように、そっと足を運んでいる。

ヤールはそのあとについていった。

蠟燭を握りしめ、目をみひらいて、息をひそめたエルヴァーは、一度だけ間違って袋小路に入りこんだが、すぐにやりなおした。迷宮があっさり少年を解放してやったのか、本人の内部にあるものが脈々と走る魔力と自由の流れに惹きつけられたのか、見当もつかない。迷宮からすべり出て、地下の深みから蠟燭に照らされた上の通廊へ続く階段を前にすると、エルヴァーは大きな吐息をもらした。蠟燭を吹き消して駆けあがっていく。迷路から出る道を見つけるより、寝る場所を見つけるほうがたいへんそうだった。とはいえ、介入する必要はなかったので、やっと自分の床へ戻っていったヤールは、めずらしく興味をそそられていた。

その朝は、だれもがいささか憔悴《しょうすい》していた。ひとりならず眠れない夜を過ごしたからだ。ときとして、たったひとりが原因で学校全体を起こしてしまうことがある。ヤールは学生たちに不安や夢のことを話させた。眠っているとき、他人の夢に本気で心を乱された者もいた。心のなかの映像が昼の光のもとに引き出されて、そのことを認識したらしい。環境に刺激されて、思いがけない力を発現させた者もいる。目覚めると寝台の上にふわふわ浮かんでいたり、ほんとうに想像しただけで図書館の窓を割ってしまったのだろうか、見に行ったほうがいいのだろうかと首をひねっていたりするのだ。エルヴァーは頑固に、ああ、賭けには勝ったよ、ちゃんと中心にたどりついたんだ、と言い張り、迷宮に送りこんだ学生たちに鼻で笑われていた。ヤールは嘲笑をさえぎった。

「中心を探し出したのは事実だ。そのうえ、戻る道まで自分で見つけたよ。確かだ。この目で見ていたのだからな。それから、ほかにも同じことをやってみようというのがいたら、いいかね、わざわざ寝床を出て助けに行ってやる気はないぞ」

エルヴァーはまじまじとこちらを見た。「置いてきぼりにされたとき、ほんとに戻っちゃったのかと思ってました」

「きみがどうやって自力で解決するか、確かめたかったのだよ。人生ではたびたびそういう目に遭うものだ。力は吟味されるべきだし、刃は研ぐ必要がある。いつでも自分のおちいる窮地をうまく選べるわけではないのだからな」

「先生はうまく選んだでしょう」エルヴァーが口をはさんだ。「ケリオールに到着したとき、都全体を救ったじゃないですか」

ヤールは不意をつかれて言葉を失った。眠そうな目をした少年の細い顔は、熱意と期待にあふれていた。もじゃもじゃの茶色い髪と疲れたようすにもかかわらず、名前をもらった生き物と同様、つるつる光っているようだ、と不機嫌に考える。

「そうだが」と、押しかぶせるように言う。「その話はまた後日だ」

「このあいだもそうおっしゃいました」別の学生が思い出させた。めったに口をひらかない内気な少女だ。「ヤール先生、今日はもう後日です」

言葉でも内心でも、全員が熱意をこめて頼みこんできた。難儀な夜のことを忘れるために物語を求めているのだ、とヤールは気づいた。魔力をうまく使ったご褒美に、靴屋の靴の下から学校に入ることができたという、めでたしめでたしの結末を迎える話、たとえ悪夢にうなされたとしても、自分たちも賢い選択をしたのだと感じさせてくれる話を聞きたいのだろう。

溜息をつく。「あの日の朝起きたときには、あっぱれな行為をしようなどとは夢にも思っていなかった。ひとつには、乾し草の山で眠っていて、あたたかな草のなかから寒い外に出ていくだけでも、このうえなく苛酷な要求だという気がしたのでね。続いて朝食を見つけなければならなかったが、それはさらに難しかった。私はきみたちのおおかたと同じぐらいの年だった。ケリオールには魔法があると聞いたものの、一文なしだったおかげで、ここまで何日も歩きつづけてきたのだよ。つまり、名もなく貧しく、たいそう空腹だった。遺憾ながら白状すると、朝食はとある農夫の林檎《りんご》園から盗んだのだがね」

そこで間をおいた。何人かはすっかり感心して、西ヌミスの辺鄙《へんぴ》な村ではなく、物語のなかから歩み出てきたに違いない、という顔でこちらを見つめている。疑わしげな表情の学生もいた。ひもじさも、勇士となるべく育てられたわけではない英雄も、想像がつかないのだろう。

「そのときにはケリオールの間近まできていて、くすねた林檎を食べながら進んでいくと、川むこうに街の城壁や、王宮の大塔にひるがえる旗が見えた。都をひとつ救える力をそなえた人間が、なぜ魔法でもっとまともな朝食を出せなかったのかと思うかもしれないな。だが、だからこそ私はもっと魔法を学びたかった。私の力は行きあたりばったりのでたらめなしろもので、懸命な努力の末に、かろうじて制御しているといった状態だった。暗がりでものを見ることはできたが、それはかつて、見なければ死ぬというすこぶる危険な状況に置かれたとき、せっぱつまって身につけたものだ。そのさい、極度の必要に迫られて、闇を理解するようになり、自分の一部としたのだよ。複雑な力は使うことができても、私は単純なことがらについての規則を知らなかった。たとえば、意志の力で林檎を木から落とす方法だ。なにか手があるはずだとはわかっていたが、その場面ではとにかく困っていたので、いちばん簡単な、魔法とはなんら関係ない手段を用いた。木に登ったわけだ。

ふたつめの林檎を半分ばかりかじったときだった。ケリオールの上方に愕然とするほどすさまじいものが見え、私は思わず林檎のかけらを吸いこんでしまった。ごほごほやって貴重な一、二秒を無駄にしてから、涙のにじんだまぶたをぬぐい、視界に映ったと思ったのはほんとうなのかと目をやった。

都の上空を旋回しているしろものは、伝説に出てくる途方もない怪物のように見えた。あまりに巨大で、川の一部と城を囲む街の中心部がすっぽりと影におおわれてしまったほどだ。その体はさながら王冠か、黄金の布のごとく輝いていた。

「竜だ」だれかがささやいた。

「そうかもしれない。今日に至るまで、私には確信が持てないが。火は吐かなかった。おそろしく首が長く、ずんぐりした大きな頭と、帆のようにはためく翼が一対ついていた。その場に突っ立ったまま、あぜんとして一歩も動けないでいると、そいつはいちばん高い塔のまわりをさっとめぐるなり、川を越えて下降した。そこで頭をさげ、漁船のようなものをくわえて、また首をあげた。それから、いったいどういうつもりなのか、その船を王宮まで運んでいって落とした。あとから耳にしたところでは、そこは王家の薔薇園だったそうだ。

つかの間、塔の上に陽射しを受けた蜘蛛の巣のようなきらめきが見え、近衛隊が矢を射ているのだと気がついた。矢はあたったかと思うとばらばら庭に落ちてしまった。塔をめぐり終えた怪物は、また川のほうへ向かった。

私は走りだした。

その時点では、ほとんどなにも考えていなかった。ただ、はるばるヌミスを横切ってつらい旅をしてきたのに、扉をくぐりもしないうち、怪物に学校を壊されるのはごめんだ、と思っていただけだ。むろん、入れてもらえるという保証はなかったが、そんなことは頭になかった。川のふちにたどりついたのは、ちょうど怪物が三つ目の船を王宮の中庭に落としたときだった。最大の塔の高さから落下したのだから、薔薇の茂みにふりそそいだ漁師たちが、生きてその事件を語り継いだとは思えない。庭園からはいまだに船のかけらや、ときには釣り針なども掘り出されているそうだ。

私は水中に駆けこみ、岸辺へ急いでいる手近な舟まで泳いでいって、上によじのぼった。それから、怪物の注意を惹こうとした。声をあげたか、炎でも放ってみせたか——そんなところだ。なんにせよ、そのせいで舟の連中はさっさと川へ飛びこんだ。怪物の頭がこちらにおりてきた。魚のあいだにべったり身を伏せると、猛烈な悪臭を放つ、ばかでかい切り株のような歯が、がっちりと舟をとらえて宙吊りにした。私はふらつきながら口の内部の薄暗い洞に立って、次にどうするか考えようとした」

歯が鳴る音、すばやく息を吐く音がした。ヤールは軽く肩をすくめた。「そう、われわれはみずから選択し、その結果に従って行動しなければならないのだよ」

「それでどうしたんですか？」エルヴァーが問いかけた。声がうわずっている。

「まだなにも思いつかないうちに、その荒々しく、きわめて力強い心の流れに、自分の考えが引きよせられるのを感じた。ふいにおのれの目だけでなく、怪物の目でものが見えるようになり、心臓の律動的なうねりを感じた。ケリオールの都をめちゃめちゃにしようとしているのがわかった。舟でも城壁の石でも屋根の梁でも木でも、落とせるかぎりの物体をひたすら落としつづけるつもりでいた。都が瓦礫《がれき》の山と化すか、望むものを手に入れるまで。

そこで私は、望むものとはなんだとたずねた。

怪物は仰天して、あやうくこちらをのみこむところだった。長い食道から胃のなかへ流しこまれるのを避けようと、私は二本の歯の隙間にとびこんで、はさまっていた舟の大きな破片にしがみつくはめになった。もちろんむこうは言葉を理解しなかったが、心に入りこんできた別の思考が、べつに脅威を与えようとしているわけではないということは察したらしい。即座に口をひらいたので、舟は黄昏区《たそがれ》に墜落したあげく、生地商人の店を直撃し、魚を撒き散らして、商品の上を転がりまわった、とのちに聞いた。相手は言葉を使わずに返事をよこした。脳裏に送りこまれた映像は、怪物自身にうりふたつの姿だったが、首と脚の鎖で庭につながれていた。

私は王立動物園を思い出した。

怪物に運ばれていった王立動物園では、見あげるような木々に目当てのものが縛られていた。あとで知った話では、王太子の誕生に際して遠国の君主から贈られたらしい。下心のある進物だったのは確かだ。その生き物は国王陛下のお気に召した。もっとも、黄昏どきになると悲しげに咆哮し、そのたびに幼い王子殿下は声のかぎりに泣きわめいたのだがね。雨あられと矢が射かけられるなか、怪物は庭園におりたち、頭を地面につけたので、私は口から出ていった。鎖を壊すのはたやすかった。二頭の怪物は連れ立って飛び去り、私のほうも、矢を受けたり拘束されたりしないうちにと庭園から逃げ出した。オドの学校の入口を探しながら通りを進み、シャツから魚の鱗を払い落とそうとしていたとき、だれかが通りすがりに声をかけてきた。『靴の下にある扉を探すといい』当然のことながら、声の主のほうを捜すと、髪を長くのばし、はだしで歩いている巨人の女の後ろ姿がちらりと見えた。そのマントは鳩でびっしりとおおわれているようだった。

それから顔をあげると、靴屋の靴があった。そこで私は戸口をくぐった。驚いたことに、魔法使いたちは私を捜していたといい、清潔な服をくれて、ただちに国王陛下のところへ連れていった。陛下は遠国の君主のけしからぬ思惑を罵倒し終わると、念入りにこちらを尋問し、最後にどんな褒美がほしいかとおたずねになった。私がケリオールにきた理由をのべると、魔法使いのもとに帰され、学校に受け入れられることになった」

ひといき入れ、話に没頭している学生たちの心が、もっとなにか、物語の教訓のようなもの、美徳が報われるという満足感を期待しているのを感じる。ヤールは自分の手にしたものを与えた。

「そしてそれ以来、私はずっとここにいる」

あとになって、川辺の家でセタと過ごしているとき、ヤールはエルヴァーと迷宮のこと、動揺した学生たちや夜見た夢のこと、図書館の割れた硝子《ガラス》のことを話して聞かせた。絨毯に座り、なにかの巻物を分類しているセタは、話に身を入れていないように思われたが、それは間違っていた。ヤールは木の実を割り、葡萄酒を飲みながらつまんだ。川面を見渡し、その日語った内容に思いをはせる。ふと、どちらもしばらく口をきいていないことに気づいた。向きなおると、美しい青灰色のまなざしがこちらにそそがれていた。

「どうかして?」と訊いてくる。

「そんなことはないと思うが」

「口調が変よ」

「どう変なんだね?」

「淋しそう」

「疲れているだけだ。活気のある夜だったのでね」

「そうかもね。声をかけたとき、なにを考えてたの？」

一瞬黙りこみ、思い返してみると、愕然とした気分に襲われた。あたかも巨大な川底の一部が、記憶につつかれて浮かびあがってきたかのようだった。「あのとき、もっとなにかあったはずではないのか」といぶかる。「もっと求めるものが、なすべきことがあるはずではなかったのか？」

セタは膝をついてしゃがみ、巻物を広げて持ったまま、やはり茫然としているようだった。

「いつ？」

「ケリオールを救った褒美になにがほしいかと、陛下が私にお訊きになったときだ」

「でも、ほしいものは頼んだはずよ」と指摘する。「あなたはなによりもオドの学校で魔法を学びたかった。だから身を挺して学校を救ったのよ。命より魔法を望んでいたんだわ」

「自分が魔法だと思っていたものを望んでいたのだよ」それを聞いてもぴんとこないようすで、セタは頭をふった。ヤールはふたたび試みた。「靴の下の扉をくぐるまえ、私は魔法の夢を見た。どうしたことか、オドの学校の壁の内側で、その夢を見失ってしまった」

「だって、魔法使いに許されている知識はすべて教わったのでしょう」

「そう、魔法使いに許されている知識はすべて教わった」

相手のひとみにさっと警戒の色がひらめくのを見てとる。「それなら、魔法使いが知る必要のあることは全部知っているはずね」

「ヌミスではな」ヤールはむこうみずな台詞を吐いた。「だが、ほかの国だったら？　魔法が空気のように自由で、みずから探究することのできる場所でなら?」

「ねえ、それこそ夢を見ているのではないかしら」セタはやさしく言った。

「いや、いままでが夢を見ていたのだと思う。たぶん、ケリオールに背を向け、一目散にヌミスの国境を越えて、行けるかぎり遠くまで逃げるべきだったのだろう」

セタはあっけにとられ、心配そうな目を向けてきた。「ヤール、どうしてほかの国ならましだとわかるの? ヌミスは何十年も平穏だったわ。だれも危険で反逆的な魔法を恐れる必要はなくて――」

「だれもが恐れている」ヤールはさえぎった。「四六時中だ、学校ではな。恐怖がわれわれの魔法の礎《いしずえ》となっているのだよ」

「それはあらゆる法律の礎だわ」セタは反駁《はんばく》した。「そうやって安定を保っているのよ」だが、ヤールは安定した気分ではなかったし、そう言っている本人も同様だった。ヤールの台詞に動揺させられたのだ。そっとつけくわえる。「講義でそんなことは言っていないでしょうね。ヤール、うちの従弟《いとこ》に――尋問する口実を与えたりしないわね?」

「ヴァローレンか」とつぶやき、その名を口にしながら、やせぎすで顔色の悪い、きまじめな顔を思い浮かべる。

「ヤール、まさか――」

「ヴァローレンはどうするだろうな」そのとき、セタの表情が目に入って自制した。くちびるがわずかにあがる。「すまない。愚痴っぽくなっているようだ」

「落ちつかなくなっているのよ」より正確な表現だった。「あたくしに飽きた？」

「いったいどこをどうすれば、そんな事態が起こりうるんだね？」ヤールは首をかしげた。

「いろいろ可能性はあるわよ」だが、声の緊張は解けており、送ってよこした視線は苦笑まじりだった。「季節の変わり目のせいなのかしらね。また冬が近づいてきたから、ふさぎこんでいるのではなくて？」

「そうかもしれない」と、低く答えた。「仕方がない。結局のところ、自分のやることをやるだけだ」セタが床の巻物や紙をかきまわすのをながめる。「なにをしているんだね？」

「オドの生涯を整理しようとしているの。ケリオールを怪物から救って、オドを目撃したというあなたの話が、その伝記の最後にくるわね。これを全部、その前に組み入れなければならないのよ」

庭師のことを考えて、いや、とヤールは言いそうになった。もうひとつ話がある、と。しかし、口をつぐんだ。セタがオドのことから離れ、にっこりして問いかけてきたので、ほっとする。「王女さまと魔法使いのことは聞いた？」

「なんだって？」

「スーリズ姫とヴァローレンよ——結婚することになったの。もしかしたら、いつか魔法使いの王がヌミスの玉座につくかもしれなくてよ」セタは仰天してこちらを見つめる。「なぜそれを聞いて、そんなに暗い顔になるの？」

ヤールは急いでかぶりをふった。「さっぱりわからない。きっと、まだオドの迷宮のせいで頭が混乱しているのだろう」

「エルヴァーっていう子、ずいぶん才能があるようね」まだ当惑したおももちで、セタはつぶやいた。

「少なくとも、とびぬけて明敏だ」話題を変えるきっかけをつかみ、ヤールは応じた。「才能については未知数だが。さて、どうなるか。エルヴァーが到着したとき、私はここにいたから、はじめて会ったのは迷宮のなかだった。目端がきいて話上手で、おそらく教養もある。落ちぶれた貴族の息子というところか。王の援助がなければ、正門から入ることはできなかったろう」

言葉を切ったのは、もはやセタが耳をかたむけていなかったからだ。どこか遠くに向けられたまなざしが自分のもとに戻ってくるのを、ヤールは辛抱強く待った。

とうとう、その目がこちらを向いた。「はい？」

「なにを考えていた？」とたずねる。

「迷宮のこと。オドの迷宮、と言ったわね。あたくし、あそこがオドと関係していると思ったことがなかったの。魔法使いが建てたものとばかり思っていたわ」

「いや、違う」

「オドは迷宮について書いているかしら？」

「たいした分量ではないな、私の知るかぎりでは。その記述は、学校の図書館におさめた著作に含まれている」

セタは考え深げに巻物で口もとをたたき、ふたたび物思いに沈んだ。「それなら、学校に行ってみないと……迷宮を見せてくれるようワイに頼むわ、あなたがいそがしければね。とてもおもしろそうですもの」

「気をつけてくれ」ヤールは深刻に言った。「オドでさえ理解できないほど複雑なしろものなのだからな」学校のように、と考えたものの、口には出さなかった。

しかし、相手はまたしても聞いていなかった。想像の世界にどんな迷宮を築きあげているのやら、推測することしかできない。「きっと心を映す鏡のようなものね。ひとつとして同じではない……」

「たしかに、なかに入る者ひとりひとりにとってそうなる。もっとも、それがオドの意図していたことだとは思わないが」

「迷宮の中心にはなにがある?」セタは謎かけのように唱えた。

「外へ出る方法をしるした地図だ」

「ほんとう? 正確なの?」

「さあ。私はいつも、壁をぬけてまっすぐに行くのでね。ゆうべは別だが」と思い出し、首をひねる。

「ゆうべなにがあったの?」

「少々道に迷った」そう言うと立ちあがり、質問を防ぐため、巻物の散らばった絨毯の上にいるセタに歩み寄った。方向感覚を失ったことは話したくなかった。また不安を与えるだけだ。

「手伝おう。どこから始まるんだね、オドの人生は?」

「ヌミスよ、キスと一緒にね」

「見せてくれ」

セタは巻物を広げ、余白に描いてあるちっぽけな図形と、その下の説明を示した。

「かくて偉大なる魔法使いオドの生涯は始まった……」

「キスを正確に記録できる者などいないぞ」と抗議する。

セタは巻物をくるっと巻き戻し、それでヤールの頭をばしっとはたいた。「あたくしにはできてよ。どうしてオドのお母さまにできないはずがあって？」

「それは母親が書いたのか？」

「不恰好な娘をとても気に入っていたのよ。オドは小さいころから、家畜の扱いでたいそう役に立っていたから」

「なるほど」ヤールはまたもや、新しい庭師とその植物のことを思った。ほんとうはあのとき、はじめてセタに秘密を持つ必要を感じたのだろうか。心を読もうとするひとみが、ぼやけて見えるほど間近にあった。三つ編みを首のまわりに投げかけ、手ぎわよく心の迷宮からひっぱりだしてくれる。どんな魔法使いにもおとらずたくみに、大げさに騒ぎ立てることもなく。

ヤールはほほえんだ。「これを記録しておいてくれ」

8

スーリズは下着のままで台の上に立ち、感嘆の声をあげる女官や布の山、お針子に囲まれていた。王妹である叔母のファナールは、一度にあらゆる場所に現れるようだった。その姿は、ほんのわずかな刺激でもはねあがる、かたく巻いたばねを連想させた。花束よろしく頭のてっぺんに留めてある、白髪のまじった栗色の巻き毛さえ、動くたびにひょこひょこゆれているようだ。叔母はのべつまくなしにしゃべっていた。お針子たちがやたらと幅の広い絹布や、染めた亜麻布、繻子《しゅす》などを広げ、ファナールの意見を聞くために王女の体にかけているあいだ、スーリズはじっとしていようとした。

たいていは「だめね」という反応だった。「姫君はそれでなくとも黄みがかった肌なのですからね。その黄金色では、本人の色がぬかれてしまうわ。この絹を試してみましょう」

「緑はどうなの？」スーリズは、布のなかにあるおもしろそうな色合いに目をつけてたずねた。

「ひどい色だこと。エンドウ豆を思い出すわ」

「じゃあ、その紫」

「紫を着てお式を挙げるわけにはいきませんよ」

「どうして？」

ファナールは、かたまったクリームの色で統一された絹地をひっぱりだし、スーリズの肩にあてがった。「そうねえ」と疑わしげに言う。「まあ、これなら色が合わないことはないけれど」

「合わない色なんてあるの？　目は青いし、髪は茶色だし——いったいどんな——」

「栗色よ。その髪は栗色なの。わたくしの若いころとそっくり同じね。ごく淡いあんず色がいちばん似合っていたものですよ。でなければ藤色。ここに——いいえ、ないようね。なぜ」と、部屋全体に向かって問いただす。「藤色がないのです？」

「ただいま藤色をお持ちします」お針子のひとりが言い、廊下に走り出た。生地の要塞の後ろには、商人や助手が控えている。藤色が運びこまれるまで、王女は濃い赤葡萄酒の色をした一巻きの布地の裏にこっそり隠れていた。

「これよ」スーリズは提案した。「わたくしはこれが好き」

「いけません」叔母は、スーリズの腕に藤色の布を巻いてためつすがめつした。「だめね」てきぱきと続ける。「なにを考えていたのかしら？　これはあなたのひいおばあさまの色ですよ。若い女性がお嫁入りの日に着るものではないわ。そちらを試してみなさいな」

ひらひらと生地がひるがえり、藤色がひっこんで黄色の小花模様が突き出された。王女はそのなかに沈み、絹におおわれて魔法のように姿を消した。また現れたときには、布の下になった台に座りこみ、しかめっつらをしていた。

「こんなことが重要なの？」と迫る。「花嫁衣装が沼地の霧みたいな灰色だろうと、ラズベリークリームの色だろうと、なんだっていうの。もっと大切なことがあるはずじゃない？　それとも、わたくしの考え違いなの？」

つかの間、小鳥のようにきらめく叔母の目が、実際にスーリズを見たかのように思われた。ファナールは勢いよく息を吸った。「それですよ！　クリームの地にちらほらラズベリーの花を散らして、髪にもつけるのよ。ぴったりだわ。ほら、立って」スーリズは歯を食いしばり、はうようにしてまた台に上った。ファナールが指さす。「その布を。あと、そちらもね」

「ファナールおばさま――」

「いいから黙ってらっしゃい。こんな日にものを考えるなんて、だれひとりあなたに望んではいませんよ。ヴァローレンはいつかテネンブロス卿になります。魔法使いにして貴族、まさしく宮廷の重要人物というわけね。それに、若くて見かけも悪くないでしょう、まだ髪も歯もすっかりそろっていて。お父さまはいい選択をされましたよ。あなたも感謝しているでしょうね。にっこりする練習をしておいたほうがいいわ。この先、そういう機会が山ほどあるでしょうから」ひといき入れて、スーリズの努力を観察する。それから、ぎゅっと目を閉じて、鼻梁《びりょう》をつまんだ。「あなたのお母さまはことあるごとに笑っていたというのに！　まったく、どうしてもっとお母さまのようになれないのかしらねえ？」

一時間後、スーリズは父王の動物園で、檻に沿って続く手すりの大理石のふちに腰かけていた。桟の隙間から手をつっこみ、大きな目、ひょろひょろと長い四肢を持つ、小さな金色の獣の耳をなでる。さすったりかいてやったりしていると、獣がそっと手を握ってきた。指をよこしてほしいところを教えようと、まるい頭を動かす。スーリズは冷たい鉄の桟に顔を押しあて、手入れの行き届いた檻のなじみ深いにおいを吸いこんだ。穀物、腐りかけた果実、毛皮、下に漂っている野生の獣の悪臭。

王立動物園は一世紀近く続いてきた。上から影を投げかけている大木のなかには、その三倍の樹齢を持つものもあって、枝のかたちづくる緑と金の広い天蓋に、スーリズは安らぎを感じていた。巨大な鳥籠の内側では、さまざまな国の鳥たちが、花をつけた茂みや細い木の合間をさえずりながら行き交っている。耳ざわりな鳴き声をたてる、大きく華麗な鳥もいれば、ちっぽけな飛ぶ宝石といった鳥もいた。檻のむこうの芝生では孔雀がのしのしと歩いており、木立では白梟《しろふくろう》が眠っている。獰猛できわめて物騒な獣もいた。生肉を喰らい、雷鳴のように吠えたけるうえ、ばかでかい角やぞっとするような牙も生やしている。そういう動物は避けるようにしていた。

はじめのうちはオド自身が、魔法使いに研究させようと、風変わりな魔法の生き物を旅から連れ帰っていた。だが、甘やかされた貴族の息子がかみつかれたか、やけどしたか、そんな一件があって、王は校内で飼育することを禁じた。そこで、獣は学校から檻へ移されたが、みなやつれて弱り、一、二匹は死んでしまった。そしてある晩、動物たちはすべて、鍵のかかった檻から忽然と消え失せた。広く信じられているのは、オドが嘆きの声を聴きつけ、解放するために戻ってきたのだという説だ。それが事実だとしても、その姿を見たのは動物たちだけだった。伝説のなかから現れた生き物たちそのものは、暗闇で光る白い大猫も、炎を歌う鳥も、ちっぽけな飛竜も、二度とヌミスで目撃されることはなかった。

小さな金色の獣には、それなりに魔法の力があるようだ。こちらを見分けて、細く甲高い声で呼びかけてくるし、スーリズの声も気に入っているらしい。

「それって」と、陰鬱に言い聞かせる。「うちの家族よりましってことよ。だれもわたくしの言うことを聞いてくれないんだから」ふかふかとあたたかな頭がさがり、指先を首筋に導く。「結婚を考えていたら、一緒に住むことになるんだから、相手について知りたがるだろうと思うでしょ。でも、そうじゃないみたい。まあね、ヴァローレンは、話をしようとすれば耳をかたむけるふりはするわ。もっとも、頭のなかではよそに行っているんじゃないかと思うけど。お父さまが聞きたがらないようなことは聞こうとしないし。文字どおりによ。耳に入らないの。まあ、どうせ、そういう話をしょっちゅうするわけじゃないけど。ヴァローレンがもしちゃんと聞いたら、その場でお父さまに言いつけに行くに決まってるもの。たとえばね、ディッタニーひいおばあさまといるとき、ふたりでやってみてることを、婚約者どのに話せると思う？ まさか。あと、夜ひとりで黄昏《たそがれ》区にしのびこんだこととか？ 絶対に無理よ。それに――」強調するために身を乗り出そうとしたが、桟を強く押すだけに終わった。「ヴァローレンを説得してついてきてもらえる状況って、想像がつく？ どう？ できると思うなら、教えてくれればいいのに……わたくしが結婚しようとしてる相手は、目の奥に閉じた扉があって、頭のなかに〝立入禁止〟の札がかかってて、心にはどんな警告が貼りつけられているかわかったものじゃないのよ。なのに、それを気にかける人がいる？ わたくし以外に？ とんでもない」

獣は手の下で息をつき、ずるずると座りこんで、今度は背骨をなでおろさせた。スーリズはじっとそのようすを見つめ、自分の手を握りしめている乾いた長い指に向かって、残念そうにほほえみかけた。「だれも気にしてくれない」ささやくように言う。「でも、少なくともおまえは、わたくしといるのが好きね」

そのとき、話し声が聞こえた。周囲の動物の意味不明な金切り声やつぶやきをぬって、次第にはっきりと響いてくる。スーリズは体を動かし、つかまれた手を栈越しにのばして、檻の側面のほうをのぞいた。警吏総監ピット卿の、いかつく気難しい顔を認めて、ぱっと首をひっこめる。こちらに背を向けて総監と向かい合っているのは、父だった。

檻のところにやってきたのは、内密に話すためだろう、と推測する。あたりには飼育係しかいないし、ほかのだれかに見られたところで、王が動物園を歩きまわって視察するのはべつにめずらしくもない。スーリズはまたのぞき見た。王はなにやら生で血がしたたっているものを袋からひっぱりだし、目の前にある檻の栈から投げ入れた。低いうなり声が応える。スーリズの手を握っている長くほっそりした指の力が強まった。小さな獣は神経質ないきいき声をあげた。

王はとても背が高く、金髪はいまや銀色になりつつあった。生の食事を好み、どなって周囲を沈黙させることのできる人間特有の声をしている。スーリズが大きくなるまでは笑い声のほうもたびたび耳にしていたが、母が死んでからは消えてしまったようだった。父もエニズも、ふたりを笑わせていた機知に富む黄金の髪の王妃がいなくなって以来、陰気で怒りっぽい性格になってしまったのだ。

わたくしもよ、とスーリズは思い、父王の後頭部に視線をあてた。人を笑わせる方法なんて知らないもの。

ふたりの男は、餌を食べる動物をながめながらしゃべっていた。その声は、檻と檻の隙間を通って、スーリズのもとまで明瞭に届いた。

「陛下」ミューラット・ピットが言っている。「息子はティラミンの出し物を見て参りました。ですが、魔術師本人と話すことはできなかったということでして。話したのは娘のほうだけで、しかも父親についてはほとんど明かさず、一般に知られている以上のことは語らなかったそうでございます」

「一般に知られておることとは?」ガーリン王はたずねた。前かがみになり、ぴしりと指を鳴らしてから、ぎょっとすることに、片手を檻の桟のあいだにすべりこませる。スーリズはかたずをのんだ。ただちに苦悶の叫びがあがることはなかった。王のきびしいおもてが真剣になり、あたかも獣の表情を映し出すかのように、妙に超然とした雰囲気をたたえている。前腕が動いた。血まみれの贈り物をたいらげたばかりの獣をなでているらしい。

わたくしと同じ、とスーリズは考え、また仰天した。動物をあやしにここへくるんだわ。ただ、お父さまの場合、下手《へた》をすれば自分に食いついてくる動物だけど。

「たいしてございません」ピット卿が返事をした。「曖昧《あいまい》な言葉、矛盾ばかりです。確実なことはなにひとつないようでして。ティラミンはヌミスのはるか辺境の出身とも、遠国の出とも、ここケリオールの生まれとも聞きます。ただの手品師という話も、魔法使いという話もありまして。興行のさいには仮装し、顔を隠したままにしております。アーネスは調査にかけてはなかなかの腕利きでして。ヴァローレン顧問官の要請がございましたので、気は進みませんでしたが、地区警吏監としての義務の一部を免除し、幻術で人々を誘惑するという流浪の魔術師に関して探らせました。この前、黄昏区が誘惑されたときには、あやうくヌミスの国王陛下が王都を失うところでございましたからな」

「予の祖父だ」

「まさしく、陛下。魔法の学徒が煽動されて魔力をふるうという愚行に走り、きわめて危険な状況におちいったときでございます。当時は衛兵と巡回警吏が、ケリオールの街路に魔法が放たれることを食いとめました。魔法使いが自身の教え子と戦うという事態は避けられたのでして」

どんな魔法？　スーリズは首をかしげ、父の動物園のようにはなやかで猛々しい魔力が、ケリオールじゅうをあばれまわっている図を思い描こうとした。ときはなたれた魔法はどんなことをするのだろう？

ごくかすかにいびきの音がした。獣が手を握りしめたまま眠りに落ちていた。つないだ手がしびれている。そっとふりほどいて、小さな生き物が鼻を腹につけ、前肢を耳にあてがって、くるりとまるまったのを見つめた。

意外な声が耳に入って、桟に身をよせる。婚約者がピット卿と王に加わっていた。スーリズはむっつりとその姿を見やり、一度でも笑ったことがあるのだろうか、といぶかった。顔立ちは充分ととのっているが、めったに内心が表れない。思考も言葉も表情も、なにもかもが抑えつけられているようだ。まだ若いのに、まぎれもなく王や総監と通じるところがあった。気をつけないと、いつかピット卿の渋面がしみつくことになるわ、と考える。

「陛下」魔法使いは王に声をかけ、なにかに耳をすますように短く沈黙した。そのあいだに、またいびきが聞こえた。ヴァローレンはふたたび、言いかけたことがらに戻った。「おふたりと内々にお話ししたいと申し上げたのは、処置を決めかねたからです。どうやら、ケリオールにはもうひとつ、正体のはっきりしない対象があるようです。しかも学校のなかに」

王は観察していた獣からさっと目を離し、顔をあげた。「オドの学校にか」

「さようでございます、陛下。新しい庭師です」

「庭師？」王と総監は同時に言った。ピット卿はせきばらいし、王に先を譲った。「庭師にどのような正体があるというのだ。鉢に種を蒔き、豆を育てておるだけではないか」

「その庭師は、魔力の影響を受けやすい植物を扱っているのです。自分自身にたいした力はないと申しておりますが。わたくしはたまたま学校で出くわし、花がないかとたずねたのですが
――姫君にお贈りするのにふさわしいものをと」

ピット卿はうなずいた。「ふさわしいお心遣いですな」と、お世辞たらたらに言う。

そういえば花をもらった、と記憶がよみがえった。派手なばかでかいラッパ形の花で、しましま模様の配色は、ちょっと叔母が婚礼衣装に選んだ組み合わせに似ていた。しかし、その扱いにくい植木鉢をよこしたとき、ヴァローレンが上の空だったこともよく憶えている。もう少

しで足の上に落としそうになったほどだ。婚約記念の品としては、いささか縁起の悪い置き場所だろう。スーリズは息をひそめ、あのとき許婚《いいなずけ》の心がどこにあったのか手がかりをつかもうと、注意深く聞き耳を立てた。

「庭師が――北方出身の若い男ですが――言うには、オド自身に雇われて、靴の下の扉から学校に入ったそうです」

王はうなった。とつぜん迫力ある音がしたので、小さな獣はうたたねからびくっと目覚めた。

「オドが生きておると？」

「ほかに靴の下の扉をあきらかにできる者はおりません」

「ケリオールにおるのか？」

「陛下、わたくしは存じません。オドは気ままに出入りしますので。魔法使いたちはオドの名を口にしませんでした。庭師のこともです。その点が奇妙に思われました」

「たんに庭師の仕事ぶりが気に入っただけではないか」

「陛下、わたくしは力を感じたのです」

「オドの？」王は問い返した。

「庭師のです」また間をおく。ふたりの男は黙ってそのようすをながめた。「当人は気づいていないようでした。実際、まだまったく形をなしていないようなのです。世話をしている植物を理解するために力を使っておりましたが、その方法は自力で学んだものでした。ほかにどんなことが習得できるのか、わたくしにはわかりかねます。ましていまは、ヌミス最高の魔法使いたちに囲まれているのですから」動物園全体が耳をそばだてているようだ、とスーリズは思った。鳥のさえずりさえとだえている。王はみじろぎもせず、口もひらかず、ただヴァローレンのおもてに視線をあてて、じっと待った。「うかがいたいのは、その庭師にそれほどの自由をお与えになりたいか、ということです。それと――」

「なにゆえ」王がやんわりとひきとった。「魔法使いどもがみずから余に告げなかったか、ということだ」

「御意にございます、陛下」

「たずねてみるとしよう」ガーリン王は言った。声が刃のようにするどくなっていた。「よくやった、ヴァローレン」

そのあと、ピット卿がまた話しだし、王に向かってまたもや息子の話を続けた。ヴァローレンは頭をさげ、ふたりを先に行かせると、身をひるがえした。スーリズも背を向けた。獣はいまや、残ったくだもののかけらの上に低くかがみこんでいた。ちっぽけな頭をもう一度だけかいてやる。そのとき、かたわらにだれかの存在を感じて、とびあがった。

それは婚約者だった。風変わりな淡いはちみつ色のまなざしは、王女自身も、なでている動物も、スーリズがひとりきりでいることも、いまの王の会話が届く位置にいたことも、一度にすべて把握しているようだった。猫背気味の長身と、まばたきひとつしない真剣な目つきは、獣が病みつくと動物園の近くの木々に集まってくる、首のまがった大きな黒っぽい鳥を思わせる。

ふたりはいっぺんにしゃべりだした。

「先ほど姫君を見かけて――」

「いったいどうやって――」

ヴァローレンは黙った。王女も口をつぐんで、相手に警戒の目をそそいだ。やがて魔法使いはあらためて切り出した。「陛下とピット卿に合流したとき、姫君の存在を感じました。話を聞いていたのですね？」

「存在を感じた？」ささやくように問う。皮膚がぴりぴりした。

「陛下とお話しするさいには、だれが近くにいるか、つねに心得ておかなければなりませんから」

スーリズは愕然としてまじまじと見つめた。「どうやって――心のなかに入るの？ 考えを読むの？」

「それは不作法でしょう」しかつめらしい答えが返ってきた。なぜか叱られたようだった。

「そういうことをするのは、必要不可欠な場合か、相手の許可を得た場合だけです。姫君とのあいだで必要になるとは思いません。なにしろ、国王陛下のご息女なのですから。陛下は、ご自身の価値観や信念を共有するよう育ててこられたはずです」そこで言葉を切る。スーリズは口をひらき、また閉じた。なにも出てこなかった。ヴァローレンはくりかえした。「聞いていたのですね」

「わざとじゃないわ」スーリズはいくぶんむっとして断言した。「わたくしは人から離れたくてここにきたの。お父さまとピット卿は好きであそこで立ち止まったんだし、ティラミンと庭師の話は勝手に聞こえてきてしまったのよ。いったい――」言いよどみ、油断なくみひらかれたひとみを意識しながら、慎重に先を続ける。「いったいどうして、植物にしか関心のない人のことがそんなに心配なのか、理解できないわ。まわりを楽しませるとか、だれも傷つけたりしない魔法を、こっそりちょっとだけ使ったからって、どうしてあなたやお父さまが気にしなくちゃならないの？」

「姫君はなぜ気にかけるのです？」またもやするどいところをつかれ、声を失った。ヴァローレンは返事を待っている。スーリズはあわてて退却し、そのまなざしから自分自身を隠そうとした。

「気にかけてないわ」そっけなく言う。「なんで気にしなくちゃいけないの、そんな――」

「自分たちが知らないものごとこそ、大きな意味を持つのですよ」

「――ぜんぜん知らないことなんか」

「小さな現象はもっと複雑な事実をさししめしているものです。それが危険な結果をもたらすこともありえます。魔法使いたちが庭師について沈黙していたことは、ささいな一件に思えるかもしれませんが、やはりきわめて憂慮すべき事態です」

「わかったわ」

「ほんとうに？　そうだといいのですが。姫君と理解しあうことは重要なのです。ですから、あとに残って少々お話ししたいと、陛下にお許しを願ったのですよ」

「少々」スーリズはうつろにくりかえした。

「聞こえたと思いますが、緊急に対応しなければならない件がありますので」

「そうね。いつも急ぎの件があるみたい」そこで、言葉につまってしまった。許婚と向かい合ったまま、ほかに言うことが浮かばない。

相手も同じ問題をかかえているようだった。薄い色の眉がふっとひそめられる。それから檻のなかに手をのばし、小さな生き物をぎこちなくぽんとたたいたので、獣は食物をとりおとした。ヴァローレンに向かって、けたたましくまくしたてる。少なくとも言うことはあるらしい、とスーリズはうらやましく思った。

「これが好きなのですか？」魔法使いはためらいがちにたずねた。

「ええ」スーリズは努力して答えた。「動物をなでてると、心が落ちつくの」

「わたしの手は気に入らないようですね」

「驚かせたからよ」

「王宮で動物を飼うこともできるでしょう。そうしたら、雨が降っていてもなでられる」

「天気はどうでもいいの。魔法使いが冬でも充分あたたかくしてくれてるし。王宮より、ここのほうが静かだもの」

ヴァローレンは問いかけるようにこちらを見た。そのとき、まるで相手の聴覚を通したかのように、まわりじゅうのさえずりやうなり声、咆哮、やかましい鳴き声が耳に入った。口もとがゆるみ、スーリズは思いつきで告げた。「ファナールおばさまが結婚式について話してるとき、ちょうどこんな感じよ」

だが、ヴァローレンは結婚式に興味がないらしく、こう言っただけだった。「ファナールさまは、わたしのそばで口をひらかれたためしがありませんね。いつもにこにこなさっています」

「そうでしょうね」

「どういう意味です？」

「それは――」不審そうな視線をそそがれ、また口ごもる。「ただ、おばさまがお父さまの選んだ人に満足しているって意味よ」

「姫君もそうだとよろしいのですが」

「わたくしにどう感じようがあるの？　ふたりとも、おたがいのことをろくに知らないのよ」

「この先何年もあることですから」

「そう」スーリズは言い、この男を動かしているのは野心だけなのだろうか、とわびしく考えた。「知っていてもいなくても、どっちにしてもわたくしと結婚するんでしょう」

「必要なだけ知り合っていると思いますが」

「あなたが知っているのはお父さまよ、わたくしじゃないわ」と指摘する。「もしわたくしに――そうね、あなたが賛成できないような癖でもあったらどうするの。もし――」

「姫君は国王陛下のご息女です。父上が承認なさらないことをするはずがありませんし、陛下のお気に召すなら、わたしに否やはありません」

「わたくしは母の娘でもあるのよ。そのことも考慮しておいたほうがいいわ。それに、ディッタニーひいおばあさまもいらっしゃるし。ひいおばあさまは、ちょっとした魔法が、道ばたの花みたいにあたりまえに存在してる国からいらした方よ」

ヴァローレンは手のひとふりで、そんなささやかな魔法を却下した。「それは姫君の責任ではありません。身内の習慣を改められるものではありませんから。わたしの大叔父は家を出奔し、森で獣のように野蛮な暮らしをしていました。最後にだれかが会ったときには、梟の言葉しかわからないふりをして、ひとことたりとも人語を口にしようとしなかったのですよ。だからといって、わたしの頭がおかしいということになりますか？」

「いいえ」スーリズは残念そうな声を出した。「どういう形でも、あなたが野蛮なまねをしているところなんて、まるっきり想像がつかない」

「そうでしょう。どうです、おたがいに理解しあっているではありませんか」無言の呼び出しでも受けたかのように、ちらりと城の建物を見やる。「もう行かなければ」不器用にスーリズの手をとろうとしたが、うまくいかず、あきらめる。「わたしには魔法を扱う才はありますがと認める。「人づきあいは必ずしも得手とは言えません。そのことは知っていただいていたほうがいいでしょう。まあ、どうでもいい問題ですが」

「そうね。どうでもいいんでしょうね」

魔法使いは躊躇《ちゅうちょ》し、それから梟を思わせるしぐさでさっと身をかがめた。スーリズはぎょっとした。くちびるがどこか鼻の近くにぶつかる。そのあとヴァローレンは、ふたりのあいだに魔法をかけることに成功した、といわんばかりににっこりすると、王女を野蛮な生き物たちのなかに残して、王のもとへ戻っていった。

9

アーネスは、またもや川べりの倉庫にいた。すっかり魅了されている騒々しい酔っぱらいどものなかに立ち、魔術師の美しい娘がひと群れの鳥に変わるのを見物していたのだ。観客は息をのみ、笑いだして、鳥が飛び去った空中へあれこれ意見を投げた。魔術師は、どこにあるのか知らないが、頭にかぶった球状の面にあけたのぞき穴から、そのようすをながめている。その頰は林檎《りんご》のように赤く、もじゃもじゃのひげと長髪は鉄の色だった。黒く塗った眼《まなこ》が、ときおり炎を受けてつややかに光る。くちびるは不変のほほえみをうっすらとたたえ、いつでも話しだそうというかのようにひらいていた。黒い穴から出てくる声は、太く力強く、自信に満ちている。ふいに、その声が意味不明なひとことを発し、鳥を呼び戻した。かかげた杖から青緑色の炎が噴出する。ときはなたれた火の輪に囲まれた鳥たちは、きらきら輝く渦のなかに消え失せた。とつぜん爆発音がとどろいたので、人々はとびあがり、声をたてて笑った。魔術師の娘がひと吹きの煙のなかからふたたび現れ、袖から羽毛を払い落とすと、平然とした微笑を観客に向ける。

その姿は、古ぼけたキルトの山に座って片袖をつくろっていた女とは、雲泥の差があった。

見分けがつくのは、象牙色の白粉《おしろい》で強調された琥珀《こはく》のひとみのおかげだ。巻きあげた髪にも、耳たぶにも指にも宝石が光っている。あでやかな微笑さえきらめきを反射していると映った。あらゆるしぐさに楽の音があふれているような動きだった。

ティラミンがふたたび杖で娘を示した。長い金の棒で、先端からしょっちゅう火がほとばしっている。ミストラルは大きめの箱をとりあげると、蓋をあけてひっくり返し、ふってみせた。それから箱を閉じて、ティラミンにさしだす。杖から黄色い炎が噴き出して箱を包みこんだ。蓋をひらくと、なかから巨大な藍色の蝶の群れがわっと出てきた。観客が拍手する。ミストラルは蓋をしめ、わきに置こうとしてから、ふと耳もとに近づけて、もう一度あけた。猫が一匹とびだし、蝶を追ってはねていった。また箱を閉じる。内側からドンドン音がした。すばやくひらくと、小型犬が猫を狙って躍り出た。見物人は笑って喝采し、舞台の上の猛烈な追いかけっこを対象に賭けを始めた。舞台が徐々に暗くなり、白磁の仮面とまるく広がるスカートの踊り子たちがぐるぐるまわりだす。回転するたびに、愛らしく神秘的なおもてが現れたり消えたりした。白い楕円と夜のような黒髪がめまぐるしく入れ替わり、いま見えたかと思えばもうそこにはない。ティラミンの杖が紫を吐き、スカートがふいに星で埋めつくされた。梁に向かって舞いあがりながら、あっという間に薄れていく。

手品だ、とアーネスは思った。手品師の魔法だ。巧妙かつあざやかな手並みで、黄昏《たそがれ》区の移り気な観客を惹きつけるほど意表をつく技でもある。だが、本物の魔法ではない。危険でも物騒でもないし、あの魔術師はたぶん、念じただけで都を燃やすどころか、蠟燭に火をつけることさえできないだろう。それがアーネスの素人判断だった。とはいえ、ティラミンと言葉を交わしておくほうがよさそうだ。父がせめてその程度は期待しているだろうから。

そこで、出し物が終わるまで待った。していないし、ことさらに目を惹いたり質問を誘ったりするようなところもない。もしかすると、ティラミンと話をさせてくれと頼んでも、魔術師の娘はこちらを憶えていないかもしれない。もっとうまくいけば、終了後、みんなが夜の名残を追おうとして仮面や衣装を脱ぎ捨てているとき、どさくさにまぎれて自分で魔術師を見つけ出せる可能性もある。

しめくくりに、ティラミンは目をみはるような炎の幻を創り出した。ありえないものがつぎつぎと出現しては消えていく。宙で釣りをしている複数の舟、翼の生えた馬の群れ、一頭の竜。幻影のあいだを動きまわる踊り子や楽士、助手たちも、その一部となった。ひとり、またひとりと、みずから驚くべき幻想に変わり、ついで霧散する。とうとう、魔術師の娘だけが父親と残った。だしぬけに、身につけていた宝石が残らず閃光を放ち、娘もぱっと消え失せた。その姿より一瞬長く、美しい白磁の面が煙の漂う空中に浮かんでいた。

最後に一度、ティラミンの杖が火を噴き、稲妻が走りぬけて、心臓が止まるほどすさまじい雷鳴がとどろいた。そして、魔術師もいなくなった。ぼうっとなった観客が目をしばたたかせても、そこにあるのはからの舞台のみ、紙の薔薇ひとつ、鳩の糞ひとつ、いましがたの驚異をしのばせるものはない。

人々がまだ息をひそめ、手をたたくべきかと悩んでいるなか、アーネスはひとあし先に動いた。観客は決断を下したらしい。たるんだ綱で舞台後方の壁にさげられている、虫の食った幕の裏にもぐりこんだとき、歓声と口笛が耳に届いた。

期待どおり戸口があったので、そっと通りぬける。埃っぽい廊下の至るところで人の声が響いており、ひとりの踊り子が髪を解きながらかどをまがって見えなくなった。あちこちで扉がひらかれ、勢いよく閉じる。アーネスは、ティラミンの声を捜して反対の方向へ進んでいった。

きのうの夜、魔術師の娘を見つけた戸口に行きつく。耳をすましたが、なにも聞こえない。衝動的に扉をあけてみた。すると、ティラミンと顔をつきあわせることになった。

床に置いてある巨大な頭が、謎めいた双眸《そうぼう》でこちらを見つめている。アーネスはちらりとあたりに目をやった。魔術師本人の姿はなく、壁に金ぴかの長い杖が立てかけてあるだけだった。調べてみようと部屋を横切る。それはただのまるい棒で、すべすべにみがかれ、金色に塗ってあった。両端をよく検分し、片手で重みをはかって、分解しようとひっぱってみる。目で確認したかぎりではなんの仕掛けもないし、感触からすると、ほうきの柄と同じぐらい中身がつまっているようだ。

あの火はどこからきたのだろう？

とつぜん、扉がひらいた。魔術師の娘が探るような目つきで立っていた。いまは両方の顔が見える。半面は月のように白く、反対側は化粧を落としてこまかいしわがあらわになっていた。凝った髪型の片側はほどいてある。くちびるは深紅のままだったが、ほほえんではいなかった。

「またあなたなの」と言う。

「親父さんはどこだ？」

ミストラルは、魔術師が下にいるとでもいうかのように頭部を見やった。「父は大仕事をすませて休んでるわ」

「話してもいいか？」

「あなたはだれ？　なんの権利があって、断りもなく内輪の場所をうろついたりするの？」

「名前はアーネス・ピットだ。黄昏区の地区警吏監をつとめている。国王陛下のご要望を受け、俺の父、ケリオールの警吏総監ピット卿の指示で、魔法の噂を調査するためにきた」

「どんな噂？」

「ティラミンの魔法が本物の魔法かもしれないという噂だ。その場合、ヌミス王国においては、陛下の許可がなければ違法となる」

ミストラルはつかの間黙りこみ、じっと視線をそそいできた。流れるような動作で戸口のわきの柱によりかかり、腕を組んで眉をひそめる。しかし、本気で怒っているわけじゃないな、とアーネスは考えた。そう見せかけているだけだ。真実やましいことはないのかもしれない。

「地区警吏監が魔法についてなにを知ってるというの？」

「なにも」と認める。「だが、親父は俺の判断を信頼している」

眉間の緊張がいくぶんゆるんだ。「それじゃ、父があなたを説得すればいいわけね」

「そうだ。会わせてくれるか？」

魔術師の娘はかぶりをふった。「だめ。今晩はね。だれにも邪魔をさせるなって頼まれてるから。出し物のたびにくたくたになるくせに、それでも休まないことがあるのよ。芸がうまくいかないときには、たとえ納得いかなかったのが自分だけでも、全部最初から、ちゃんとできるまでやりなおさずにはいられないんだから」アーネスは口をひらいた。ミストラルが片手をあげる。「でも、待つ気があるなら、明日の夜、興行の前に二、三分、あなたと話してくれるように頼んでみるけど。それで満足？　王さまのほうはどう？」

アーネスは頭をさげた。「俺のほうはかまわない。陛下のご意向は追って知らせる」

翌日、ピット卿と仕事時間が重なったとき、魔術師の娘が約束したことを伝えると、総監は不機嫌に息子をながめた。

「公用で赴いた地区警吏監が、魔術師のひまができるまで待たねばならんのか？」

「べつに法律を破ったわけじゃないんだ」アーネスは指摘した。

「だからなんだ？　ここに連行しろ。わしがじきじきに尋問する」

「俺が訊くよ」アーネスはおだやかに答えた。「今晩だ。もしあやしいと思ったら、親父のところに連れてくる」

「では、そのままヴァローレン・グレイのもとへ連れていくとしよう。それなら陛下もお心を安んじられるだろう」ピット卿はいらいらとみじろぎし、きっちりと机に置いてある紙をいじりまわした。「これだけではまだ足りないといわんばかりに、庭師の件まで出てきた」

「庭師」

「強大な魔法使いかもしれんし、違うかもしれん。だれにも見当がつかんらしい。庭師自身にさえな」

「そいつも尋問しろっていうのか？」アーネスはまごついてたずねた。

「おまえはまだだれひとり尋問しとらん」父親は腹立たしげに言った。

「魔術師の娘とは話した。それに、隙をついていくらか内部を探ってきたし。有能な手品師ならだれでも使うような商売道具しか見かけなかった。真っ昼間なら、絶対に魔法とは疑われないようなやつだ」

ピット卿は納得せずにうなった。「その男に関してなにもかも調べあげろ。出生地、旅してまわった場所、どこで芸を覚えたか」

「わかったよ」

「そいつの外見すら説明できんのだからな」

それは事実だったので、アーネスは無視した。「もう行かないと」と告げる。昼の光が街路からしりぞいてゆき、その背後で宵闇が道の玉石をおおっていくにつれ、黄昏区のたえまないリズムに引きよせられるのを感じた。

「疑わしい点があれば」ピット卿は去りぎわに言い残した。「ただちに報告しろ。明日の早朝、黄昏区が眠りについているうちにケリオールから追い出してやる」

アーネスは裏口からこそこそしのびこむかわりに、早いうちに舞台の正面に陣取った。だれかがすりきれた幕の隙間からのぞけば、すぐ目につくようにだ。倉庫に人が集まりだす前に、例の踊り子が出てきた。欠けた前歯の笑顔に見覚えがあったので、にっこりとほほえみかえす。

「ほら、あたしの言ったとおりだ」踊り子は明るく言った。「あんたのことよ。警吏の目をしてるって話」

「ここにくるときは、別人の目をつけてくるようにしないとな」

「だったら心もとりかえないとね。ものを見るって、心のなかから始まるんだから。ミストラルがね、あんたを連れてこいって。いまティラミンと一緒にいて、着付けを手伝ってるの。でも、着てる服は見ないふりをしなくちゃだめ。袖に手品の種がいっぱい仕掛けられてるんだから」

踊り子に先導されて、舞台裏にある廊下や部屋のちょっとした迷路をぬけていく。おそらく、かつては商人がいちばん貴重な品をしまいこんだり、商品を照合したりするのに使っていたのだろう。長い廊下のつきあたり、すすけた窓が暗い川を見おろしているわきで、踊り子は最後の扉をあけた。アーネスはふたたびティラミンを目にした。今度は、大きな頭に比べて小さく見える腕と足もついており、その姿が鏡のなかの像からこちらへ向きなおった。

「父さん」魔術師の娘が口をひらく。「こちらが黄昏区の地区警吏監のアーネス・ピット。質問させるって約束したの」

頭部は低くうつろな笑い声を響かせた。「なるほど、わしの偉大な力に、国王そのひとが恐れをなしたか」

「あんたの存在が臆測を呼んでいるんだ」アーネスは言った。「顔を見てもかまわないか?」

娘に確認してから、頭は溜息をついた。「どうしてもか? この面をきちんとつけるには、一時間かかるのだがね。この留め金や輪っかが見えるだろう」

「やりなおしているひまはないの」ミストラルが説明し、百ものちっぽけな鉤でティラミンのシャツの襟首にとりつけてある絹の布のふちを示した。「それに、肩や脚につめものをして、ブーツをはかせて、使うものを全部袖に仕込まないと」

「たとえば？」アーネスは興味津々でたずねた。ミストラルはふたつの箱を見せてくれた。たっぷりした黒っぽい袖口にひとつずつで、贋の鳥や紙の花、錫《すず》でこしらえた金貨、絹の蝶、それに各種のがらくたが入っていたが、これは音を出したり、火を出したりするための小道具だろう、とアーネスは推測した。

「そのあとで」とミストラルは続けた。「わたしも着替えなくちゃいけないし」

たしかに、疲労の隈《くま》を浮かせ、髪をきつく後ろにひっつめて、いちばん見映えのしない顔を見せている。だが、あの目はごまかせない、とアーネスは思った。それに、魅力的な低い声もだ。どんなに目立たない状態でも、そのおもては落ちついて気品のある力強さをたたえており、魔術師の炎のもとでの変貌をうかがわせる。

気がつくと、その顔に向かって笑いかけていた。急いで表情をひきしめ、どういうことかとあやぶむ。一瞬、魔術師の視線を感じた。のっぺりと黒く塗ったひとみがこちらを観察しているようだった。それから、巨大な頭部は鏡のほうへ向きなおり、ミストラルがつめものをした絹を肩にそって結びつけはじめた。

「質問するがいい」ティラミンは言った。「王はなにを知りたがっている？」

「あんたの生まれはどこだ？」

「西ヌミスの村だ。魔術師ティラミンが出現したのは、ヌミスのはるか南に位置する砂漠の王国だった。ある焼けつくような夏、妻と幼い娘をかかえて文なしだったわしは、仮面を借り、ポケットにいくつか妙なものをしのばせて、めくらましと幻術のあるじ、ティラミンとなった」

「手品は全部自分で考え出したのか？」

「ひとつ残らずな。あれはわしの芸術であり、玩具であり、心に描いた喜びだ。要するに、わしはこの生業《なりわい》を楽しんでおり、つねに最後の出し物よりすばらしいものを創り出すべく、不断の努力を重ねているのだよ」

「ほかの国の魔道師や魔法使いに学んだことはなかったのか？」

「真の魔力を持つ者なら、だれもわしをまともに受けとめたりはすまい」

「国王陛下は受けとめておられるぞ」

ティラミンは肩をすくめた。「王は魔力を持っていない。幻を恐れているのさ」片腕を広げ、続いて手をひらく身ぶりをしてみせる。掌《たなごころ》には蝶が一匹乗っており、呼吸に合わせてさわさわと翅を動かしていた。

「父さん、時間がないのよ」ミストラルがくぐもった声で言った。ばかでかいブーツにうまく片足をつっこんでやる。ティラミンは手を握り、またひらいた。蝶は消えていた。

「手品さ。目をくらまし、笑いをもたらす。それだけのものだ」もう一方のブーツに足を入れ、体勢をととのえたかと思うと、ぐんと背がのびる。大きな頭がにょっきりとアーネスの上にそびえたった。ミストラルが長い黒絹のマントのポケットに小物をつっこみ、父親にさしだした。魔術師はそれを首に巻きつけ、黒々と体にまとわりつかせた。アーネスは目をぱちくりさせてがっしりした巨人をながめた。秘密の顔を持ち、袖には火をひそませ、ポケットに謎を山ほどつめこんだ、堂々たる姿を。そのようすを見おろして、ティラミンは笑った。とどろくような響きは廊下にこだまし、外まで伝わって、黄昏区の夜の笑い声と化した。

「幻だ」魔術師は言った。

ミストラルが扉をあけた。アーネスは、藍色の蝶の群れのようにちりぢりになっていた頭のなかの疑問が、ティラミンの幻術によってぱっとひとつになったのを感じた。魔術師の娘と笑いのこだまを追うようにして廊下を進み、舞台まで行く。そこで幕をすりぬけて客席に出ると、ふたたび笑い声がどっとはじけた。今度は倉庫にあふれている観客の声だった。

いったい、とアーネスは、人々を楽しませようとしている幻に問いかけた。その仮面の奥にはだれがいるんだ?

10

昼すぎ、講義に行こうと塔の階段へ向かっていると、図書館のひらいた扉の奥に、思いがけずセタの姿がちらりと見えた。ヤールは躊躇《ちゅうちょ》しなかった。待っている学生たちは、あと少し待たせておけばいい。長い机の前で隣の椅子にするりと腰をおろすと、オドの筆跡らしき薄れかけた文字の列から顔をあげたセタは、目をしばたたかせてにっこりした。

「ここでなにをしているんだね？」そっとたずねる。

「オドが迷宮について書いたことを読んでいたの」自分の覚え書きを見せる。オドの描いたごく簡単な見取り図の写しが目についた。「でも、たいした分量ではないのよ。せいぜい、ついでにふれておいたという程度ね、ほら。あたくしの見逃した著述があるのかしら？」

「ここにはそれだけだ。王立図書館なら、もっとなにかあるかもしれないが」

「あそこは見たの」と答える。「探していなかったものは見つかったけれど、迷宮に関するものはなかったわ。今日の午後、迷宮を案内してくれる時間があって？」

「ほんとうに行きたいのか、あんなおかしなところに？　どこに迷いこんでしまうかわかったものではないぞ」

「ヤール、迷宮がそんなふうに変化することをオドが知らなかったなんて、あたくしには信じられないの」セタは小さな見取り図をぽんとたたいた。「こう見えるって書いてあるのよ」

「変化はきちんと記録してある。司書に訊けば、迷宮に関する苦情を全部見せてくれるだろう」

「この目で見たいのよ」

「それなら、連れていこう」ヤールは約束した。「講義がすむまで待つ気があるなら」と言って立ちあがる。「そろそろ行ったほうがよさそうだ」

「待って」セタの指先が手首にふれたので、立ち止まった。「ちょっと見せたいものがあるの。

王立図書館の、蜘蛛の巣だらけの一角にあったのよ。内容は読みとれたと思うのだけれど、どういう意味なのか、どれだけ重要なのか見当がつかないの」ヤールはまた椅子に腰を落とし、セタが書類入れから巻物をとりだしているあいだ、ゆるやかに流れる衣の淡い青と黄金に、暗褐色の髪がたわむれているようすをながめた。ふと目をやると、ほかの机にいる学生たちも何人か、うっとりと見とれている。

ヤールは身をよせ、セタがささやきかけてくる文章を肩越しに読んだ。「〝またスクリガルド山へ出かけた。ここには日が射さないので、この存在の影が雪に落ちていないとはまず気づかないだろう。ともかく、光を投げかけて影を探してみないかぎり。このものたちはなにかに追い立てられ、身を隠すことになった。そしてじっと待っている。この場所で。ヌミスの存在か、ほかの土地からきたのか、まだわからない。ことによると、たがいに理解しあうきっかけがあれば、この世界に戻してやる道筋をつけることができるかもしれない〟」

セタは口をつぐみ、眉をあげてこちらを見た。「なんの話をしているのかしら？」

ヤールは黙っていた。さまざまに浮かんでくる奇妙な映像と取り組んでいたのだ。「謎かけのようだな」とつぶやく。「影を落とさないものとはなんだ？」

「そうね、どんなものかしら？」

すっかり当惑して、ヤールは軽く肩をすくめた。「姿を見られたくないと思っているものだ」

「でも、それはなんなの？」

「わからないな。私の知る範囲では、影を作らないためには魔法が必要だ」

「スクリガルド山は北の地方にあるの。寒くて岩だらけで、淋しいところよ。棲んでいるのは高地の山羊《やぎ》と鷲だけ。この文章ほどいわくありげな話は聞いたことがないわね」

「いつ書かれたのだろうな？」

「数世紀前でしょうね、このなかでオドがほかの旅や、はじめて訪れた場所について言及している部分から考えると。ヤール、オドがつけたがっている道筋というのは、迷宮と関係があるのかしら？」

「わからない」またそう答える。「そんなことはありそうもないが。もしかすると、別の巻物では、その妙な存在を救い出しているかもしれないな」

「でなければ、また別の巻物で、説明してくれているかもしれないわね」セタは注意深く紙を巻き戻した。それでも、机の上にパンくずのようなかすが筋になって残った。「探しつづけてみるわ」

ヤールは身を起こし、すばやくセタの頬にくちづけて、息をのむ音が室内に広がったのを無視した。「行かなければ。できるだけ早く戻ってくる」

この会話で喚起された未知の光景、魔力と歳月と深い恐怖に満ちた姿は、塔の階段を上っているあいだも、講義をしている最中さえ、ずっと頭の片隅につきまとっていた。その謎の存在自体が、影の片隅でえんえんと待ちつづけているのと同じように。

午後の終わりに学生を解散させると、またセタに思いが向いた。いつものように、講義のあとエルヴァーが居残って、せっせと質問したり意見をのべたり、書物のなかで理解できない一節をたずねたりしてきた。書物や紙を革鞄につめているヤールがどちらを向いても、しつこくまとわりついてくる。なにがなんでもつきまとうつもりなのか、やせた顔を熱意に燃やして、骨をしゃぶるように論点をつつきまわす。

「でも、王さまに魔力がないんだったら、どうやって魔法使いを統制しておけるんですか？」

「王は魔法使いを顧問官や護衛官として選ぶ。その側近たちが王の権力を守る」

「だけど、その人たちが反逆したら？」

「顧問官も護衛官もこの学校で訓練を受ける。悪だくみをする者、落ちつきがない性質の者は、たとえ入学できたとしても、一年ともたないのがふつうだ。そのうえ、生涯を通じてきびしく監視されることになる」

「でも――」影のようにぴったりくっついていたエルヴァーは、ヤールが本をとろうと唐突に向きを変えたので、邪魔にならないようさっとよけた。その日、学生たちは魔法の歴史と方法論について議論したところだった。おおかたは、父やきょうだいやいとこたちに続いて入学してきたため、王と学校、権力と魔力の緊密な関係をよく心得ている。わざわざそんな問いを投げてくるのは、勘に頼って門をくぐってきたらしいエルヴァーぐらいのものだった。「でも、ほかの国の魔法使いが、ここで禁止されてるような、違う魔法の使い方を覚えたら、王さまを攻撃してくるかもしれないし、そうなったらだれも止められないじゃないですか」

「魔法そのものは禁じられていない。差し止められているのは、学習する手段だ。たとえば、王の許可なくして、あるいは学校で学び、魔法使いの門を通ってふたたび世間へ出た者の助言や指導なくして、校外で魔法を研究してはならない。エルヴァー、きみの質問はいいところをついている――」

「そうしたら――」

「しかし、できることなら――」

「だけど、もし――」

「できることなら、ほかの学生がいるときに論じるために、その質問はとっておいてほしいものだが」

「みんな気にしてませんから」ざっくばらんな口ぶりが正確に事実を言いあてていたので、ヤールは動きを止め、まじまじと相手を見た。自分の思考をたどっていたエルヴァーは、あやうくぶつかりそうになった。「あいつらは、どういう規則かってことしか知りたがらないんです。それがわかってれば、ちゃんと規則が守れるから。王さまはそういうのをほしがってるんでしょう？　規則に従う魔法使いを？」

「そうだ」

「訓練を受けたあとで、気が変わったらどうなりますか？」

ヤールは無言でその顔を見つめた。この少年は、こちらの心の動きをつかんだのだろうか。

「その場合」と断乎として言う。「王と学校という強大な力を、いっぺんに相手にすることになる」

「でもどうして――」

「エルヴァー――」

「でもどうして、そもそも魔法使いが王に従うようになったんですか？　オドはイシャム王よりずっと力があったはずです。敵から助けて、王国を救ってやったんだから。王からヌミスをとりあげて、自分で治めたってよかったはずです。なんでそうしなかったのかな？」

「なぜなら、オドはきわめて偉大な魔法使いだからだ。偉大な魔法使いとは、権力ではなく、知識と魔法を追い求める。自分がすでに知っていること、手にしていることに決して満足しない。つねに魔法の限界をより遠くへと求めつづけ、思いつくままに世界じゅうを移動して、可能であればさらにその領域を広げていく。ひとりの王の権力に制限されることはないし、魔法の法則をのぞいて、いかなる規範にも縛られることはない。その法則とは、どんな王の法より厳格で強制力のあるものだ」

ヤールは言葉を止めた。エルヴァーは興味深そうにのぞきこんで、感想をのべた。「そういうことは、講義では言いませんよね」

ヤールは吐息をもらした。「当然だ。学生はひとえに王のために働くよう訓練を受けているのだから」鞄の留め紐を縛り、一方の肩にかける。「行かなければ。図書館で人を待たせていてね。よかったら講義でその質問をするといい」と無謀にもつけくわえる。「同級生たちの反応を見てみるのもおもしろいだろう」

「なんて言うかはわかってます。もう訊いてみましたから。こういう状況になってるのは、そういうものだからだそうですよ」

ヤールはくっくっと笑い、エルヴァーをあいた扉のほうへ導いた。そして、戸口の前で、とつぜん音もなく敷居ぎわに姿を現したヴァローレンと顔をつきあわせるはめにおちいった。エルヴァーはぎょっとしてあとずさり、ヤールの足を踏んだ。若い魔法使いのまなざしをひとめ見るなり、ヤールは鞄を肩からおろし、少年をやさしく押しやった。「行きなさい」と言うと、ヴァローレンは視線をすえたまま、わきによけてエルヴァーを通した。

「バリウス教授から、エルヴァーを見張っていたほうがいいとすすめられました」少年がいなくなると、ヤールにそう告げる。「ここについたとき、あなたと一緒にいたので、当人はどんなことを話したがるか聞いてみることにしたのです」

「あの子は柔軟な思考と旺盛な好奇心をそなえているのだよ」

「バリウス教授は、危険な思考の持ち主かもしれないと言っていました。知らなくてもいいことまで知っていて、扱いにくいと。あなたは」とつけたす。「その態度を奨励していたようですね」

「むこうが問いかけてくれば」ヤールはぶっきらぼうに答えた。「私は答える。それが仕事だ。少し時間をやることだな。すぐに柔軟さを失って、ほかのみんなと同様に順応するだろう」

「そうかもしれません」ヴァローレンはつぶやいた。「ですが、オド以外のだれにも実現不可能な考えを、なぜわざわざ植えつけるのです？」

「あれはかつて、私が心にいだいていた理想だ。数々の可能性を垣間見るという」年下の魔法使いのひとみには、なんの理解のひらめきも訪れなかった。ただ、見るべきものがあると認めるのを頑強に拒んでいる表情だけだ。「どうやら、きみはそんな夢に悩まされたことはないようだな」

「わたしが夢見たものはすべて手に入りました」ヴァローレンはあっさりと言った。「ガーリン陛下の廷臣という立場、陛下のご信任とご信頼、陛下のご息女。もう夢を描く必要はありません」一拍おいて、不思議そうにたずねてくる。「あなたにはまだ必要なのですか？　周囲の信望も、尊敬される仕事も快適な生活もあり、わたしの従姉《いとこ》の愛情も得ているというのに。そのうえまだ夢見るものがあるのですか？」

「これ以上なにを夢見ることができるというんだね、ヌミスで」ヤールは少しも皮肉をこめずに問い返した。

「さあ」ヴァローレンはゆっくりと答えた。「いささか疑問になったのです」

「なぜだ？　なぜ私の人生について疑問を感じることがある？」

「その件に関しては、陛下がお答えになるでしょう」ヴァローレンのおもてには、一片の感情も浮かんでいなかった。「ワイの部屋でお待ちになっておられます」

王自身のおもては、ぶつぶつまだらになっており、いまにも噴きこぼれようとしている煮えくりかえった鍋を思わせた。ワイは巨大な作業机の奥に立っていたが、こまかいしわにびっしりとおおわれた顔からは、すっかり血の気が引いていた。途方にくれた視線をよこし、口をひらこうとする。

だが、やはりこちらを見つめていた王が、だしぬけに言った。「そなたには見覚えがある」

「はい、陛下」ヤールは応じた。王は配下の学校で教えている全員を知っているのだ。「ヤール・エアウッドでございます」

「いや」憤りはいっときおさまった。ガーリン王の顔をあざやかにそめているまだらがいくぶん薄れる。「思い出した。そなたはどこからともなく現れ、ケリオールを怪物から救った若者であろう」

「はい、陛下。かつてはその若者でした」

「ヤールは、靴屋の靴の下にある扉から入った者でもあります」ヴァローレンが王に注意をうながしたので、ヤールはまばたきした。ちらりとワイと目をあわせ、謝罪の色を読みとる。

「なるほど」と残念そうな口ぶりで言う。「これは例の庭師の件らしいですね」

「その者がやってきたとき、はじめに会ったのはそなただったとワイが申した」王は続けた。ヤールの伝説的な行為と、非の打ちどころのない評判に免じて怒りを抑えているのだ。しかし、まだ腹にすえかねているようで、返答に満足しなければたちまち噴火するに違いないと察しがついた。

ワイがさっと言葉をはさんだ。「陛下、ヤールが黙っており、この件が陛下のお耳に届かなかったのは、わたくしの責任です」

「そんなことはありませんよ」ヤールは否定した。「私が黙っていたのは自分の責任です」

「わたくしが要請したのです」ワイはなおも言い張ったが、火に油をそそぐだけの結果に終わった。

「ヤールには口がついておるのだ」ガーリン王はきびきびと言った。「予に話すべきであった。オドの指示で靴屋の靴の下をくぐったという、いまだ未熟だが非凡な才をそなえた庭師とは、いったい何者だ？」

「陛下、わたくしどもにはわかりかねます」ワイが答える。「あの者は庭の世話をするために送られてきました。そして――こちらとしては、庭師が入れ替わるたびにいちいちお知らせする必要もないと考えましたので」

ヴァローレンが探るようにワイをながめた。ヤールは目を閉じた。王は、話題に上っている木靴が通りの玉石にぶつかったような音をたてた。「それほど得体のしれぬ魔力を秘めた未知の者が、わが城内に住みついたことを、知らせる必要がないと考えたと？」

「陛下」ヤールは口を出した。「あの庭師はオドがよこしたのです。陛下の御身に危険をもたらすかもしれないなどと疑ういわれがあるでしょうか？　われわれはただ、庭師としてきわめて腕がいいらしいという理由以外に、なぜオドが送ってよこしたのか、おのずからあきらかになるのを待っていただけです。あの者はほかのことには興味を持っていないように思われます。みずからの力についてさえもです。学校にきてから、まだいくらもたっておりません。いままで住んでいたのは北方の辺鄙《へんぴ》な村ですし、こちらで決めたのは、とりあえずここに落ちついてから――」そこで言いよどみ、首をひねる。落ちついてからどうするのだろう？　さいわい王は、ヤールが説明をひねりだすのを待ってはいなかった。

「こちらで決めただと。よくもそのようなまねができたものだ。これほど長くそなたを知っておらねば、ワイ、あるいはこれほどそなたの評判を心得ておらねば、ヤール、強大な力を持ち、しかも無知であるという庭師に、そもそもなにをさせる腹づもりでおったのか、疑問にならざるを得ぬところだ」どちらも口をひらいたが、王は片手をあげた。「もうよい。庭師自身に語らせよ。連れて参れ」

ヤールは出かけていった。ヴァローレンには、煽動的で危険なワイと王をふたりきりで残していく気はさらさらないようだったからだ。温室にも、屋上の植木鉢のあたりにも、ブレンダンの姿はなかった。同僚の庭師たちに相談しても、肩をすくめただけだった。いつもそこにいるんですがね、と言う。どこにも行ったことがないですよ。屋根から下を見渡したが、墜落した庭師らしきものは見あたらない。またおりていって、食堂を確認した。学生たちが夕食に集まりはじめている。そこにも庭師はいなかった。ひっそりとした廊下を見つけ、心をひらいて捜索にかかる。ブレンダンの内部に隠れていた無秩序な力の影を求めて、通廊や階段をくまなく探っていく。なにもひっかからなかった。ヤールはとまどい、適当にうろつきながら、可能性のありそうな場所やなさそうな場所をあちこち見ていった。ふいに、図書館に待たせていたセタの存在を思い出し、内心ではっとする。こちらが難局を切りぬけるまで、家で待っていたほうがいいと伝えるため、急いでそちらに向かった。

セタはいなかった。庭師もだ。当惑したヤールは、放置された書物をひとかかえ、机から集めてまわっている司書にたずねてみた。

「レディ・シーエルは伝言を残していったかね?」

「ただ出ていかれただけですよ、エアウッド先生。どこへ向かわれたのかわかりませんな」

「すまない」ふと思いつき、立ち止まって問いかける。「庭師は見なかったかな？」

「今日ですかね？　いえ」

「最近きたのか？」ヤールは推測した。

「白っぽい髪で、孤独な目をしとる若いのですかね？」

「すると、ここにきたことはあるわけだな」

司書は本の山をおろした。「上に名前のわからない植物があったそうで。うちの本を調べにきましたがね」

「見つかったのか？」

「いえ」言いさして、なにやら考えこんでいる。ヤールは待った。「あの若いのは」ようやく、司書は言った。「少し外の風にあたってもいいように見えましてね」

「屋根の上で働いているんだがね」ヤールはおだやかに指摘した。「どこに送り出した？」

「なら、必要なのは変化ですかね。植物以外の生活ですな。少し笑う必要がありそうでしたよ」

ヤールはまぶたにふれ、めずらしく指先がつめたくなっているのを感じた。よりによっていま、と考える。

「どこに――」

「黄昏《たそがれ》区です」

ヤールはぱたりと手を落とし、不安げに銀色の眉をよせている司書をまじまじと見つめた。

「まさか」

「あの庭師は学生ではありませんからな。ある植物の名前を知りたがっとるだけですし、だれでも知っとりますよ、妙なものを探すなら――」

「やめてくれないか」ヴァローレンを思い出し、ヤールは弱々しく言った。「その名を口にしつづけるのは」

「わかりませんな。ありゃあ、つとめを果たそうとしとるただの庭師ですよ。どうして気にかける理由がありますかね？　戻ってきますよ。お待ちになれないんで？」

ヤールは声もなく首をふり、頭を働かそうとした。もし、謎の庭師が黄昏区に消えたようだという知らせを携えていけば、王の怒りが爆発し、真夜中にならないうちに、黄昏門に軍隊が集結することになるだろう。植物を探しに行った若者は、わけもわからず王の前に引き出される。そしてヴァローレン・グレイは、道ばたの店を捜索する警吏におとらず容赦なく庭師の心をあばくに違いない。そうなったらなにが起こるか、見当もつかなかった。図書館の敷居ぎわをうろうろしている自分なら、まだ選択の余地がある。

ヤールは決断を下し、唐突に向きなおって学校の出口をめざした。「庭師を見かけたら、ワイのところへやってくれ」

「先生はどちらへ行かれたとお伝えすればよろしいんですかね?」司書が後ろからそっと呼びかけてきた。「レディ・シーエルがお戻りになって、行く先を知りたいとおっしゃったら?」

「またここにくるようなら、いつ戻れるかわからないと言ってもらいたい。だれか別の人間が訊いてきたら――」間をおき、油断なく見張っているヴァローレンの目を思い浮かべる。「知っていることを話すといい。ほかにやりようがないはずだ」

戸口で講義用の長衣の上にマントをひっかけただけで、ヤールは魔法学校の正門からケリオールの市街へ出た。歩いていくことにする。ブレンダンが最短距離で黄昏区へ向かい、学校から川辺へ続くなだらかな坂をおりていったとすれば、途中で会えるかもしれない。風のないひえびえとした夕闇には、木とタールの燃えるにおいが漂っていた。秋の焚火から立ち昇る煙のむこうには月がゆらゆらと浮かび、暗くなりかけた川を越える弧を描きはじめている。都の住人はおおかた、訪れる夜をやり過ごそうと家や酒場に避難し、夕食をとっているらしかった。川へ行く途中で、人とすれちがうたびに顔を確認したが、ひとつとして見覚えがない。動きを速めたので、はたから一瞥しただけでは姿をとらえるのが難しくなった。煙とじめじめした川霧越しにぼんやりとかすむ影が、亡霊のように街をさまよっている風情だった。

ブレンダン・ヴェッチを見かけないまま、黄昏門についてしまった。門をくぐって内側に立つと、庭師の心に関するわずかな知識を餌に使い、釣り糸を投げる要領で、目覚めかけた通りに呼び声を送る。まわりで松明《たいまつ》の火がぱっと燃えあがった。店が鎧戸をあけ、おおいをとりのける。近くで太鼓がどんと鳴った。軽業師がひらりと仲間の肩にとびのり、集まりはじめた人込みをぬって、のっぽの巨人のようにのたのたと歩きまわる。ヤールはまた移動し、行きあたりばったりに黄昏区の迷路をさまよいながら、周囲にひらめくさまざまな心を辛抱強く探った。とうとう、どこかの知らない辻で、記憶にある厖大《ぼうだい》な暗闇にふれた。思考の糸をたぐりよせて視界をとりもどすと、どこにでも首をつっこんでくる、あの苛立たしい鰻《うなぎ》小僧が目の前にいた。

「エルヴァー！」

あとを追う前に長衣を脱いでくる用心はしたらしい。だが、エルヴァーは夜気にちぢこまり、体をふるわせていた。笑おうとしたとき、歯ががちがち鳴るのが聞こえた。「ぼく、つ――つ――つ――」

「ついてきたようだな」ヤールはひきとった。「なるほど」騒がしい街の音にかき消されつつ、声を高めてどなる。「きみはたったいま退学になったのだぞ！　わかっているのか？」

茶色い頭がひょいと動いた。「本物の魔法使いには、せ――せ――制限はないって言ったじゃないですか」

「きみは魔法使いではない！　みずからの力を証明するまで、オドの学校の規則に従うべき学生だ。もっとも、そんな将来は訪れそうにないが。なにしろきみには、ミミズほどの知性もないようだからな――」言葉を切り、ふるえている肩にマントの端をかけてやる。ふいに疑いがわいて、詰問した。「どれだけ聞いた？」

「ワイ先生の部屋は戸があいてました」

ヤールはマントに埋もれた頭を掘り出し、髪をひとにぎりつかんで顔をあげさせた。「耳をすましていたのか？」

エルヴァーはせいいっぱい頭を動かしてうなずいた。「また訊きたいことを思いついたんです。教室の外で待ってるだけのつもりでした。先生とあの魔法使いの方が行く先を話してるのが聞こえたから、行ってみたんです。それで、ワイ先生の部屋の外で待ってたら、王さまがどなってる声がして――あれって王さまでしたよね――」

「あの魔法使いは、王の顧問官のヴァローレン・グレイだ」ヤールは険悪な口調で告げ、大きくみはった黒い目をのぞきこんだ。「立ち聞きされていたなら、ヴァローレンは気づくべきだった。きみの存在を感じとっているべきだった。それが王のそばにいるときの役目なのだから」

「きっと、鰻には注意してなかったんですね」

ヤールの口もとがひきしまった。エルヴァーの髪を放し、かわりに片手で肩をぐっと押さえつける。「いま学校に連れ戻している時間はないし、ひとりで行かせたところで、おとなしく帰るとはとうてい思えない。私にはやることがある」

「わかってます――」

「黙りなさい。二度とその声は聞きたくない。あとひとことでもなにか言ったら、鰻に変えて手近の魚市場へ置いていくぞ」ヤールは反応を待った。少年は意外にも無言だった。エルヴァーから意識をそらし、ふたたび街の音へ集中して、まわりじゅうを滔々《とうとう》と流れていく話し声や思考、感情の川を包みこむ。ヤールの心はその波にからめとられ、黄昏区の豊潤さとともに漂っていって、ついに、かつて見たあの荒々しい底なしの深みにたどりついた。

ヤールは流れに身をまかせた。

11

早い時刻に、スーリズはかたい決意のもとに婚約者を見つけようとした。動物園で、ヴァローレンが理解を深めようとおざなりの努力をして以来、顔をあわせていなかったからだ。相手は満足しているようだが、こちらは一緒になれば最悪の結果が訪れるだろうと予感していた。あのときも正直にはふるまわなかったし、それに、この先一生、曾祖母の塔に自分の魔法を隠しておくわけにはいかないのだと、生まれてはじめて気づいたのだ。父に打ち明けようかと思いをめぐらしたが、そもそも父は、ヴァローレンより娘の人生に興味がないときている。このところ、興味を示してくれているのはファナール叔母だけだった。しかし、えんえんと同じ行動をくりかえす叔母に比べたら、動物園の騒がしさのほうがまだましだ。結婚式の細部は夕べストリーの縫い目のように緻密なものに思われたうえ、ファナールはいちいち検討し、ばらばらにして、ひと針ひと針に至るまで長々と解説することを決意しているらしかった。しかもそのあとで、まるっきり気を変えてしまうのだ。スーリズの婚礼衣装は、いまやはてしなく重なった薔薇色と黄金の生地だった。

まあ、こう考えて心をなぐさめればいいのよ、とスーリズはむっつり自分に言い聞かせた。おばさまが決断するたびに気を変えていれば、わたくしが結婚する前に、どちらかの寿命がつきるって。

こちらへ向かって廊下を大股で歩いてくる父親が見えたが、ヴァローレンはいなかった。とにかく、国王なら許婚《いいなずけ》の所在を知っているだろう。スーリズは足を速めて近づいた。

「お父さま――」

がっかりすることに、父はのしのしと通りすぎてしまったので、あわてて向きを変えて追いすがるはめになった。王の背後では、顧問官と貴族の群れがぞろぞろと同じことをしている。まるで、みんなお父さまと廊下を走る競争をしてるみたい、とスーリズはあっけにとられてながめた。

「なんの用だ？」父はうなった。

「ヴァローレンを捜していたの、お父さま。思ったんだけど、たぶんわたくしたち――」

「あれには学校で急を要する件がある。待っておれ」

「いまから学校にお出かけなの？　ご一緒して、歩きながらお話ししてはだめ？」

王は一瞬沈黙し、スーリズには見えないなにかに目をすえて、遠いまなざしになった。それから言う。「なにか？」

「わたくし、ただ――」

「重要な問題か？」

「それは――」

「学校の件に始末がついたらヴァローレンをやろう」

「いいえ」スーリズは溜息をついた。「お父さまは忘れておしまいになるわ」

だが、王の思いはすでにそこになかった。また「なにか?」とほえ、娘の歩みが遅くなるとふりかえる。スーリズは期待して息をつめた。だが、父はたんに取り巻きを身ぶりで追い払っただけだった。家来たちは断念して足をゆるめ、ちりぢりになっていった。スーリズは立ちつくし、その背を見送った。衛兵が宮殿と学校の境の扉をあけ、王は姿を消した。

近くで別の扉がひらき、きびきびした足音がかたわらで止まった。

「なにをしている」兄のエニズがたずねた。「ひとりきりで幽霊のように廊下をふらふらしているとは。やることがあるだろう。婚礼の計画はどうした」

「ヴァローレンを見つけようとしてたの」

「あいつは父上のご用でいそがしい。ファナール叔母上がおまえを捜していた。服の色がどうとか言っていたが」

「やめて、またなの!」

「そう思うなら、心を決めるべきだろう。この分では、シーツをまとって結婚する事態になるぞ」

「くるくる気を変えるのはおばさまのほうよ」と反駁《はんばく》する。

「自分で決めて、どうしたいか伝えればいい」

「耳を貸してくれたことがないもの」

「おまえが本気なら、聞いてくれるはずだ」その台詞があまりにするどいところを突いていたので、スーリズは目をぱちくりさせた。以前は、と思い出す。ずっと昔のことだが、ふたりは仲がよかった。おたがいにちゃんと話をしていたのだ。

「エニズ」衝動的に問いかける。「お父さまは、結婚前にお母さまのことをよく知ってたの？」

母に言及したとたん、妹を理解しようと兄の内心でひらきかけていたものが、ぴたりと閉じてしまった。「おかしなことを訊く」と堅苦しく言う。「知るものか。ヴァローレンも、時間ができれば自分からおまえのことを理解しようとするだろう。叔母上のところへ行ったほうがいい。もし迷っていたり、疑問を感じていたりするのなら、叔母上が……」言葉がとぎれる。さすがのエニズも、その思考はそれ以上進めようがなかったらしい。

「気にしないで」スーリズはひややかに言い、身をひるがえした。「うるさくしてごめんなさい。お兄さまもいそがしいんでしょ」

意外にも、廊下の先まで兄の声が追ってきた。「母上はよく」と、ぶっきらぼうに思い出させる。「叔母上のことを笑いとばしていた」

すばやくふりむいたが、エニズはすでに自分の用で立ち去るところだった。スーリズはつかの間その姿をながめ、いったいどれだけの変化や悲嘆が折り重なった下に、本物の兄が隠れているのだろうと考えた。はたして、また見出すすべはあるのだろうか。そのとき、叔母の声がしたので、あわてふためいて逃げ道を探した。曾祖母の部屋へ続く階段がいちばん見込みがありそうだ。まさに上りはじめたとき、ファナールが動物園全体に匹敵するほどやかましい音をたてつつ、からっぽの廊下のかどをまがってきた。

いつもどおり、レディ・ディッタニーは喜んでひ孫を迎えた。熱々の薄い茶を半分ほどそそいでくれる。スーリズは曾祖母の椅子の隣にある幅の広いビロードの腰かけに座り、ぬくもりにほっとしながら茶碗を両手で支えた。

「ひいおばあさまは」とたずねる。「結婚する前、相手をちょっとでも知っていた?」

レディ・ディッタニーはまばらな白い眉をよせて考えこんだ。「思い出せないんだよ」ようやく、そう答える。「自分の結婚のことが、ほかのいろいろなこととごっちゃになってしまってねえ……ろくに顔も憶えていないよ」と言いさして黙った。過去をたどっていくうちに、ゆっくりと眉間のしわが消えていく。「ああ、そう。あれがあの人だったね。最初は大嫌いだったよ」

「ほんとう?」スーリズは望みをこめてささやいた。「あとで好きになってきたの?」

「まさか、とんでもない。あの人はずっとやりきれない相手だったよ。でも、子どもたちがいたし、確かな居場所もあって、いい友人がいて……少なくとも、あの人にそそのかされて遠ざかってしまうまではね。王子にいやだと言える人間はそう多くないからね。それに、そりゃあ愛嬌のある人だったんだよ」

スーリズは手をおろした。茶碗が受け皿にふれてふるえた。「それなら、幸せじゃなかったのね」

「なんとか自分で幸せを見つけることができたよ。あの人に期待してたら永遠に幸せにはなれないと気づいたあとにね」かすんだひとみがスーリズのおもてを探っているようだった。「ただね、結婚はひとつひとつ違うものさ。たとえばおまえのお父さまとお母さまもね」

「前から知り合いだったの？　仲がよかった？」

「わたしは知らないよ。その場にいなかったからね。でも、仲良くなったのは確かだよ。お父さまはわめきたてて、お母さまは——」

「笑ったのよ」スーリズは吐息をもらした。「泣きたくなることはなかったのかしら？　逃げ出したいとか？」

「まあ、一度、急須を投げつけたことはあったたねえ」

「お父さまはどうしたの？」

「笑ったよ」

スーリズは頭をふった。「今回のこと、ぜんぜんなにも理解できないの。エニズはわたくしが本気になるべきだと思ってるけど、ヴァローレンはこっちがどういうつもりでもかまわないみたいだし、ほかのみんなもそう。わたくしに期待されてるのは、ただ黙ってて、肝心な日に婚礼衣装の中身になることだけみたい」

レディ・ディッタニーは身を乗り出し、スーリズの手をぽんぽんとたたいた。「不安になってるのさ」と声をひそめる。「それはふつうの反応だよ」

スーリズは、内心の読めない魔法使いの目を思った。どんな人間より、動物園にいる獣に近いまなざしを。「たぶん」と低く返す。「不安だけじゃないと思うの」

「でもねえ、いい子や、そういうことはおとなしく受け入れないと。ほかにどうしようもないだろう？　お父さまは心を決めておいでなんだからね」間をおいて、スーリズの沈黙がどんな意味をおびているのかと耳をすましてから、やきもきした口調で言い添える。「おまえのお母さまがまだ生きていればねえ。なによりも必要なのはそれだよ」

「そうじゃないわ」スーリズはうつろな声で答えた。「必要なのは友だちよ。でも、目の前で話しかけてもこっちを見てくれないような人と、仲良くなんてなれないもの。魔法使いなら、もっと観察力がありそうなものなのに」

レディ・ディッタニーは孫娘の手を軽くたたき、続いて愛玩犬をなでてやった。まるで、どちらがなぐさめてほしがっていたのか憶えていないというように。

「もっとお茶をお飲み」と言いながら、もう少しで見当違いのところにそそぎそうになる。「なぜおまえのお父さまが、テネンブロス卿の跡取りに嫁がせたがるのかは理解できるよ。でもどうして、魔法使いのもとにやろうとするんだろうねえ。姉が生まれ故郷の国で魔法使いと結婚したけれど、二度ともとどおりにはならなかったよ。わたしにわかったところでは、いっぺんにいくつもの違う世界で暮らしている、と姉は言っていたね。たしかに、ときどき訪ねてはきたがね、たいていは、いまどの世界にいるのか思い出せなかったんだよ」口をつぐみ、目をしばたたかせる。「おやまあ、ほんとうにいま、この話をしてしまったのかい？」

「ええ」

「頭のなかで考えているだけのつもりだったんだよ……もちろん、ヴァローレンはまったく違うかもしれないとも」

「もちろんよ」曾祖母の心配そうな表情にスーリズは肩をそびやかし、それから小卓の上にあるゲーム盤に目をとめた。特大の駒は戦火を交えているところだったが、横倒しになった竜の女王をのぞいて、この前きたときから動いていない。古びた一組の駒は、赤と白の玉《ぎょく》を彫ったもので、ケリオールで暮らすことになったとき、レディ・ディッタニーが携えてきたのだった。

「上は静かね。しばらくここにいたいわ。竜と白鳥のゲームをしない？」

「おばさまのことはどうするんだい？」

「用があれば捜しにくるわ。まだ駒がちゃんと見える？」

「見えるとも」レディ・ディッタニーははきはきと答えた。スーリズが小卓を運んできて、ふたりのあいだにすえると、声を落としてつけくわえる。「ベリスとやるんだがね、いつもあっちが負けるんだよ。もともとこのゲームに向いていないんだね」

「竜と白鳥と、どっちがいい？」

「そりゃあ竜だよ。昔からずっと好きなんでね」

対戦しているさなか、竜軍と白鳥軍が容赦なくおたがいを始末しあっているとき、スーリズの侍女がふたり、姫君と話したいので部屋に入れてくれるようにと懇願してきた。階段を駆けあがったせいではあはあいいながら、どうぞおりていらしてくださいまし、と訴える。ファナールさまがリボンを見てほしいと仰せですし、お靴も選んで、真珠を飾るか金の布をつけるか決めていただかなければ、ドレスの色についても——

「そう」スーリズは疲れたように言った。「わかったわ、行くわ」

キスしようと近づくと、レディ・ディッタニーはちょうど、最後に残った白鳥の騎士を盤上から獲ったところだった。「さあ、困ったことになったよ」と陽気に告げる。

「そうね。でも、わたくしは勝負がつくまでがんばるつもりだから、まだ勝利宣言はしないで。またすぐきて、決着をつけるわ」

叔母が今回の戦場として選んだ窓のない部屋で、スーリズはできるかぎり耐えた。室内は暑すぎたし、うつわに入れてある乾燥した花びらの香りと、ランプの油のにおいで空気がむっとしていた。お針子や靴職人、リボンに生地にレース、ほめそやす女官たちにとりまかれ、ファナールにあれやこれやと布をかけられて、しまいには王家の厨房にすえられた豪華なケーキのような気がしてきたほどだ。一時間かそこらたつと、わっと泣きだすか金切り声をあげたくなっていた。

しかし、どちらもしなかった。そのかわり、叔母が三人の小間使いを引き連れて部屋を離れたすきに逃げ出した。隣室の窓にかかっているカーテンのどれかを参考にしたいようなのだが、何度言っても、違う色のものが運ばれてくるらしい。スーリズはまわりを見渡した。みんな話をしながら布やリボンを検分し、靴職人が持ってきた宝石つきの留め金を試してみている。けばけばしい大きなカブトムシそっくりの宝石をちりばめた靴をはいて、戸口からすたすた出ていっても、だれひとり気づかなかった。いちばん近い通路から庭に逃れ、ぺちゃくちゃしゃべりまくる叔母が、不安に満ちた周囲の沈黙などまるで聞いていないようすを陰鬱に思い描く。もし侍女のひとりがヴェールで顔を隠し、王女のかわりに立っていれば、ファナールは姪が消えたことなどわかりもしないだろう。

もう黄昏《たそがれ》どきで、肌寒かった。身につけているのは、肩にかぶせたきり忘れ去られたバター色の布だけだ。庭園の涼しい空気は、土と雨と、まだ木にぶらさがっている晩生《おくて》の林檎《りんご》のにおいがした。早足で進み、外気を深く吸いこんで、頭をすっきりさせようとする。無表情な、内心を隠した許婚の顔がたえず頭に侵入してくる。もうすぐ人生にも入りこんでくるようになるのだろう。気にしないわ、と強く言い聞かせる。わたくしは自分で幸せを見つけるの。ひいおばあさまみたいに。どうにかして。

だが、やはり気になった。スーリズは王家の庭園の境界近くで立ち止まり、どっしりとそびえたつ典雅な塔を見あげた。広い壁面には色とりどりの美しい開き窓があって、学生の部屋につながっている。いずれも煌々と明かりがついているのは、魔法使いの卵たちが勉強に没頭していて、言葉を吸収しては魔法に変えているからだろうか。あのうちのどれかに、はちみつ色の目をした婚約者もいる。あの強力で融通のきかない精神こそ、何世紀も前に、打ち捨てられた靴屋の店で始まった魔法学校の最高傑作なのだ。

スーリズはふたたび歩きだした。今度は漠然と目的地が頭にあった。仮面をつけた相手と一か八か結婚して、あとからいい顔なのか悪い顔なのか発見するのはごめんだし、自分の真の姿を隠して結婚式に赴く気もない。ヴァローレンにほんとうの心を見せて、どうするか決めてもらおう。許婚と父親が烈火のごとく怒ったとしても、仕方がない。

王宮との境の小さな門をくぐって、学校の側面の入口に続く小道をたどっていく。ヴァローレンがどこにいるのかさっぱりわからなかったし、教えてくれそうな相手も見かけなかった。たまに急ぎ足で通っていく学生がいるが、食堂から流れてくるにおいや物音からして、夕食に遅れているらしい。スーリズは少しうろうろして、主廊下のところへ出た。上へのびていく大理石の広い階段が両わきについているが、ゆっくりとおりてくる足音以外に人の気配はなかった。

女がひとり、一方の階段の優美な曲線をまわってきた。濃い色の髪でほっそりとしており、高級な絹の衣をまとっている。長い手足のまわりで、空色とごく淡い黄金のいりまじった布地がゆれていた。見た瞬間、婚礼衣装にぴったりの色だという考えが浮かぶ。服の上の顔へ視線をあげると、それはヴァローレンの従姉《いとこ》のセタ・シーエルだった。許婚がどこへ行けば見つかるか、知っているかもしれない。

こちらを認めたセタは、階段の途中で足を止めていた。

「スーリズさま？」不思議そうに言われて、スーリズはむきだしの肩に生地のままの繻子《しゅす》を巻きつけ、足にはおそろしく見苦しい靴をはいていることを思い出した。

「わたくし、逃げ出してきたの」と、急いで残りの段をおりてきたセタに告白する。「結婚式の準備から」するとと、従弟《いとこ》よりやさしく洞察力のあるひとみが、思いがけずほほえんだ。

「それがお選びになった色ですの？」

「そうじゃないことを祈るわ。バター色はぜんぜん似合わないもの」

「おいりようなのは、もっと燃えるような色合いですわね」

「ファナールおばさまは燃えるような色がいいと思わないの。ヴァローレンを見なかった？」

「だれも見ておりませんの」セタは溜息をついた。「あたくしは上の塔で、ヤール・エアウッドが迷宮に連れていってくれるのを待っていたのですけれど。そちらも消えてしまったようですわ」

「お父さまがどなっていたのが聞こえなかった？　ヴァローレンは一緒にいるはずなの」

「なぜ陛下が、ご家来の魔法使いたちをどなりますの？」

「知らないわ。お父さまとさっき会ったときには動揺してて、こっちに向かっていたの」

セタの黒い眉がきゅっとよせられた。静まり返った階段をちらりと見あげ、その知らせに自分も不安そうな顔つきになる。「それでヤールがいなくなったのかもしれませんわね」低くつぶやく。「思い違いならいいのですけれど。無謀なことでもしていないよう願いますわ」

「ヤール？」スーリズは驚いて言った。「その人って、たしか――」

「ええ」

「いままで一度だって、お父さまに――」

「承知しております」

スーリズは相手をしげしげとながめた。「ヤールにそんなことができるって、本気で思うの？」

「わかりませんわ」セタは腕を組み、望みさえすれば魔法使いが現れるのではないかというように、考えこみながら階段吹き抜けをあおいだ。その声がとても低くなる。「このところ、気をもんでおりましたの。あの人がなにか分別のないまねをして、陛下のお怒りを招いたとしても驚きませんわ」

「ほんと？」スーリズは期待をかけてたずねた。「たとえば、どんなこと？」

「想像もつきません」

「あら」

その口調にセタは落胆の響きを聞きとったらしい。当惑しきったようすで視線をよこしたが、また王女の恰好に気をそらされた。「お寒いでしょう、殿下。従弟と話し合いをなさるのは、もっと落ちついた機会があるまでお待ちになったほうがよろしいかもしれませんわ」

「いいえ。もう決めたの。今晩、そうする勇気があるうちに話しに行くわ。もし、ヴァローレンが野心のためだけに結婚したがってるとしても——いまの段階では、ほかの理由を示す証拠は見あたらないけど——伝えておかなくちゃならないことがあるの。わたくしたち、ほとんど話したこともないのよ。結婚する前に、いくつかおたがいにはっきりさせておくことがあると思うの」

「疑う余地なく、そうすべきですわね」セタはきっぱりと言った。「あたくしも、夫のシーエル卿とのあいだに同じ問題をかかえておりましたのよ。結婚する前、あの人はめったに口をひらきませんでした。結婚後は、どんな言葉も聞きませんでしたわ。藪で歌っている小鳥にでもなったほうがましでしたわね」

「それで、どうしたの？」

「なにをしても無駄でした。結局、夫が死んで問題を解決してくれましたの」

「ああ」スーリズは口ごもった。「ああ、そう」

「どうやら、従弟は話しかけにくい相手のようですわね」

「話しかけやすい人になりたいんだとは思うわ」スーリズは注意深く答えた。「でも、こっちがしゃべっていても聞いていないし、もし耳をかたむけたとしても、わたくしが言わなくちゃいけないことは、きっと気に食わないんじゃないかしら」

セタは目をみはってスーリズを見つめた。「いったい、どんなことを言わなければならないと――」そこで言葉を止める。「なんという質問でしょう。失礼いたしました、殿下。その答えをお聞きすべきなのはヴァローレンで、あたくしではありませんわね」

「違うわ」スーリズはためらい、衝動的に続けた。「わたくし――できたら――わたくしには、ひいおばあさましか助言してくれる人がいないの」

「ああ」

「あと、もちろんファナールおばさまも」

「ええ、もちろん」セタは共感をこめて言った。「だれにでもそういう存在がおりますものね。あたくしの場合は祖母でしたわ。読書は肌によくないし、目の色も薄くなってしまうと、際限なく言われつづけたものです」

スーリズは声をたてて笑い、意外な響きにびっくりした。笑うことができるということも忘れていたのだ。セタに一歩近づく。「あの――少しだけここに残って、話し相手になってくれない？　どうしても忠告が必要なの」

「喜んで」セタはすぐさま答えた。「もちろんお相手はつとめますわ。でも、どこで――」疑わしげにあたりを見まわす。「図書館では内緒話はできませんし、廊下には夕食をすませた学生たちが出てくるでしょうし、庭は暗くて寒いでしょうね。ヤールの部屋ではいつまでふたりきりでいられるか……」

「さっき迷宮って言ったでしょう」スーリズは提案した。「地下にある、すごくせまい場所だって聞いたわ。ふたりきりにもなれるし、充分あったかいんじゃないかと思うの。迷子になったときのために、蠟燭をたくさん持っていけばいいし。あそこなら邪魔は入らないわ」

セタはひと呼吸のあいだ躊躇《ちゅうちょ》した。それから、疑いを捨て、軽く肩をすくめた。「まあ、おっしゃるとおり、せまい場所ですし、どうせ噂が事実かどうか確かめに行きたかったところですから」

「なんの噂？」

「あの迷宮は、入る人ごとに違う形をとるのだそうです」

スーリズはすでに、壁の燭台から蠟燭をつかみとり、火を吹き消して、間に合わせのショールにつめこんでいた。「そうかもしれないけど」と上の空で応じる。「わたくしの聞いたかぎりでは、みんな最終的には外に出てるわ」

「ほんとうに迷ってしまったら、だれかが見つけてくれるでしょうね」セタは言い、やはり蠟燭をとって束にしはじめた。「いまのところ、新米の学生さえひとりもいなくなっておりませんもの」

まだ燃えている最後の蠟燭を王女に手渡す。スーリズはそのあとに続いて、地下への階段へ、闇のなかへと入っていった。

12

黄昏《たそがれ》区はたやすく見分けがついた。都のほかの場所が夜を避けて閉じこもりはじめる時刻に、ちょうど目を覚ます場所というのは、そこしかなかったからだ。ブレンダンが黄昏門を通ったときには、まだいくらか光が残っており、門のむこうの広場に沿って店が並び、昆虫が翅を広げるように鎧戸やおおいを押しのけて、隠された色をあらわにするのが見えた。広場からは道がでたらめにのび、細長い建物の隙間をぬってくねくねと走っている。建物のなかではカーテンをひらいたり扉をあけたりして、薄暗い下の通りに網状の光を投げかけていた。背後の街は消え失せてしまったようだった。いま立っているのは、夜になると出現し、昼になると姿を隠す秘密の世界のはざまなのだ。あふれる色彩とにおいと音に心を奪われて、ブレンダンはぼうっとながめていたが、やがて、二頭の馬が背後でじれったそうに鼻を鳴らし、夜の領域との境を越えようとするほかの人々に小突かれるはめになった。

回転しながらきらきら光る踊り子のスカートや、人波をかきわけてのしのしと歩く作り物の顔の巨人に驚嘆しつつ、ぶらぶらとさまよっていく。ワイから仕事の報酬として金をいくらかもらっていたので、ニンニクのかけらのまわりに羊肉を巻き、串に刺してあぶった料理に硬貨を一枚使い、一杯の麦酒《エール》にもう一枚使った。食べながら、ナイフ投げの芸人が短剣で蠟燭の火を消すのを見物する。しばらくして、街路が人でいっぱいになり、松明《たいまつ》と夜との境目がはっきりしてきたころ、なぜここにきたのか思い出した。

ブレンダンは植物を探した。この季節に、日夜逆転したこの場所では、見つかりそうもない気がする。しかし、見覚えのある薬草の植木鉢や、知らない草木を売っている店があった。立ち止まって、そのうちのひとつ、ふちがぎざぎざした、緑の長剣を思わせる葉の植物を観察する。癒しの性質があるんだよ、と店のなかの老女が教えてくれた。やけどの痛みをやわらげ、小さな傷を清潔に保ち、荒れた手をすべすべにするという。老女は頭を近づけ、ヴェールをふちどる真鍮《しんちゅう》のビーズをきらめかせて、ひそひそとつけたした。「魔法の力もあるよ、お若いの。夜、外に出して月の光を吸わせればね。月の恵みで純白の花が咲くから、満月の晩、心に決めた女の子にやるといい。その香りをひと嗅ぎすれば、月が沈むまであんたに夢中になるよ」

「そのあとは？」

老女はけっけっと笑った。「そのあとは、自分でなんとかするんだね。北の出身かい？」

「どうしてわかるんだ？」

「わかるさ。世界じゅうの人間が一度は黄昏区を通りすぎるからね。いま代金を払えば、帰るときまでこれを預かっといてやるよ」

ブレンダンはかぶりをふった。魔法の花を贈りたくなるような相手は思いつかなかったからだ。「また今度。でも、おれも変な植物を持ってるんだ。あんたが名前を知ってるかもしれないな」

外見をくわしく説明する。あたしゃ知らないね、と老女は答えた。だけど、あっちの二本先の通りにいるグロヴリンならどうかね。この季節にはカボチャと大カブを売ってるけど、春になるとあそこの店にはへんてこなものが山ほど並ぶからね。ブレンダンは礼を言って向きを変え、そして、メリッドを見た。

胸の奥で心臓が痛いほどねじれたのがわかった。哀しみの石塊《いしくれ》がぐらぐらとゆらぎ、崩れ落ちそうになる。呼びかけようとしたが、声が出てこない。遠ざかっていくメリッドをただ見送るしかなかった。しなやかで優雅な動作を、首筋でまとめた長く重たげな黒髪の束から、ふわふわと後れ毛がそよぐ風情を、頬やあごやまぶたの真珠めいた肌が、焼き網の下の熾火を照り返して、つかの間紅潮したようすを。ふたたび名前を言おうとしたが、音が喉につまった。話し方を忘れてしまったようだ。頭の向きが変わった。もう後ろ姿しか見えない。またしても自分を置いて、容赦なく去っていく。その姿が雑踏にのみこまれる前に、四肢を縛っていた呪文のような感覚が解け、動けるようになった。

ブレンダンは追いかけた。手をのばし、ついに肩をつかむ。相手はふりかえった。ようやく喉もとにこみあげてきた言葉が、またもや消えた。黄昏区のいたずらで他人に変わってしまったのか、とあっけにとられて考える。いや、メリッドと思った幻は、はじめから存在していなかったのかもしれない。

「ご――ごめん」と口ごもり、あわてて手を離す。女は一瞬、無表情にこちらを見た。美しい琥珀《こはく》にきらめく双眸《そうぼう》は、こうしてみるとメリッドの目とは似ても似つかなかった。あのひとみは空の青だったし、ブレンダンを知っていた。「おれ――あんたがだれか――」

「だれか別の人だと思ったのね」と反応があった。予想外に低く快い声音で、もっと聞きたくなるほどだった。その心を読みとったように、女はほほえんだ。それから、笑みが少し薄れた。目が大きくなり、またよそよそしい他人のまなざしに戻ったが、そのくせこちらを認識しているかのような視線をそそいでくる。

「あなたはだれ？」女は唐突にたずねた。

「べつにだれでもない。ブレンダン・ヴェッチだ。ただの学校の庭師だよ」相手が口をつぐんだままだったので、つけくわえる。「この秋に、北の地方からきた。あんたみたいな黒い髪の知り合いがいて、もしかしたらケリオールにいるかもしれないんだ」

「庭師なのね」

「植物を探してるんだよ」一歩さがる。「迷惑をかける気はないから。ただ――」

「ただ、知ってる人を見つけたと思った」女がそっと先をひきとった。「まわりじゅう他人だらけの場所で」

ブレンダンはふたたび口がきけなくなり、唾をのみこんだ。どこにでも持ち運んでいくあの石塊を、ひとりぼっちでいることの苛酷な重みを感じた。肩に背負った小石の袋を持ちかえるように、心のなかでその重量を動かしてなじませる。女のひとみがおかしな具合にちらちら光った。夜の火を横切る生き物のように、明かりを反射しているのだ、と気づいて当惑する。きっとこういうことも、黄昏区ではふつうなのだろう。

「その人が見つかるといいけれど」と言うと、女は身をひるがえし、ひとあし踏み出して視界から消えた。松明をふりまわす巨人がその進路を横切り、見物人の列を従えて道を進んでいったからだ。

ブレンダンは女がいた場所を凝視して立ちつくした。もはやなにひとつ、思い出さえも目に映っていなかった。この手にあるのは無だけだからだ、とそのときになって気づく。無と石塊。ずっと寝床にしてきたため、もはやそれなしで生きるすべを思い出せない、あの哀しみのかたまりと。もう少しで支えられなくなりそうだった巨大な重みが、またずっしりとのしかかってくる。悲嘆と孤独と、幾度となく取り残されたことに対する憤りは、やわらげることができないようだった。落ちつかせようとどれだけ努力しても、地響きをたてて転げ落ちようとする。動物園にいるという有名な獣たちさながらに、嵐に苛立って歩きまわり、ばかでかい足で敷石にひびを入れ、桟に体を押しつけて檻をひずませるのだ。一方で、なんの力もない人間にすぎない自分は、猛烈な嵐でずぶぬれになりながら、はだしで檻から檻へと走りまわって、懸命に獣をなだめようとしている。

だが、それはどうしても静まろうとしなかった。生まれてはじめて、いままで自覚していた力より強いものを感じとり、ブレンダンはすっかり狼狽してしまった。これがときはなたれたらどうなる？　石塊がすさまじい音をとどろかせ、獣たちが檻の桟をへし折ってこの世に躍り出たら？

「こいつはなんなんだ？」あえぐようにたずねる自分の声が耳に入る。だれかが金切り声で返事をしたとき、内なる厖大《ぼうだい》な力がついに黄昏区の路上で形をとったのだと思った。

半狂乱になってその存在を捜そうとしたブレンダンは、ふたたび外界を目にした。あの巨人の曲芸師をふくめて、だれもが上を見ている。視野に映る怪物といえば、炎だけだった。巨人の持っている火のついた松明のひとつが、高くあがりすぎたに違いない。家のてっぺんにあるちっぽけなバルコニーにひっかかって、みるみるカーテンの両側に燃え広がる。まだ足りないのか、屋根のほうへのびあがった。だしぬけに、硝子《ガラス》が砕けた。割れた窓からバケツらしきものが飛び出し、バルコニーの手すりを越える。だれかがそのあとに続いた。周囲の人だかりのあちこちから、甲高い悲鳴があがった。人影はバケツのように落ちてはこなかった。バルコニーのかどで立ち止まった女は、身を乗り出し、人間とは思えないほどあぶなっかしい動きで体を支えた。波打つ黒髪がふわふわとそよぐ。ここからでは目の色は見えなかった。

女は声をあげた。メリッドか？　ブレンダンは混乱して考えた。だが、首をひねっているひまはない。屋根を侵蝕しつつある火は、軽業師のように両隣の家にとびうつり、壁をよじのぼったあげく、なにもかものみこんで、古い家々を灰にしてしまうだろう。必死になってあたりを見まわすと、腰に金色の帯をしめた踊り子が目についた。両のこぶしを口に押しつけ、恐怖のあまりかぼそく叫びつづけている。こちらが帯の端っこをつかんでひっぱると、踊り子は両腕を体につけ、踊っている最中のようにぐるぐるまわりだした。そのまま平衡を失って巨人につっこむ。巨人はふらついて三つに分裂し、ひとりが倒れこんだ体を抱きとめつつ、人込みに転がりこんだ。

帯は軽すぎて役に立たなかった。しかし、自分は重荷を運んでいる。押しつぶされそうなこの重量に比べれば、心ひとつ分ぐらいはとるにたりない。ブレンダンは帯の先っぽに心を結びつけ、バルコニーへほうりあげた。長さが足りなかったので延長してやり、握っているほうの端を、身のうちにたえずかかえている荒々しい暗闇につなげる。悲嘆の重みを加えられ、際限ない飢餓と混沌に力を供給された帯は、ひとりでにぐいぐいのびてバルコニーを囲み、庭師と炎のあいだに細い黄金の橋をかけた。

群衆は息をのんだ。女が橋に向かって身を躍らせ、落下の途中でうまくつかんだ。だれもが呼吸を止める。帯は持ちこたえた。女はぎくしゃくと下ってきた。ぎゅっと帯を握っては移動し、また握っては移動する手をのぞいて、全身が布人形のようにぐんにゃりしている。やっと半分まできたかというとき、屋根にごおっと火がついた。バルコニーの手すり、木の梁にとりつけられた唐草模様の鉄の欄干がぐらつきはじめる。かどがはじけとんだ。帯が大きくはずみ、まだ人垣より一、二階上にいる女もゆれ動く。若い男がつぎつぎとたがいの肩に乗り、作り物の顔ぬきでふたたび巨人を組み立てていたが、まだ帯にすがった体をつかむには低すぎた。女が不安げに首をまわしてバルコニーを見やると、その髪が風に広がった。同じように長く美しい黒髪が、夜のあいだ悩みを遠ざけてくれたことを思い起こして、ブレンダンは内部からさらに力を引き出した。願いの強さに匹敵するほどの金剛力を。その勢いで、欄干が燃える壁にたたき返された。炎が言葉におとらずむなしく鉄をなめていたが、もう手すりをはがす力はなかった。

女がおりてくる。よろめきながら待っていた巨人は、近づいてくる相手を受けとめようと身構えた。その姿がじりじりと接近してくると、群衆は巨人のまわりにかたまって、まっすぐ立っていられるよう支えてやった。いまだに女の顔ははっきり見えない。人々が心配そうにざわめいた。だれかが転がっていたバケツを拾いあげた。通りの中央にある小さな噴水まで、バケツは手から手へと受け渡されていく。家の近くにいる者が炎に水をあびせかけた。水は少しはねあがったものの、またどっと落ちてきて、上を向いた顔をびしょびしょにした。

なにも考えずに、ブレンダンは噴水へ手をのばした。そのなかの水を、金色の帯と同様にあの厖大な暗闇へ導いてやると、好きなようにこねあげ、容赦ない要求にあわせて変形することができるようになった。石の水盤に噴き出ている水のみなもとを地下までたどり、必要を満たすだけの手ごたえを感じる。冷たく深く、みずからの意思で力強く流れている川。だが、こちらの要求のほうが強い。まるで自分には限界も終わりもないようだ。その望みどおり、川の形を変えて噴水からほとばしらせる。

水盤はまっぷたつになった。水が勢いよく噴き出し、道の至るところにあふれ返った。ブレンダンは両手をかかげ、水をあやつってぐんぐん上に引きあげて、一本の柱にした。いまや火事のかわりにこちらを見つめている、あぜんとした顔の列は目に入らなかった。いま手にしているのは涙であり、深い悲嘆の井戸であり、そしてどちらよりも強い、哀しみと誤解していたほかのなにかだった。この力には名前がない。かつて学んだどんな名前もついておらず、ブレンダン自身のおもてしかおびていないのだ。

続いて炎にふれ、心に流れこませた。これも見分けがつく。あかあかと燃える物騒な獣。決して充足することなくひたすら喰らいつづけ、あとにはなにひとつ残さない。生と死という言葉は知らなくとも、その本質を与えるもの。親指の爪ほどに小さかろうと、家ほどに大きかろうと、つねにひとつのかたまりであるもの。ブレンダンは、身のうちでぎしぎしと大きくこすれあう石塊のなかに、その石が飛ばした火の粉を見出した。あの名なしの闇のみを糧《かて》として、烈《はげ》しい炎へと燃えあがった火花を。

ブレンダンの内側と外側で、火と水がたがいに躍りかかった。巨大でぎこちない獣たちは同時によろけ、人々の頭上で激突した。盛大なしゅうっという音があがり、川と煙のにおいのする霧がもうもうとたちこめる。一瞬、だれひとり視界がきかなくなった。霧が晴れると、通りの半分が暗くなっていた。近くの街灯や松明がすべて水で消えてしまったからだ。

まわりじゅうでぱっと火がともったが、今回の炎は、燃える松明や吊りランプにくっついている、きっちり制御された小さなかけらだった。またあたりが見えてくるにつれ、人々はとつぜん騒がしくなり、笑い声や歓声、拍手がわきおこった。女がやっと巨人のさしのべた腕におりたったとき、まだ帯を握りしめているブレンダンの視線は、相手の背後、たったいま脱出した家に吸いつけられた。思わず目をぱちくりさせる。バルコニーからはずれた帯は、細い黄金の流れとなってすべりおちた。女はそれをつかみとると、軽業師におとらず優雅な動きで巨人の肩の上に立った。

家は無傷だった。梁のささくれ一本焦げておらず、ペンキを塗った外観には煤ひとすじついていない。カーテンさえもとのままだ。道の玉石から噴き出していた水も止まり、噴水はなにごともなかったようにさらさらと歌っている。度肝をぬかれたブレンダンの脳は、湿っているものさえないと告げていた。

だれかが叫んだ。「ティラミン！」

水がとどろくように、群衆はいっせいにその言葉をくりかえした。何本もの手につかまれ、地面から持ちあげられるのを感じる。節をつけて唱えている人々が四肢を押さえ、体を担ぎあげて、どこか大地と空の中間のあたりでブレンダンを支えていた。

「ティラミン！」だれもが呼びかけてきた。「ティラミン！　ティラミン！」

その単語がどういう意味かわからず、ブレンダンは茫然とまわりを見渡した。火事が起こり、この手で消しとめた。そしていま、人の波に乗って街路をぐんぐん流されていく。自分で自分が見知らぬ存在になっているのに、群衆はこちらがだれなのかきっちり心得ているようだ。

「ティラミン！」

体をよじると、さっき救出したはずの黒髪の女がいた。あれはメリッドで、自分をブレンダンだとわかってくれるかもしれない、と必死になって思う。

女は巨人の肩から見おろしてきた。火影《ほかげ》を受けて輝く双眸の琥珀がわかるほど近い。その顔はにこりともせず、名前を呼びかけてくることもなかった。目が合った瞬間、大きくみはったひとみは、ブレンダンに負けずおとらず驚いているように見えた。それから、巨人は先に行ってしまい、群衆のほうりあげた作り物の顔をてっぺんの人影が受けとめた。ブレンダンはまた身をよじり、人波からおりようとした。しかし、魔法も使わずに解放してもらうことは不可能らしい。ほかならぬ魔法こそ、こんな窮地におちいっている元凶なのだと、ようやく理解できた。

思いがけず、見覚えのある顔が目についた。背の高い、黒っぽいマント姿の男で、通りの端にある松明の下から視線をそそいできている。ブレンダンはそちらへ片手をのばした。

「ヤール！　ヤール・エアウッド！」

その声は喧騒にかき消されて届かなかった。だが、影に沈んだ魔法使いの注意がぐぎづけになるのを感じ、声には出さずに、力のかぎり訴える。あたかも内なる石がぱっかりと割れて、口をきいたかのように。

(助けてくれ)

そのとき、ふたりの合間に騎影が割って入った。なにかの制服を身につけた男で、ボタンや剣の柄をきらめかせ、短い髪は炎のように赤い。流木のように黄昏区の夜の潮にさらわれ、押し流されていくブレンダンを、きゅっと目を細めてながめている。と、馬首をめぐらし、真横の位置を保ったまま、人の流れにあわせて進みだした。どうもいやな感じだったが、理由はわからない。

せっぱつまって後方をふりかえったものの、もう魔法使いは見つからなかった。群衆はなおも不可解な名前を叫びつつ、ブレンダンを川のほうへ運び去った。

13

黄昏《たそがれ》区で謎めいた催しが派手におこなわれているという知らせは、すみやかに黄昏門をくぐり、街路を通って、地区警吏監の執務室に達した。部屋のあるじは、めずらしく実際にその場にいた。担当区域の水辺に停泊している船があって、その積荷の目録を解読しようとしていたのだ。ピット卿はあやしいと疑っているらしい。アーネスのほうは、ほぼ判読不可能と結論を出していた。理解できる二、三の単語は、どうやら外来種の魚と関係があるようだ。いや、樹木だろうか？　はっきりしない。博識な秘書官の青年を呼ぼうと口をひらきかけたが、声が出ないうちに、本人が戸口から首を突き出した。

「配下の巡回警吏がひとりきています」と告げる。「ペイキン・ベルです。緊急の用件だそうですが」

アーネスは口を閉じた。緊急かそうでないかは微妙なところだった。ペイキン・ベルはやたらと職務に忠実な男なのだ。うなずいてみせると、扉が大きくあいて、筋骨たくましい赤毛の男が入ってきた。

「失礼いたします」きびきびと言う。

「ああ」

「魔術師ティラミンの件ですが、ついに顔が判明いたしました」

アーネスは眉をあげた。「ほんとうか？」

「はっ」そこでペイキンのひとみに感情の色が浮かび、ぱっと机越しに身を乗り出す。「今晩、黄昏区の街なかに魔法が出現しました」両手を机についていることに気づき、急いで姿勢を正す。「本物の魔法です」いったん口をとざしてから、言い添える。「と思います」

アーネスは部下の発言を吟味した。やがて、「どんな形をとった、その魔法は？」とたずねた。

「火です」

「火？　どんな種類の火だ？　ティラミンは手品で、料理人が胡椒《こしょう》をふるように火を扱ってみせるぞ」

「家が一軒火事になっておりました。ティラミンが消しとめた、ということです」間をおき、アーネスがなにか言う前にまたつけたす。「そう思います」

「そう思うとはどういう意味だ？」アーネスは問いただした。「都のどこでも、家が火事になったらきわめて危険だ。おまえの考えじゃなく、知っていることを話せ」

「はっ」ペイキンはふたたび表情を消して答えた。アーネスの肩越しに壁の一点を見つめ、考える間をおかずに言葉を継ぐ。「火を投げあげていた巨人が松明《たいまつ》を高くほうりすぎ、家のてっぺんのバルコニーに落としたのです。家は燃えあがり、女がひとりバルコニーに閉じこめられました。下の人込みにいた若い男が助け出したのですが、そのさい踊り子の帯を魔法で長くのばし、バルコニーまで勝手にかかるようにしたうえ、女が両手でしがみついておりてくるとき、棒のようにかたくしていました。一方で近くの噴水を割り、手で水を引き出して、炎のほうに向けたのです。火はもう屋根まで広がっており、隣の建物に燃え移りそうでした。煙がもうもうとあがって、いや、湯気か、両方だったかもしれません。視界が晴れたとき、火は消え、女は地上に到達しており、そして――」躊躇《ちゅうちょ》したが、かたくなに続ける。「そして、家も噴水も、火事が起こる前の状態に戻っておりました」

「なに?」

「まったく変化していなかったのです。傷ひとつなく、通りはからからに乾いておりました。見物人はティラミンの見世物と考えることにしたようです。名前をはやしたてながら若い男を連れ去り、魔術師が舞台にしている倉庫に押しかけました。魔法なのかどうか、自分にはわかりません。これがあらましです」

アーネスは目をつぶり、またひらいた。いきなり立ちあがる。「一緒にこい」

ピット卿のもとへ連れていくと、総監が黙って耳をかたむけているなか、ペイキン・ベルはもう一度説明した。一言一句違わない、とアーネスは感嘆した。ピット卿のいかついおもては、はじめ火事の話で牛脂の白さになったのが、魔法の脅威を知らされると、生焼けの腎臓の赤みをおびた。

おまえのせいだといわんばかりに、アーネスをにらみつける。「魔法であろうがなかろうが、ティラミンとやらは黄昏区一帯を火事に巻きこんだかもしれんのだぞ！」

「消したんだろう」アーネスは応じた。「しかもずいぶん手ぎわよくな」

「ほんとうに火事であれば、という話ですが」ペイキンが指摘する。

「火事は火事だ」ピット卿はぴしゃりと返した。

「ティラミンは、火の幻だというかもしれないな」とアーネス。「また別の手品だ」

「その手品とやらは、はなはだ不穏当なものになってきている」ピット卿はしばし考え、さまざまな側面を検討すると、もったいぶってつけくわえた。予想どおりだ。「ただちにこの件を国王陛下のお耳に入れねばなるまい。そのあとで、アーネス、おまえ自身がティラミンを見つけだし、拘束しろ」

「ああ、親父」

「その呼び方をするな」

「わかったよ、おや――わかりました」

「近衛隊を連れていけ。それに、相手が危険人物である場合に備えて、学校の魔法使いを」

アーネスはためらったが、ほんのわずかの間だったので、父親は気づかなかった。「了解しました」

「ふたりとも同行しろ」

ピット卿のあとについて、長々と続く廊下や、総監の執務室と王宮をつなぐ、隙間風の入る大理石のトンネルを進んでいく。トンネルの出口にある控えの間で、いま聞いた奇妙なできごとに関して王にとりつぎを頼む。許可がくるまで、いつもよりずっと長く待たされた。これだけ時間があれば、とアーネスは思った。ほかのだれか——たぶんヴァローレン・グレイ——を送って、黄昏区の火の事件を調査させることができるだろうに。

しかし、ヴァローレンはみずからやってきた。

「陛下はワイと学校におられます」と伝える。「前もって確認しておくようにと、わたしをよこされました。学校でもおかしなことが起こっているのです。この件に関連しているかもしれません」

「おかしなこととは?」ピット卿がさしでがましく問いかける。

一瞬、表情に乏しいまなざしを向けてから、魔法使いは答えた。「庭師です、ピット卿」

「ああ」総監は秘密めかした調子で言い、ペイキン・ベルがあっけにとられたようにくりかえした。「庭師?」

「新しい庭師です」ヴァローレンは返事をした。「それこそ力ある魔法使いかもしれないのですが、学校から姿を消したのです。その者についてたずねるため、先に陛下のお供をしましたが、魔法使いたちはろくに知らないようでした。そしていま、当の庭師が見つからないのです。黄昏区に行ったかもしれないということでした。教えてください」三人が困惑して黙りこんでいると、言葉を添える。「黄昏区でどんな騒動があったのですか」

「ひとことで言えば」とピット卿。「魔法です。息子の地区警吏監がご説明しますので」

「俺は現場にいなかったんで」「説明するのはペイキン・ベルですよ」アーネスは訂正した。「火を投げあげていた巨人が松明を高くほうりすぎ――」そのとき、王が入ってきた。ペイキンは口をつぐみ、ごくりと唾をのみこんだ。白金の髪の下で、ガーリン王の顔は、あたかも黄昏区の炎にあおられたかのように赤らんでいた。

「なにごとだ？」と詰問する。「ケリオール内で火事があったと聞いたが」

「どこでお聞きになりましたか、陛下？」すぐさまヴァローレンが問い返す。

その質問に、王は支離滅裂な身ぶりをしてみせた。「城壁の衛兵だ――それがなんだというのだ？　火事は起こったのか、それとも――」

「御意にございます、陛下」総監が答えた。

「御意というのはどちらだ？」

「確認できた範囲では、両方と申せます。起こったとも、起こっていないとも――」王の顔色が不吉なほど濃くなったので、ピット卿はあわててしめくくった。「ただいま、ペイキン・ベル警吏がことの顛末を話そうとしていたところでして」

王はいまにも爆発しそうにペイキンをねめつけ、巡回警吏はまた唾をのんだ。それから、集中するあまり寄り目になりつつ、息を吸いこみ、険悪なまなざしのもとで雄々しく話を再開した。語り終えたときにも、王はいっこうに目つきをやわらげなかったが、その視線をヴァローレンに転じた。

つかの間、無言で魔法使いに諮《はか》ってから、声をかける。「庭師か？」

「その可能性はございます、陛下」ヴァローレンはゆっくりと言った。「庭師と魔術師は同時にケリオールに現れておりますし、だれもティラミンの顔は見ておりません」

「われわれは庭師の顔も見ておらぬ」ガーリン王は気短に言った。「魔法使いヤールもだ。庭師を捜しに行かせてからというもの、目にしておらぬな」

「真実それが魔法であれば」ヴァローレンが推測する。「ヤールは黄昏区に惹きよせられたはずです。信用なさいますか？」

「ヤールを？　あれは学校の扉をくぐりもせぬうちに、わが都を救ってのけたのだぞ」

「認可されていない魔法を用いてです」

「ほかにすべを知らなかったのだ」王はいらいらと返した。「しかもヤールは、以来ずっと学校に残っておる。分別はさておき、評判は申し分ない男だ」

「では、ヤールがその魔法を使った者を見つけ出すでしょう」ヴァローレンは簡潔に言った。「人手が必要なら、だれでも呼ぶことができます。そのような正体不明の力がケリオールに野放しになっている状況で、陛下のおそばを離れるわけには参りません」

ピット卿がせきばらいした。「息子が近衛隊の武装した兵士を引き連れ、黄昏区に赴くことになっております。そのティラミンなる男を拘束するようにと命じましたので」

「して、魔法で兵士に対抗してきた場合には？」王は追及した。

「予想外の魔力が使用される状況に気を配っておくよう、魔法使いたちに指示いたします」ヴァローレンが告げる。「今日の講義は終了しておりますから、全神経をかたむけることができるはずです。たいていの者は、必要ならひといきで黄昏区へ到着する能力をそなえておりますので。もしヤールがすでに現場に行っているのでしたら、助けがくるまで地区を守ることはできるでしょう」言葉を切り、アーネスに向かってつけたす。「なるべく騒ぎを起こさずにティラミンを取り押さえたほうがいいと思います。もしほんとうに無害な手品師だったとすれば、集まった群衆のほうが重大な危険をもたらすことになりますから。可能ですか？」

「最善をつくします」見る者の不安を誘うヴァローレンの目の奥に、一定の常識がひそんでいたことにほっとして、アーネスは答えた。

「では行け」王が無愛想に命じる。「ティラミンを捕えるまでは戻るな」

ピット卿は、王宮の下の兵舎にいる近衛隊を集めに行った。アーネスは武装し、馬を引き出しに行った。それから、もう一度ペイキン・ベルを黄昏区にやり、ようすを探って、なにかまずいことがあれば黄昏門へ知らせにくるようにと言いつけた。近衛隊はすみやかに武器をとって騎乗した。中庭に馬を乗り入れると、冑《かぶと》から金属製の踵のついた軍靴まで、完全装備の兵士が二十四名ずらりと並び、命令を待ち受けていた。

その列をざっと見渡して、アーネスは思った。すこぶる利口ではた迷惑とはいえ、害のない手品師に対して、この連中は圧倒的な存在だ。王の容赦ない鉄拳として、はかない一夜の夢をたたきつぶすだろう。だが、強大な魔力に対しては、なすすべもなく壊滅させられるだけだ。脅しとしても武器としても、どのみち役に立たない。

そこで、黄昏門の外で呼び出しがくるのを待たせておき、単身ティラミンを捜しに出かけた。

14

ミストラルがその驚くべき若者を救い出したのは、熱狂的な人の流れが川辺の倉庫にたどりついたときだった。若者を屋内に運びこんだ人波は、どういうわけか、入口と舞台のあいだでその体を見失い、どこかになくしてしまった。若者の姿は忽然と消え失せた。それでも人々は、ティラミンがまた現れて魔法を見せてくれるだろうと確信して、名前を呼びつづけた。腰を落ちつけて待つことに決め、梁の上からでさえ、垂木によじのぼった連中もいたし、ひらいた窓にあがりこんで窓枠に座りこんだのもいた。ミストラルはその点を確認しながら、ティラミンの舞台にさがった幕の奥は見えなかった。ミストラルは、ぼうっとなっている若者を縫い物用の乱雑な小部屋に案内した。

若者は茫然として、鉤につるしてある色とりどりの衣装や、床に散らばっているきらきら光る薄い生地や、空虚な目をして並ぶ仮面をながめた。それから、巨大な頭部に目をくぎづけにされ、息をのんだ。

「あれはだれだ？」とささやく。

ミストラルは、片目の穴に指を一本ひっかけ、頭を持ちあげた。「ティラミンよ」

若者はなんとか事態をのみこもうとした。「あそこでなにが起こったんだ？　家が火事になってた。メリッドが——あのてっぺんの階にいたのはメリッドみたいに見えた。でも、あれもあんただったんだな？　おれ——おれが——」

「あなたが火を消した」

「おれが火を消した」と、口にする勇気を奮い起こして言う。「そうだ、消した。どうやったのかわからないけど、やらずにはいられなかった。あれは魔法だったんだ」

「そうね。とても強力な魔法を、巡回警吏もなにもかもひっくるめて、黄昏《たそがれ》区全体に披露してみせたわ」

若者はなにかを思い出したらしい。ミストラルに視線を向けていたが、きちんと見てはいなかった。「ほかの魔法があった。だれか別のやつの」

「ねえ、聞いて。あなたはここにいて、隠れてないと——」

「だれか別のやつが噴水をもとに戻した。家も直した。あれはおれじゃない」

「そう？　わたしはティラミンの着替えを手伝いに行かなくちゃ。集まってる人たちが待ちきれなくなる前に出られるように」短い間をおく。若者はまたこちらを見ていた。他人にこれほどはっきり見ぬかれるわけにはいかない、と感じさせるほど澄んだまなざしだった。「ここで待ってて」と告げ、扉のほうに戻っていく。「しばらく隠れててね。きっと巡回警吏があなたを捜しにかかるから」

若者は口をひらき、目にしたものを伝えようとした。ミストラルは一歩で近づくと、そのくちびるに指を一本あて、続いて自分のくちびるにあてた。これだけそばにいると、若者がかかえている、もてあますほど厖大《ぼうだい》なものが感じられた。まだろくに形を与えはじめてもいないばかりか、みずからの所有物と定めてすらいない。それは内に秘めた力の影であり、足跡であり、言葉にならない声だった。若者はふたたび黙りこんでいる。ミストラルはかさばる頭部をぐっとつかみ、相手がやっかいな重荷に取り組んでいるようすを見つめた。

若者はふっとうつろな笑いめいた息を吐いた。「ただ植物を探しにきただけだったのに」

「お願い」と静かに言う。「興行が終わるまで、ここで待っていて。追いかけてきた人たちは、あなたのことをティラミンだと思ってるの。もっと魔法を見たがってる。ティラミンは期待に応えてみせるわ。朝になれば、みんなあなたの外見もろくに思い出せないはずよ。記憶に残るのはこの顔だけ」腕にかかえた色つきの張りぼてをたたいてみせる。「そうすれば、街なかに出ても安全よ。夜警は寝てしまうし、だれもかれも、ティラミンがまた最高の芸を披露して、倉庫にお客がつめかけたってことしか憶えてやしないから」

「で、それから?」

「え?」

若者はこちらを見つめた。言葉にしなかったことすべてを、明確に聴きとったらしい。「おれには自分を理解することもできないんだ」と率直に言う。「どこへ行けば忘れられる?」

どう答えればいいのかわからず、ミストラルはためらった。その手のことがらは、ティラミンの世界のなかでしか経験していなかったからだ。「あとで話しましょう」と約束する。「わたしが戻ってきたときに。なにがあっても外に出ないで。待っていて」

きびすを返す。扉をあけたとき、若者が声をかけてきた。「あんたの名前を知らなかった」

ミストラルはふりむいて、この先どうなろうと、一、二時間は保たなければならない笑顔を作った。「わたしはミストラルよ」

相手はうなずいた。それが、途方にくれた庭師を見た最後だった。その場に立ちつくし、絹や繻子《しゆす》のスカート、床の上に散乱した派手な衣装や羽根、じっと見つめる仮面、幻想という商売を演出する小道具などに、十重二十重《とえはたえ》に囲まれている姿が。

ティラミンの興行は息をのむほどみごとだった。暗闇を染める炎やまばゆい幻影や、あでやかな色模様に、観客はみじろぎもせず見入った。上を向いた人々の顔はありとあらゆる魔法の色合いに移り変わった。通りで見せた驚異的な幻を圧倒しようというのか、魔術師はつぎからつぎへと複雑で手のこんだ芸を披露した。演目が進むごとにいっそうすばらしくなり、信じがたい出来映えだった。魔法の一部かと思わせる不変の魅力をたたえてほほえんだミストラルは、どうにか人込みにアーネスの顔を見つけた。遅れてきたようだ。しかし、それ以上考える間もなければ、見物人のふりをして警吏がまぎれこんでいるのかと心配している余裕もなかった。しめくくりに、極彩色の星々が舞い散る巨大な噴水を出現させる。あおぎみる顔の列にどっと星の雨がふりかかったが、実際に肌にふれることはなかった。最後の星が流れ落ち、ティラミンは夢のように薄れていって、観客を暗がりに取り残した。

ミストラルは機敏に行動したが、アーネスもたいして遅れはとらなかった。魔術師の娘は、ティラミンが閉じこもる部屋の扉の鍵をまわし、頭部を運びこもうとしたところで、地区警吏監の姿に気づいた。衣装を着替えたり小道具を片付けたりして、せかせかと動きまわっている踊り子や助手のあいだをぬけ、じりじりと近づいてきたのだ。ミストラルはさっと向きを変え、背中に視線を感じた。そうそう、ついてきなさい、と考えつつ、衣装部屋で茫然としている例の若者から引き離していく。アーネスは廊下を何回かまがったところで追いついてきた。どちらのティラミンにしても、ここまで遠ざけるのが限度ということらしい。だが、地区警吏監に見せてやる魔術師は、この腕にかかえた頭だけだ。

アーネスは頭部に目もくれなかった。「ティラミンはどこにいる?」

「いつもの場所よ」と冷静に答える。「出し物のあとでひっこむ部屋。ひとりでね。邪魔はさせないわ」

「俺はいま」やはり冷静な言葉が返ってきた。「この倉庫の外に、武装した兵士を二十四人連れてきた。ひとこと命令すれば、ここは上から下までひっかきまわされることになるぞ。今晩魔法を使った若い男はどこだ?」

「魔法なんかないわ。あるのはめくらましだけ」

「どこにいる?」

「さあ。あの子はティラミンの芸に巻きこまれた部外者よ。うちの一座の者じゃないの。できるだけ早い機会に逃げ出したわ」

アーネスは黙ってこちらをながめていた。ミストラルのきらめく化粧の下に、疲労が刻まれた本物の顔を見てとろうとしているようだ。意外なほどおだやかな声で言う。「巡回警吏が一部始終を目撃した。危険な火事がなんの痕跡も残さず、魔法のように消え失せたとな。俺の要請があれば、国王陛下とピット卿はいつでも黄昏区を包囲し、都から孤立させて、力ずくでティラミンをひきずりだすぞ。外には警吏も控えている。すぐに俺が出ていかなければ、兵士を呼ぶことになっている。ティラミンは王と警吏総監と、ケリオールの魔法使いたちを騒がせたんだ。学校にいる連中も宮廷に仕えている連中もな。あいつを閉じこもってる部屋からひっぱりだすのに、どっちの力を先に使ってほしい？　武力か、魔力か」

ミストラルはその顔を見返した。みひらいた金のひとみの奥で、鼠が迷路の壁につきあたるように、思考がひたすらどうどうめぐりする。眉間の化粧にしわが寄るのが感じられた。

「騒がせるつもりはなかったのに」困りはてて告げる。「ただ楽しませたかっただけよ」

「それなら納得させてくれないか」アーネスは訴えた。「ティラミンと話をさせてくれ。顔を見せてくれ」

魔術師の娘はふたたび沈黙した。かかえた面から片手が落ち、背後の戸口の堅牢な木にさわって、強くつかんだ。アーネスが待っているあいだに、その顔を、骨の角度を、くちびるの形をじっと観察して、描かれた線から自分の運勢や未来を読みとろうとする。もう一度話しだす前に、せきばらいしなければならなかった。

「もう見てるわ」

相手は意表をつかれて目をぱちくりさせた。「だれ――」

「いま見てるのが、ティラミンの顔よ」

アーネスはぽかんと口をあけ、まじまじとこちらを見た。それから、ぱっと頬に血が上り、ただひとつの結論に達したことがわかった。「魔法か」声にならない言葉を紡ぐ。

ミストラルは人差し指でくちびるにふれ、ささやいた。「悪意はないの。わたしたち、夜明けまでにケリオールを出て、なるべく早くヌミスも出ていくから——」

「火事だ」とさえぎる。「あれは本物だったのか？　それとも——」

「本物よ。事故だったの。曲芸師が松明《たいまつ》を高く投げすぎて」

「それをきみが消した」

「ええ」

するとアーネスは口をつぐんだ。ミストラルがやったように、相手の顔を注意深くながめ、たがいの運命を探る。「巡回警吏はそうは言わなかった」と、しっかりした口調で言う。「あいつの報告では、その若い男が、火と水と踊り子の帯で魔法をおこなったそうだ。きみが嘘をつくなら、俺になにができる？　どうやって助けてやれるっていうんだ？」

「どうして信用できるはずがあるの？」ミストラルは絶望したように問い返した。「あなたはケリオールの地区警吏監よ。どんなにとるにたりない無害な魔法でも、自分の管理下になければ不安がる王さまの家来でしょう。わたしは空気を紙の花に変えるわ。それがなぜ脅威になるの？　お願い、行かせてちょうだい」

ふたりのまわりで、部屋や廊下は急にしんとなっていた。まるですべての動きが止まり、だれもが呪文でその場に凍りついて、耳をすますことしかできなくなってしまったようだった。

「どうやってやったんだ?」アーネスはたずねた。体重を移動させ、戸口の反対側によりかかっている。その声はとても静かだった。「きみが魔法を演じているあいだ、だれがその頭をかぶっている?」

「だれも。ティラミンはわたしのあやつり人形だから。呼吸も動作も声もわたしなの」言いさして、役に立つかもしれないとつけくわえる。「以前は本物だったわ。わたしの父だったの。魔術師の名にふさわしい、めくらましの達人よ。魔力なんてひとかけらも持っていなかった。でも、魔法を演出すること、体感させることができた。人の目を惹きつけ、心を奪うことができたの。父はこの仕事を大いに気に入っていたわ。わたしはその手伝いをしながら育って、たくさんのことを教わった。ある日、わたしたちのいう魔法が、まったく別々のものだとわかったの。父は袖口から紙の花を咲かせたけれど、わたしは頭のなかで考えただけで咲かせた。父がそのやり方を覚えようとしても、できなかった。だからわたしを使って、自分のめくらましの幅を広げたの。わたしは幻を創り出す仕事が好きだった。衣装さえめくらましで、知らない土地を旅して、行く先々で奇跡を分かちあうこの暮らしが大好きだった。それで、父が死んだとき、名前と面をそのまま残しておいて、見世物を続けたの。

父を知っていた人は少しずつ一座から出ていくか、亡くなるかしたわ。生きているように見せかけたのは名前のせいよ、そのときにはもう有名になってたから。いろいろ臆測はあった。父の死から、一見年をとらない姿へ、なにごともなく移ることができたわけじゃないわ。父を知ってた人が多すぎたもの。ティラミンがほんとうに魔法を使うとか、おそろしく年寄りだとか、その力が野蛮で破壊的で物騒だとか、風聞が広まりはじめた。でも、全部嘘よ。わたしの力だって、そんなことはないわ。でも、その噂はどこへ行ってもついてまわるの。不幸せな子どもやおなかをすかせた犬みたいに」

「どうしてここにきた？」アーネスは訊いた。「そこまで魔法の噂がつきまとっていながら、なぜあえてケリオールにやってきたんだ？」

ミストラルは溜息をついた。目の下のしわが微苦笑を示していた。「黄昏区の人たちは、昔からティラミンを歓迎してくれたわ。わたしは旅に飽きたの。一座のめくらましが、現実をひととき夢に変えるただの手品だって信じてもらえれば、王さまもほうっておいてくれるんじゃないかと思った。そうすれば、黄昏区にもうひとつ、ちょっと変わった存在が増えるだけよ。でも、どうやら、噂にだしぬかれてしまったみたいね」

アーネスはうなずいた。「噂が先行していたのは確かだ」少しためらい、髪をかきまわしてから、のろのろと言葉を加える。「ティラミンと話して、なんの害もないことがわかったと総監に伝えれば、説得できるかもしれない。だが、まだ例の若い男の件がある。火を消した魔法に関与していた可能性があるんだ。そいつはどこだ？」

「知らな――」

「頼むから」うんざりしたようにさえぎる。「きみが嘘をつきつづけるなら、なにも解決しないぞ。そういう態度をとるなら、どうやって見逃してやれる？　その男は、魔法学校で庭師のふりをしていた魔法使いではないかという嫌疑をかけられているんだ。総監も王も、そいつがティラミンではないかと考えている。今晩、あきらかに黄昏区の大半がそう信じていたしな。そいつを尋問させてくれ。せめてなにか王に報告することがないと」

「庭師？」ミストラルは皮肉っぽく応じた。しかし、まだ曖昧模糊《あいまいもこ》としていて予測不可能なあの力を、若者がみずから目覚めさせた以上、そう長く隠してはおけないだろうとわかっていた。それでも、身の安全とひきかえにさしだすのは気が進まなかった。保護してやろうと連れてきたのはこちらだ。わざわざ責任を引き受けたのだ。あの若者こそ、ヌミスの歴代の王が国内で禁じてきた、始末に負えない野蛮な未知の魔法にほかならない。それを、自分が助かるために売り渡さなければならないのだろうか？

答えはいたって簡単だ、と思い至る。こちらは魔術師、めくらましの達人だ。別の幻を創り出せばいい。

無言で身をひるがえし、歩きながら頭を働かせた。腕に抱いた巨大な頭部、もうひとつの自分が、前方の宵闇を凝視している。アーネスが後ろからついてきた。ものを消すことならいつでもやっている。衣装や仮面でいっぱいの部屋なら、若者を老人に、踊り子をあやつり人形にすることも、庭師を消すこともできる。本人に尻尾を出さないだけの知恵があれば……

衣装部屋のところで立ち止まり、閉じた扉をあけるのはアーネスにまかせる。ひとあし先に心がすべりこみ、生地や仮面の合間をせわしく動きまわった。敷居をまたいだところで、はっと気づく。室内にひとけがない。

心で探ったが、やはり手ごたえはなかった。隠れているわけではなく、行ってしまったのだ。

ミストラルは面をおろし、目をしばたたかせた。ほっとしたものの、気にかけずにはいられなかった。これからどうするつもりだろう。いったいケリオールのどこに助けを求めに行くのか。

「どこだ？」アーネスが問いかけた。

ミストラルは首をふった。こうなっては、なにを言っても信じてもらえるかどうか。「ティラミンの興行のあいだ、ここに待たせておいたの。どこに行ったのか見当もつかないわ」沈黙がおりたので、ぎこちなくつけたす。「信じて。あの子は一座とはぜんぜん関係ないの。ねえ、外に出て、警吏の人たちに、わたしたちのことを心配する必要はないって言わなくていいの？そうでないと、王さまの軍隊がここに捜しにくるんでしょ？」

「警――ああ」口の端があがった。「それか。嘘をつけるのはきみだけじゃない。俺を待ってるのは、黄昏門の外にいる兵士たちだけだし、こっちから呼ばないかぎりやってこない。きみかその庭師か、どっちかを陛下のもとに連れていかないとまずいんだ。捜すのを手伝ってくれたほうがいいな」ミストラルの双眸《そうぼう》にひらめいた思いつきと、戸口へのすばやい一瞥を見てとったらしい。「ここに閉じこめられてもきみを責めはしない」と、落ちついて言う。「だが、そうなったら、うちの親父、警吏総監どのは、きみに対しても俺に対してもかんかんになるぞ。このうえ事態をややこしくするな。捜すのを手伝ってくれ」

要求されているのではなく、頼まれているのだ、とミストラルは悟った。言葉もなく、部屋から出るように手をふってうながす。そして、アーネスが扉の外で待っているあいだに、自分にかけためくらましを、ケリオールの夜の街にふさわしい平凡なおもてに変えた。

15

魔力を追跡していたヤールは、ブレンダン・ヴェッチを発見し、見失い、ふたたび見つけた。ともかく、そう思われた。捜しているあいだ、そばにいるエルヴァーが、いりもしない三本目の足のように邪魔だったので、思うように速くは動けなかった。容赦なくひきずりまわされながら、少なくとも少年が口をとざしていたのは救いだった。その目はつねに、昂奮した人波のてっぺんに担ぎあげられた、不運な白っぽい髪の影を追っている。ブレンダンは自力では脱出できないらしい、とヤールは推測した。できることとできないことを把握していないか、あるいは力を使った結果、あのおそるべき混沌からなにが出てくるか見当がつかないか、どちらかだろう。あの騒々しい群衆が、なぜブレンダンのことをティラミンだと思っているのか、さっぱりわからなかった。

その理由が判明したのは、あとになって、色を塗ったばかでかい頭と、かさばった衣装に隠れた魔術師を見たときだ。観客の端に立っていたヤールは、ブレンダンを捜して魔力を四方に投げかけつつ、あの頭部のなかにどんな精神がひそんでいるのかと首をひねった。人々はブレンダンを見失ったが、ティラミンは目の前にいたので、火を消した若者が、面をかぶっている存在と同一だと誤解していた。だが、色あざやかに変化する幻に包まれた、巨大な作り物の頭をさっと探ってみると、奥にある心は見知らぬ相手のものだった。繊細な楕円形の顔に化粧をほどこし、琥珀《こはく》のひとみを炎にきらめかせた魔術師の娘に関しては、何日か前、ティラミンの一行にまじって騎馬で黄昏門《たそがれ》をくぐっていたのを憶えている。今回も同じ神秘をまとっていた。月の縁者のように静謐《せいひつ》なおもて、かぎりなく優美な動作、変わることのない微笑。その幻影から苦労して視線をひきはがしたうえ、恍惚となったエルヴァーまでひっぱりださなければならなかった。人込みから出るには、それこそ魔術が必要なほどだった。わずか二、三分のうちに、見物人は古い倉庫の戸口からも窓からもあふれだし、外の通りまで広がっていたからだ。

また街なかに出ると、ヤールは捜索を再開した。ブレンダンは、本物のティラミンが集団の注意を惹きつけているすきに逃げ出したに違いない。倉庫のところを越えると、黄昏区は落ちついているようだった。騒動もなければ妙な光景もない。行き交っているのは、ひややかな月のまなざしのもと、自分の用事にいそしむ人々だけだ。

エルヴァーが口をひらいた。「もうしゃべってもいいですか?」

「だめだ」

「できればあの倉庫で待ってたいんです。あそこはあったかかったし、ぼくがいないほうが、先生も好きなように動けるでしょう」

ヤールは迷った。マントを貸してやったにもかかわらず、少年はふるえている。魔術師とその美しい娘を見物していたところで、これ以上やっかいな状況にはなりようがないだろう。そこで、きびしく相手を見すえた。

「迎えに行ったとき、その場にいると約束しなさい。どんな鬼火に誘われても、ふらふら外についていったりしないと。もう捜す気はないぞ」

「約束します」エルヴァーはおとなしく答えた。ヤールはその姿を見送った。音の調べと魔法のとどろきをめざして、魚が指から逃れるようにするりと人垣をぬけていく。つかの間、エルヴァーのどうも腑に落ちない問題について首をひねったが、すぐに考えるのをやめた。窮地からひっぱりだしてやる方法を見つけたところで、あまり意味はない。学校で待っている王のもとへ、ブレンダン・ヴェッチを連れずに戻れば、こちらが困ったはめにおちいるのだから。

あの庭師は、ほかのことはいざ知らず、姿の消し方だけはさっさと覚えたらしい。心にひそむ魔法の気配を封じこめようと、鼻先にあるものを手あたり次第に使って、自分自身から隠れているのだろう。石の壁、錠をおろした分厚い一枚板の扉、路地の奥の真っ暗闇。ブレンダンのほうがそんなふうにおのれを見ているのだとすれば、街をさまよいながら四方八方に探りを入れているこちらの視界にも、同じ外見しか映らないはずだ。ヤールは行く手に投げかけた思考に一拍遅れて、ほとんど目につかずに進んでいった。いなくなった庭師を求めて、心ばかりでなく顔や影も確認してまわる。伏せた目を思わせるその夜の月は、川霧と交わるまでにかたむいていた。倉庫の観客はふたたび街路に散らばって、ティラミンが見せてくれた奇跡のことを、声がかれるほど夢中になってがなりたてている。ついに捜索を中断したヤールは、けばけばしい人形が山積みになった店をぼんやりと見つめて立ちつくした。

もしかすると、そのまま学校へ帰ったのだろうか。群衆におびえ、みずからの力に圧倒されて、安全な場所、そうした謎を解き明かしてもらえる場所へ行ったのかもしれない。黄昏区のどこにも、庭師の存在は感じられなかった。学校にいるかどうか、ワイに訊けばすぐわかる。いや、とすばやく訂正し、思考をそらした。まだヴァローレンが学校に残っていて、庭師が戻っていなければ、王の魔法使いは即刻捜索に加わるだろう。ブレンダンの混乱しきった状態からすると、ケリオールではじめて魔力の真の姿を垣間見た経験は、悲惨なことになりかねない。

黄昏門へと踏み出したとたん、エルヴァーのことを思い出し、川のほうへとってかえそうとした。その刹那《せつな》、なにかが暗い水中から白銀の月光のもとへ躍りあがったような、特異な力の流れを察知した。ぼんやりとしたきらめきに惹きつけられる。これはブレンダンの心ではないだろうか。ヤールはいままでよりすばやく行動し、入り組んだ通りをぬけていったすえ、とうとう間近に複雑で優美な力の流れを感じた。足を止め、出どころを見る。だが、それは予想していた顔ではなかった。

松明《たいまつ》に照らされて、ふたつの人影が街路の交差した地点に立っている。ピット卿の息子、地区警吏監アーネスはわかった。もうひとり、小柄で黒髪の、地味な服装をした女のほうは、まったく知らない相手だった。少なくとも、だれかに見られているのかというように、首をめぐらして暗がりをのぞきこんでくるまでは、そう思った。炎を溶かした琥珀のひとみに、ヤールはまばたきした。つかの間、ティラミンが道の玉石をたたいて言葉を発したかのように、女は変貌を遂げた。それは記憶のなかのほほえむ佳人、色とりどりの火の玉を投げ、父親の命令でにこやかに鳩や蝶へと変わってみせた、あの月の娘だった。いまは笑ってもいないし、絹の布をなびかせてもいない。髪は首筋でまとめられ、星々はすべてはずしてあった。

その心に、魔力がごうごうと渦巻いていることに気づく。この娘がティラミンの力の背後にいたのだろうか、といぶかる。それとも、後継者にすぎないのか。どちらにせよ、ケリオールの街なかにこんな本物の魔法があれば、周囲にも本人たちにも危険をもたらす。

黄金のまなざしが闇を探り、そこに身をひそめているものを見通そうとして、失敗した。ヤールはみじろぎもせず立ち、地区警吏監に話しかけている女の声に耳をかたむけた。

「見つからないわ。きっと自分の植物のところへ戻ったのよ。人波にすっかりおびえていたから」

アーネス・ピットはその言葉を信じていないらしく、疑わしげに相手をながめた。「確信があるのか?」

地区警吏監もブレンダンを捜しているらしい、と気づいて、ヤールはかすかな危惧の念をおぼえた。火事と消えた庭師の関連がはっきりしないため、ミューラット・ピットの注意を惹いたに違いない。

魔術師の娘はまたちらりと暗闇に視線を走らせた。「どこを捜せばいいかわからないの。ケリオールのどこにいたっておかしくないわ」

「きみに言わなかったのか――」

「わたしは待っていてって頼んだの。あの子はもう、どこへ行ったらいいか、自分をどうしたらいいのか、わからなくなってるみたいだったから。たぶん、安全だと思える場所に行ったのよ。学校かもね」

安全どころではない場所だ、とヤールは陰鬱に考えた。

アーネスはブレンダンの捜索をあきらめようとしなかった。「なにもなければ、王は満足しないぞ」と警告する。「王の魔法使いのヴァローレンもだ。学校に行ってみて庭師がいなかったら、またここに戻ってくるはめになる。しかも魔法使いを引き連れてな」

魔術師の娘はうなだれた。「そうね」

「それに、いま戻れば、黄昏門から兵士を動かすわけにはいかない」

「そうね」ふたたび、低くやわらかな声でささやくように答える。

「つまり、いま見つけておいたほうが、だれにとっても都合がいい。それなら、そいつを護送するためという名目で、兵士を黄昏区から引き揚げられる。意味がわかるか？」

ヤールはふいに理解した。黄昏門は無人になる、とアーネス・ピットは告げているのだ。警戒は庭師に集中する。そのすきに、ティラミンは無事に立ち去ることができるだろう。

魔法だ、とヤールは驚嘆した。この娘は地区警吏監を魅了してのけたのだ。

そのおもてがまたうつむいた。「じゃあ、捜しつづけないと」

ふたりは通りを進んでいった。ヤールは置いてきたエルヴァーを連れてこようと、反対方向へ足を運んだ。

少年がいたのは、舞台裏の小部屋のひとつだった。あたりには舞台に出ていた連中が落ちつきなくうろうろしていた。まだおおかたは衣装を中途半端に着ていたり、髪に飾りが残ったままだったり、くずれた化粧にぴかぴか光るかけらがくっついていたりしている。ヤールが入っていくと、みんないそいそと寄ってきた。

「その子を迎えにきたんだろ？」ちぢれ毛の若い男が問いかけた。「あんた、魔法使いなんだってな。外でミストラルに行き逢わなかったかい？」

「ミストラル？」

「ティラミンの娘さ。この地区でなにか面倒なことがあったらしい。黄昏門に近衛兵がいるって噂が立ってるのに、ミストラルがいないから、どうしたもんだか」

ヤールはエルヴァーをゆさぶり起こした。虫に食われた皮と古ぼけた荷造り用の毛布の山にもたれ、うとうとしていたのだ。少年は立ちあがり、あくびをもらした。

「ああ、見た。どうも、うまくごたごたを切りぬけようとして、地区警吏監と交渉していたようだったがね」

何人かが微笑した。懸念を裏付けられ、きびしく顔をひきしめた者もいた。

「今晩、ティラミンの魔法は真に迫りすぎたな」だれかが低くつぶやく。

「本人はどこだ？」ヤールは興味をおぼえて訊いた。「なぜティラミンが指示を出さないのかね？」

どうしてわざわざそんな質問をするのだろう、という視線が返ってくる。「興行がひけてからは会わないのさ。休んだり、新しい芸を思いついたりしてるから――」

「一座に危険が迫っているかもしれないと知っていてもか？」

「どうするかはミストラルが知ってる」と答えが返ってきた。「ティラミンは夢を見て、舞台に立つ。大魔術師は腕をみがかないと。そのほかのことは考えないんだよ。現実の世界と渡り合うのはミストラルさ」

ヤールは首をかしげてうなった。「いったい何者だ？ そのティラミンというのは」

一同は顔を見あわせ、頭をふって、にっこりしただけだった。だれもほかの名前は口にせず、まして説明してくれようとはしなかった。ティラミンの謎は、変装の一部なのだろう。ひとりの踊り子の、きらきらする胴衣に隠れた曲線美にみとれているエルヴァーを、ヤールはぐいとひっぱった。

「この子を預かってくれて感謝する。またミストラルを見かけたら、きみたちが待っていたと伝えておこう」

倉庫の先の通りはひっそりしつつあった。月は姿を消している。暗くひえびえとして時を超越した、夜の残滓《ざんし》ともいうべき刻限。黄昏区でさえ、もっとも遠い境界のむこうに暁を感じとっているのだ。疲労で足をふらつかせたエルヴァーは、大あくびをして、石につまずいた。そろそろ学校に帰って、待ち受けている問題に直面しなくては、とヤールは思った。

エルヴァーが止まった。道の真ん中に突っ立ち、それ以上一歩たりとも進もうとしない。立ったまま眠ってしまったのだろうか、とヤールはあやぶんだ。すると、その頭がのろのろと動いた。二軒の建物にはさまれた堅固な黒い塀をじっとながめる。どちらの建物も、正面の窓はまだ明るかった。

「どうした？」ヤールは静かにたずねた。とたんに少年の姿が闇にのみこまれ、あっという間もなく消え失せたので、ヤールはぎょっとした。不安にかられてろくに考えもせず、急いで青白い火をともし、その光を路地に投げかける。月明かりさながらに冷たい輝きが、ふたつの人影をぱっと照らし出した。それから、路地はまた暗くなった。ヤールは安堵の息をつき、暗がりに踏みこむと、ふたりを光の届くふちで押しとどめた。

「ブレンダン」とささやきかける。「みな、きみを捜しているぞ」

「知ってる」庭師は悄然と答えた。

ヤールは片手でエルヴァーの薄い肩を握りしめた。「どうやって見つけた？」と質問する。

「私の目にはとまらなかったが」

エルヴァーはぽりぽりと頭をかいた。「夢を見てたのかな」と曖昧《あいまい》に答える。「塀の石が動くのが見えたんです」

「闇のなかで？」

少年は肩をすくめた。「頭のなかでです」

ヤールは疑いの目を向けた。今晩、黄昏区では、エルヴァーの行く先々で魔法が出現しているようだ。荒々しくなにをしでかすかわからない魔法、この長い夜が終わらないうちに、山ほど災難を引き起こしそうな魔法が。

問いかけるように見やると、ブレンダンはうなずいた。「この暗闇に何時間もいたんじゃないかな。石がまわりに迫ってきて、心に入ってきたのを憶えてる。石になるのがいちばん安全な気がした。石の壁に。だれも壁なんか見やしないから」

「倉庫まできみを追いかけていったのだが、そこで見失ってしまった。それからずっと捜していた」

ブレンダンはぎこちなく首を縦にふった。「おれは夜明けまで待って、家に帰ろうと思ってた」

「家」

「北へ。あっちのほうが静かだ」

「きみはこわがっているのだよ」ヤールは告げた。「まず自分自身におびえ、ついで私たちにおびやかされた。不安になっているときにきちんとものを考えるのは、たやすいことではない」

「ああ」ブレンダンは暗澹《あんたん》と同意した。「自分の頭のなかで起こってることがわからない。どうやってあんなことをしてるのかわからないんだ。なにか間違えたらどうなる？」

「でも、間違えなかっただろ」エルヴァーが熱心に口をはさんだ。疲れていた目がきらきらしている。「きみは黄昏区が炎上するのを食いとめたんだ。あの金色の目の女の人を助けてあげたじゃないか」

「あっちが助けてくれたんだ」ヤールに視線をあてたまま、ブレンダンはためらった。声がぐっと低くなる。「火を消したのはおれだ。でも、焼けた家をもとどおりにしたのはあの人だった。水を川に戻して、噴水を直したのも。あの人はおれの魔法をティラミンの手品に変えたんだ」

「そうか」ヤールは息を吐いた。「おれには自分がやってることも、自分がなんなのかってことも理解できてない。あの人にはそれがわかってて、話をしたがってた。説明してくれようとしてたんだ。でもおれは逃げ出してきた。もうだれにも近寄らないことにしようって決めたから。だれにとっても、それがいちばんいい」

「学校にとっては違う。魔法使いヴァローレンが王にきみの力のことを伝えたおかげで、ワイがやっかいな目に遭っている。私も同様だ、きみを連れずに戻ればな」

「ヴァローレン！」ブレンダンは声をあげた。名前を呼んだせいで、本人がいきなり出現するのではないかというように、しんとした通りに目をやる。「おれにどんな力があるか、ヴァローレンにどうしてわかったんだ？　花の話しかしなかったのに」

「そういったことがらに気づくのがつとめだからだ。ワイはその力を見ぬいたし、私もだ。きみは隠し方を心得ていない。そういうわけで、いまや王も知っているし、黄昏区で起こった火事を、ティラミンと呼ばれているようでは、巡回警吏すら察しているだろう。黄昏区の半分から火事を、きみは魔法で消した。古い都で火事が見過ごされることはまずないし、地べたから川を呼び出して消火した若者も、そうやすやすと忘れられることはあるまいな」

ブレンダンはぐったりと壁にもたれかかったが、もう一度石にとけこむことは思いとどまったようだった。

「じゃあ、どうしたらいい？」と訴える。「どうしたら、みんなに迷惑をかけないようにできる？」

「この人はティラミンじゃないでしょう」エルヴァーが抗議した。「それに、なにも悪いことはしてないじゃないですか。王さまはご褒美をあげるべきですよ、先生が空飛ぶ怪物からケリオールを救ったときみたいに」

「監視下において、王が望む知識だけを教えこむという褒美か？」ヤールはするどく問い返し、エルヴァーのみならず自分も驚かせた。少年はさすがに言葉を失い、まじまじとこちらを見つめた。「きみの質問の山が、ほかにどんな答えにたどりつくと思っていたんだね？」

「空飛ぶ怪物ってなんだ？」ブレンダンがたずねた。

「いまそんなことは気にしなくていい」ヤールは嘆息し、考えをまとめた。「エルヴァーの言うことには一理ある。きみは悪事を働いたわけではないし、王は感謝すべきだ。もし家に帰れば、後ろ暗いことがあるからだとヴァローレンは思い、捜しに行くだろう。そして見つけ出し、なんらかの手段でケリオールに連れ戻すだろうな。私としては、自分の選択で学校に戻るのがいちばんだと思う。地区警吏監もきみを捜索しているし――」

「どうしてだ？」ブレンダンは信じられないという口調でたずねた。「火事を食いとめたからか？」

「ティラミンの仲間であり、王の統制下にないと思われる魔法を使ったという理由でだ」

ブレンダンは目をつぶり、またひらいた。「おれはべつに――一度もそんなことは――だいたい、みんながわめきたててくるまで、ティラミンの名前も知らなかったのに」

「戻って説明しよう。そんなに簡単にすむといいが。黄昏門はこの通りのすぐ先だ。物陰を歩くようにしなさい。それと」と、なぜか黙りこくってしまったエルヴァーに言い渡す。「おしゃべりはなしだぞ」

門が見えるところまでは、なにごともなく進んだ。だが、そのむこうには武装した兵士がずらりと並んでいた。冷えきった人馬の吐息が白く立ち昇り、まだ残っている都の灯を反射して、ときおり甲冑がきらりと光る。そのようすに、三人はあわててかどを逆戻りした。

「どうしよう?」ブレンダンが小声で言った。

「考えているところだ」どういうわけか、オドの書いていたあの奇妙な、影のない姿が頭に浮かんだ。太陽すら見出すことのできない場所に身をひそめたものたちを。スクリガルド山。そこまで遠い場所へ行けば、王の裁きも、ヴァローレンのひややかで無情な、すぐ目の前のものしか見ないまなざしからも逃れられるかもしれない、とうんざりして考える。

「みんなで姿を消してみるとか」エルヴァーが思いきったように言った。「やり方は自分で覚えたんです」

「いまさら驚く気もしない」ヤールは口のなかでつぶやいた。馬が一頭、こちらに向かって耳をぴくつかせたので、さらに後退して食べ物の屋台の裏へひっこむ。煉瓦《れんが》造りのかまどのなかで、消えかけた熾《おき》がまだ脈打っていた。だが、なぜこんなまねをしなければならない、と自問する。なぜだ? はた迷惑なことに、無謀な衝動と押し殺されていた怒りが、ちょうどその瞬間を選んで浮上してきた。感情を抑えつけようと試み、どうにかして最善の道を見出そうとする。ブレンダンにとっても、ミストラルとティラミンにとっても、また、同じく衝動的な決断を下したらしいエルヴァーにとってさえ。

「スクリガルド山」ブレンダンがささやいたので、ヤールはびくっとした。庭師を見ると、やはり驚いたような顔をしている。「いまふっと頭に浮かんだんだ」

「私がそのことを考えていた」と教える。「それを聴きとったのだよ。スクリガルド山についてなにを知っている？」

「たいしたことは。今年の早春、気がついたらあそこに行ってた。静かで寒くて、陰になってるところだ。雪のなかにおかしな形のものがいくつもあった。どういうものなのか、ぜんぜんわからない」

「まだあるのか」ヤールは感嘆した。「何世紀もたっているというのに。それを見たとき、どう思った？」

「生きてるみたいだった。理由はわからない。耳をすましたけど、なにも聴こえなかった。だから背中を向けて戻ってきた。あんたも見たことがあるのか？」

ヤールはかぶりをふった。「オドがそれについて書いているのでね」

「あそこに隠れられるかもしれない」

「隠れられる」ヤールはゆっくりとくりかえした。「その存在のように……しかし、なにから隠れたのだろうな」

ブレンダンは兵士のいる門のほうへあごをしゃくった。「あれじゃないか」とあっさり言う。

「それに、ヴァローレンみたいな連中と」ヤールの探るような目つきに、軽く肩をすくめる。「ただの思いつきだよ。いまはここより、むしろあそこにいたい気がするだけだ」

ヤールは沈黙した。スクリガルド山から、最初にその名を教えてくれたセタへと心がさまよっていく。エルヴァーはかまどの煉瓦に身をよせ、ヤールのマントの端っこを体に巻きつけた。「とにかく、これはあったかいや」まぶたを閉じながらつぶやく。「どうするか決まったら言ってください」

ブレンダンが息を吸って止め、それから立ちあがろうと動いた。「おれが兵士と一緒に行けばいいんだ。そうすればあんたは、だれにも説明しなくてよくなる」

「いや、そうでもないがね」ヤールは低く言った。「どちらにせよ、そんな必要がどこにある？　なぜきみが兵士に拘束されて戻らなければならない？」

「それが世の習いってやつだからかな」

「どうしてそうでなければならないのかね」

「だったら姿を消して行こう。だれにも見られずに学校へ戻れるし」その提案に、ヤールが確として答えずにいると、ブレンダンはつけたした。「それがいちばんだって言ったばっかりじゃないか」

「考えなおしているところだ」

「いま？」

「あそこには戻りたくない」その台詞が口をついたとき、信じられないほどの解放感があった。

あらゆる絶望と焦燥を、ついに言葉にすることができたのだ。「ヴァローレンがなにをどのように教えこまれたかは正確に知っているし、むこうの知らないことも多少は心得ている。私は自分の知識を口にすることは許されなかった。教科書どおりの存在になることしか許されなかった。嘘は教えていないが、真実だと知っていることすべてを学生に伝えているわけではない。好奇心や驚きという剣呑《けんのん》なしろものは禁じられていた。学校に戻れば、王はケリオールを救った褒美を与えると同時に、きみを壁で囲いこむだろう。今後、王の管理下にない力を身につけることが決してないように。きみにどうしてやったらいいのか、いや、自分をどうすればいいのかさえ、私には見当がつかない。わかっているのは、いままで置かれていた状態には戻りたくないということだけだ」

「おれはその状態だけじゃなくて、あんたがいた場所そのものも気に入らないな」ブレンダンはぶっきらぼうに言った。「こっちに選ぶ権利はあるのか？」

「いや」つかの間黙りこみ、ふたたび全員について思いをめぐらす。ブレンダンはそのようすをながめながら待った。エルヴァーのいびきが聞こえ、ヤールは溜息をついた。「ともかく、現時点では無理だ。アーネス・ピットを見つけて、私がきみを学校へ連れ帰ると言おう。そうすれば門から兵士を引き揚げて、魔術師と娘を黄昏区から逃がしてやれるだろう。少なくともそれだけはできるからな」

「おれは庭仕事をしにケリオールへきただけだ」ブレンダンは力なく言った。「オドは好きなときに帰っていいって言ったのに」

「それをヴァローレンに伝えてみることだ。役に立つかもしれない」若者の肩に片手をかけ、夢の世界にいるエルヴァーともども、目立たない煉瓦に変える。「これで、身動きしなければだれにも気づかれない。すぐ戻る」

ブレンダンはうなずいた。同じように目につかない姿になったヤールは、人影がまばらになりつつある街路を探った。地区警吏監は苦もなく見つかった。しかも、意外なほど近くにいる。かどをまがると、黄昏門の前に立ったアーネスが、いましがた門から馬で入ってきた相手と話しているのが見えた。

伝令の声は実際には聞こえなかったが、魔法使いの耳は、織物の糸をよりわけるように空気から音を拾った。

「総監よりご伝言です。黄昏区への人の出入りを厳禁し、勅命があるまで門の監視を解かないようにと」

「今度はなんだ？」ヤールの脳裏の台詞を反映するように、アーネスはきつく聞きただした。

伝令は身をかがめ、ささやくような口調になったが、それでもこちらの耳には届いた。

「スーリズ姫が行方不明になっておられます。日没前からお姿が見えないとのことでして。陛下とヴァローレンどのは、ティラミンか消えた庭師——あるいは双方がかかわっているのではないかと案じておいでです」

アーネスのたてた音は、押し殺した悪態らしかった。ヤールは虚空を見あげ、自分の台詞をのみこんだ。ひとあしで術をかけた現場へ戻ったところで、呪文が破られているのを発見した。

エルヴァーだった煉瓦は一回いびきをかいて、また静かになった。ブレンダンだった煉瓦は、ただの煉瓦だった。

16

行方不明の王女は、セタと迷宮の中央にある石に座っていた。蠟燭を何本も燃やしながら話しこんでいたのだ。窓がなく、魔法のかかったこの場所では、ほかに時を計るすべがなかった。ふたりは石造りの地下に入ったとたん、おたがいを見失ったが、あっけにとられたセタの言葉ははっきりと聞こえた。それから、ふたつの声はあっちへ行ったりこっちへきたり、途方にくれるほどでたらめな位置から響き合った。いま壁一枚にへだてられていたかと思えば、次の瞬間には迷宮の端と端に分かれてしまったようだった。たったひとりで影のなかをたどっていたスーリズは、どこからともなく出現したような壁にたびたび道をさえぎられ、セタの冷静な声音になぐさめを見出していた。

「だけど、こんなことになんの意味があるの？」一度、はてしなく行き止まりや新たな入口が続く通路にたまりかねて、スーリズは問いただした。「ぐるぐるまわってるだけで、どこにも行きつかないなんて」セタはなにか答えたが、その言葉は妙にかすかで、石に反響して原形をとどめないまでに変形していた。「なに？」スーリズは不安になって大声で問い返した。

「たぶんここは、入った者の人生を模倣しているのではないかと思いますわ」セタは急に間近から、ぎょっとするほど大きく叫んでよこした。

「まあ」スーリズは少し考えてからのべた。「たしかに、ファナールおばさまと結婚式のことを連想させられるけど」

セタはまた遠くで笑い声をあげた。混乱しきった婚礼準備のばかばかしさに思い至り、スーリズは苦笑した。その結果、ぞっとするような靴をはき、生地のままの布をまとって、迷宮をどうどうめぐりすることになっているわけだ。そんなに難しいことじゃないはずよ、と考える。こうしたいっておばさまに言えばいいだけだもの。だが、それは問題ではない、と即座に悟る。ヴァローレンとの結婚を望まないのなら、したいことなどあるはずがないのだ。

あやうく、前方をさえぎる幅広い石につまずきそうになった。石の外縁は完璧な円を描き、てっぺんが平たくなっている。くたびれて足が痛かったので、腰をおろし、セタが通りかかるかどうか待ってみることにした。呼びかけると、どこか離れたところから応答があった。蠟燭を持ちあげ、いちばん近い開口部を探してみると、大理石にぐるりと囲まれていることに気づいた。ほかに行けそうな場所はない。

「ああ、ここだわ」スーリズはささやいた。小さな光の輪が、これまでの探検家の落としていった蠟燭の燃えさしや、すすけたかけらを照らし出した。いくつか拾いあげ、自分の蠟燭で火をともすと、溶けた蠟をたらしてまわりの石の上に立てる。それからセタの名を呼び、昂奮して告げた。「ここよ！」

「そこに、地図のついているまるい石がありまして?」問いかけてきた声は、またもや、すぐそばにいるようだった。

スーリズはあたりを見まわし、立ちあがって座っていた石をながめた。表面の彫刻はすっきりした螺旋《らせん》形で、とても単純な迷路に見える。自分の行く手を阻んだ複雑怪奇な、障害物だらけの通路とは似ても似つかなかった。「ええ」と叫び返す。「とにかくなにかの地図よ。どう見ても、わたくしがさっきまでいた場所じゃないけど」

「それなら、そこは迷宮の中心ですわ」

「あなたはどこにいるの?」

「わかりませんの」セタは答えた。

そして、いきなりそこに現れた。石の輪から足を踏み出し、目をぱちくりさせる。

「どういうものかしら」とつぶやき、王女の隣にきて中央の石を見おろす。「あたくし、ヤールのことを考えつづけては壁に行きあたっておりましたの。まるで、迷宮が頭の中身をとりまいて形を変えていくようでした。でも、この地図はあたくしのさまよっていた場所でもないようですわね」

「出口なのかもね」

「そうだとよろしいのですけれど。それほど簡単にすむものなら」その場にぐずぐずして、地図を見ながら眉をよせる。まだ魔法使いのことを考えているのだろう、とスーリズは推測した。セタはおもむろに言った。「どこにいるかわからない、とお伝えしたとたん、ぱっとこの場所に出ておりましたの。まるで、ここが迷路の終点ではなく起点だというように。自分が迷子になったとようやく悟る場所であるかのように」

「どういう意味？」

「あたくしがやっと、このごろヤールがどこにいるかわからなくなったことを理解した、という意味ですわ。なにを思っているのか、どんなことに頭を悩ませているのか。もしかしたら、ついていくのをためらうような場所に行ってしまったのかもしれません。あたくしは、ふたりの関係がうまくいっていない可能性を認めたくなかったのですわ」

詳細はともかく趣旨はつかんで、スーリズはうなずいた。「わたくしはヴァローレンのことを考えていて、ひたすら結婚式の問題にぶつかっていたの。エニズ兄さまは見ぬいていたんだわ。ヴァローレンに関心がなければ、結婚式にも興味は持てないって。いまのところ、気にする理由なんかぜんぜん見つからないもの」

セタは中央の石に腰かけて長い脚を組んだ。ファナール叔母がその無造作な恰好を見たら、衝撃のあまり巻き毛がのびてしまうに違いない。スーリズはセタの裾の動きで吹き消されてしまった蠟燭に火をつけると、わきに座りこみ、ほっとして靴からつまさきをぬいた。

「ええ」セタは簡潔に言った。「あたくしも、自分の結婚についてそんなふうに感じておりましたわ」

「従弟《いとこ》のこと、よく知ってるの？」

「子ども時代のほうが親しくしておりました。よくあたくしに本を借りにきましたの。そう、めずらしい虫を調べるのが好きで、大鴉《おおがらす》を飼っていましたわ。昔は笑い方を知っていたのですけれど」

「ほんと?」

「そのあと、あちらは魔法使いになるためにケリオールへ行き、あたくしは結婚して……何年もろくに顔を見ておりませんでした。宮廷で陛下から顧問官として紹介されたときには、あやうくわからないところでしたわ。あのかわいい従弟が、あんなによそよそしく、用心深くなってしまって。あんなに――」

「疑り深くて」スーリズは身も蓋もなく続けた。「まるで、相手が間違ったことをするのを待ち受けてるみたい。どうしてそんな人と結婚できるの?」

「でも、ほんとうにそういう人間ですの?」

「わからないもの! 話をしようとはしたけど、別々の言葉をしゃべってるみたいだったわ。それに、知らせておかなくちゃいけないことがあったのに、伝える勇気を出す前に行っちゃったし」

「どういうことですの?」

「それは」スーリズは息を止め、言葉を探して、弱々しく吐き出した。「ちょっとしたことよ」

「たとえば? 寝言で歌うとか? さわられるのがお嫌いとか?」

「もっと悪いの」

「もっと悪い」セタはぽかんとくりかえした。「わかりましたわ。だれかと結婚するぐらいなら、杭に縛りつけられて、竜の炎で黒焦げになったほうがましだと思っておいでなのでしょう」

「そこまでは言わないわ」

「心に決めた方がいらっしゃる」

スーリズはかぶりをふり、唾をのみこんだ。「いたらいいのに」とささやく。「好きな人がいればよかったのに。ひいおばあさまは好きでもない人と結婚して、それでも幸せになる方法を見つけたの。結婚する相手を好きになれるかどうかって、いつでも偶然に頼るしかないの？」

「そういう場合が多いことは確かですわ。いつでもとはかぎりませんけれど」セタは言葉を切り、たずねるようにスーリズを見つめた。「いったい、なにを心配なさっていらっしゃいますの？　ヴァローレンを好きになれなくて、一生みじめな思いをしなければならないかもしれないと？」

「もちろん、それもよ」

「でも、すべてではありませんわね」

「そうなの」うつろに答える。セタは無言で待った。とうとう、スーリズは腰をかがめて、靴を片方脱いだ。赤と青と緑の宝石が火影《ほかげ》を照り返すようにかかげると、細い蠟燭を一本とりあげて吹き消す。煙の出ている芯が、ひとつの石の奥底で燃えている火に近づいた。宝石から王女へと流れこんだ炎が双眸《そうぼう》を満たし、蠟燭の芯へと移る。芯にぽっと火がついた。エメラルドを思わせる緑の炎が。

セタが息をのみ、あやうくその火を消しそうになった。「さわってみて」スーリズは宝石を凝視したまま言った。

セタの指が炎をつきぬける。「冷たいですわ」とかすかに言う。

「本物じゃないから。ただの影よ。幻」まばたきすると、芯にともった小さな緑の炎は消え失せた。「これは、ひいおばあさまが教えてくれたただの遊びよ。魔法遊びって呼んでるの。だれにも気づかれないほどささやかな魔法」芯からセタへと視線を動かす。「ヴァローレンも気づかないと思う？」

「あたくし——それは——」口をつぐみ、もっとまともな口調で続ける。「どうやら、問題の根がわかりはじめたようですわ。その魔法の出どころはどこですの？」

「ひいおばあさまのふるさとよ。そういう小さな魔法が許されてる国なの」

「ほかにどんなことがおできになりまして？」

天井越しに、許婚《いいなずけ》の目が魔力のみなもとを探っているだろうとなかば予期して、スーリズは迷宮をおおう暗い丸天井をちらりと見あげた。「水があれば、ヴァローレンがどこにいるか視《み》えるかも」

「ヤールでも？」

「たぶん。でも、ひいおばあさまのほうが、そういうのを視るのはずっと得意だけど。ときどき、そうやってなくしたものを捜すの。ひいおばあさまはよく目が見えなくて、いつもなにか置き忘れるから。あとは、秘密の小さなものを隠す方法も教わったわ——手紙とか、指輪とか、花とか——刺繍にして、ある決まった模様のなかに縫いこむの。蠟燭の火をのぞくと、この先なにが起こるか見えることもあるわ」

「ほんとうですの？」

「それは教えてもらったものじゃないの。生まれつきの力よ。まあ、ひいおばあさまから受け継いだのは確実だと思うけど」

「お母さまも、そういうちょっとしたことをする力をお持ちでしたの？」

「いいえ。それにお母さまはもともと、ひいおばあさまの魔力のことも、ヌミスでは内緒にしておくようにって約束させてたの。だから、わたくしに力があるって打ち明けたことはないわ。それならお母さまも、お父さまに秘密を持たなくてすむでしょ。ね、もうひとつの問題はこれよ。わたくし、ヴァローレンにはなにも隠しておけないわ。ヴァローレンはお父さまに打ち明けろっていうに決まってるし、お父さまは――お父さまは――自分の屋根の下で娘が禁じられた魔法を使ってたって知ったら、いったいどういう反応をするか、想像もつかないわ」

「それに、むりやり白状させられたら、ますますヴァローレンのことは好きになれませんわね」

「ええ」沈鬱に答える。「そのとおりよ。だから、わかるでしょ、おたがいに憎みあうようなことにならないうちに、話しておかなくちゃいけないって」

「つまり、結婚する前に、ですわね」

「そうよ」

セタは、宝石で飾った指で口もとを軽くたたきながら、じっくりと考えた。「それなら」とうとう口をひらく。「そのことでヴァローレンの注意を惹くというのも、ひとつの手ですわ。

結婚前でもあとでも、結局は知られてしまうでしょうし、姫君のおっしゃるとおり、前のほうがずっといいのは確かですもの。いま、そのささやかな魔法をお使いになって、ヴァローレンがおりてくるかどうか試してごらんになっては？　用意するものがあれば、あたくしが持ってきますわ。おなかはすいていらっしゃいませんの？　厨房がどこにあるかは存じております。長い時間図書館で過ごしていたおかげで、場所を覚えましたの」

「ぺこぺこよ」スーリズは溜息をついた。「逃げ出したときには、夕食のことを忘れてたの。でも、どうやってここに戻る道を見つけるの？」

セタのくちびるがゆがんだ。「さっきと同じように、だと思いますわ。遅かれ早かれ、この迷宮が示そうとしている問題に行きつくでしょう。もしかしたら、二度目のほうが楽かもしれませんし。さ、ほしいものをおっしゃって」

スーリズは立ちあがり、少しのあいだ、はだしで行ったりきたりしながら思いをめぐらした。

「紙。もしあれば鋏《はさみ》。水。茶碗。ボタン。いいえ、ボタンはいらない。袖からちぎればすむもの。インクかなにか。布は手もとにあるわ。蠟燭の蠟もたくさんあるから、それで形を作れるし」

「もっと蠟燭を運んできたほうがよさそうですわね。ボタンならあたくしも持っておりますわ」

セタはペチコートの前にずらりと並んだボタンを見せた。「ほかには？」

「厨房のなかで魔法みたいにすてきな食べ物があれば、なんでも」

「空腹のときには、厨房にあればどんなものでも魔法のように見えるものですわ」セタはためらった。「スーリズさまがお夕食の席にいらっしゃらなければ、どちらにおいでなのかと不思議に思われませんかしら？」

「大丈夫。ひいおばあさまのところにいるだろうと思うだけよ。みんな、とくに用がなければ本気で捜したりはしないの。それに、どうせわたくしの知るかぎり、お父さまはまだ魔法使いたちとご一緒だもの。ここにいたって、ほかのところにいるのと変わらないわ」

セタが迷宮の地図を調べられるよう、腰をあげる。ゆらめく光のもとでさえ、入口へ戻る道筋は簡単そうだった。ひとつかどをまわり、また道を折れ、もう一度まがる。さらに一回、二回、それでもう通常の時の流れと現実の世界へ到達するはずだ。

「状況をお知らせしますわ」セタは心もとなげに言った。出ていく前に立ち止まり、首をかしげてこちらを見る。「ほんとうに、いまここで試したいとお思いでして？　むしろ、一緒に上に戻りたいというお気持ちはございませんの？」

「いいえ、戻りたくないわ。先のばしにしても意味はないし」

「わかりました。急いで行って参りますわ」

置いていかれたスーリズは、数分間静かに座ってヴァローレンのことを考えた。婚約者があやしげな力を持つ王女との結婚を望まず、婚約が破棄されて、自分がなんの不満もなくレディ・ディッタニーと暮らせるようになる可能性は、はたしてどの程度あるだろうか。蠟燭がひとつ、ぱちぱちいって消えた。もう一本火をともし、ぼんやりと手を動かして壁に影を映し出す。ある思いつきが心にしのびこんできた。その案にちらりと目をやり、もう一度見なおす。

そして考えた。いいじゃない？　糸も火もあるし、靴についてる宝石もあるわ。魔法使いの注意を惹くにはどうしたらいいか、見てみよう……

肩に巻きつけた繻子《しゅす》のほつれた端から糸をぬきとる。レディ・ディッタニーがやってみせてくれたように、それを石の表面にのばし、ヴァローレンの名前の最初の文字をいくつも描いた。それぞれのVのてっぺん二カ所と底に蠟のしずくをたらし、その位置に固定する。それから、ぴったりくっついた文字の上で、前後にゆっくりと明かりを動かした。

「ヴァローレン」とつぶやく。「どこにいるの？　ヴァローレン。どこにいるか見せて。どこにいるの？」

光が彫刻に反射し、周囲をとりまく石を越えて広がっていく。あとを追う影が通路を暗くする。同じところをふたたび光が照らし出す。まるでちっぽけな日の出のように、つねに背後に夜を従えて。しばらくそうしていたが、なにひとつ起こらず、セタさえ姿を現さなかった。やがて、地図の表面に描かれた通路を、どんなふうに文字が遮断しているかということに気づいた。Vが開口部に壁を作り、迷宮の螺旋をつきぬけてあらゆる道筋をふさいでいる。

スーリズは息を吸いこみ、セタがその壁にぶつかっているのではないかとあやぶんだ。あわてて溶けた蠟が溜まったなかに蠟燭を立て、糸を地図からひきはがす。固定していた親指の爪ほどの蠟をこすりとっていたとき、ようやくセタが現れた。

顔を上気させ、少々乱れた恰好で、籠だの道具一式だのを石の上におろす。

「永久に戻れないかと思いましたわ！　まるで迷宮に押し出されているようでした」

「わたくしのせいかも」スーリズは告白した。「ヴァローレンをここに誘いこもうとしてたの。間違って地図の上に術を広げちゃったから」

「それより、きっとあたくしの頭のなかがぐるぐるしていたせいですわ」籠をひとつあけながら、セタは低い声で言った。「紙と鋏とインクをくれた司書から、気になる噂を聞きましたの。紐と蠟燭は厨房からもらってきましたわ。それにパンとチーズと、冷たいローストチキンと、ゴブレットと、水を壺に一杯と、梨も。あとナイフを一本」

「噂って？」

「黄昏区《たそがれ》でなにか事件があったとか。ティラミンの仕業だという謎の火事、行方不明の庭師、行方不明の魔法使い……陛下もヴァローレンもまだここにいるという話ですわ。魔法使いたちと一緒に、助力が必要になるかと待っているのですって」

「行方不明の魔法使い？　どうして魔法使いが行方不明だってわかるの？　ただ魔法関係のことで出かけただけかもしれないじゃない。だれがいなくなったの？」

「ヤールですわ」セタはせっせとナイフでパンを切りかけていたが、途中で手をとめて訴えるようにスーリズを見た。「捜してみていただけませんか？　水は持ってきましたわ。少し前、学校の新しい庭師を連れ戻しに黄昏区へ行って、まだ帰ってこないそうですの。魔法使いたちは全員、ヴァローレンと陛下とワイの部屋にこもっております。見つかったかどうか訊くことはできませんし、ほかにはだれも所在を知っている人がいないのですわ」

「もちろん、やってみるわ」スーリズはパンとチーズにいそいそと手をのばした。その晩のケリオールを騒がせているのが、消えた庭師とティラミンの手品程度の問題だと知ってほっとしていた。例の脚を組んだ姿勢で、石の端に後ろ向きに腰かけたセタは、指で鶏肉をつまみあげ、食べながら地図を観察した。

「オドがこの迷宮を設計したなら、変わった点についてもっと明瞭に書き残しそうなものですわ。しかも、学生を教えるために使うつもりでいたのですもの」

「オドは迷子になったことがないのかもしれないわ」スーリズは言ってみた。「いつでもどこにいるのかわかっていたのかも」

「そうかもしれませんけれど。ヤールは、オドが自分の力を完全に把握していなかったと考えておりますの。あるいは、自分の意図するところをですわね。つまるところ、そのために魔法使いの力は君主に統制されることになったのですから」

「オドは旅をしてまわったのよね？」スーリズは訊いた。オドとヌミスの君主についての本を書くよう、父がセタに依頼したことをうっすらと思い出したのだ。

「ええ、とてもたくさん。さまざまな遠国へと」

「ひいおばあさまの国へ行ったかもしれないのね」

「なんという国ですの？」セタは親指をなめてたずねた。

「ヘストリア、だったと思うわ。それとも、首都の名前だったかしら?」

「ヘストリアの首都はナヴァールですわ」

「そう、そこよ、ひいおばあさまが生まれたのは」

「ええ、オドはヘストリアを訪れております。ですから」スーリズの思考の経路をやすやすとたどって、セタはつけたした。「そういったささやかな魔法を学んだ可能性も充分ありますわね。オドが身につけた魔法がオド自身の学校で禁じられることはありえませんから、姫君とレディ・ディッタニーの魔法は、きっとここでも合法ですわ」

「魔法使いから習ったわけじゃないって点をのぞけばね。それに、内緒にしておいたし」

「まあ、魔法使いたちがどう言うか、ともかく聞いてみなければ」

ふたりは即席の夕食をすませ、残り物を籠に片付けた。セタはあてにならない地図になぜか惹きつけられているらしく、石からくずを払いのけ、螺旋を指でなぞった。「変ね」とつぶやき、いきなり身をかがめる。「ごらんになって。この地図にある中央の石は、まったく違うものですわ」

宮殿から学校の厨房に迷いこんだに違いない、やたらと豪華なゴブレットに水をついでいたスーリズは、壺を下に置いてながめた。たったいま食卓がわりに使った、迷宮の中心にあるこのまるい石は、地図上ではピラミッド形に刻まれている。

「まるく彫るのが難しいとか？」と推測してみる。

「だれが刻んだにしても、迷宮のほかの部分は完璧に彫刻してのけておりますわ」セタはそのわきにしゃがみこみ、地図のへりに頰杖をついて、眉をよせた。「あたくしは地図が大好きですの。昔から心を奪われていたものですわ。とくに、とても古い、海の怪物や風の顔などの絵がついている地図に。もし……もしかして、これが迷宮に出入りする道を描いたものではなく、ぜんぜん違う地図だとしたらどうでしょう。それなら、なぜろくに役に立たないのか、説明がつきますわ」

「なんの地図？」スーリズはあっけにとられて問い返した。

セタは熟考してから、ちっちゃなピラミッドをたたいた。「ここへの行き方を示す地図ですわ」

「でも、なんなの、それ？　どこにあるの？」

「さあ。たぶん砦か、でなければ山か。オドが隠しておきたいと思い、同時に見つけてほしいと願った場所でしょう」

「ただ鑿《のみ》がすべったただけじゃないかと思うけど」

「そうかもしれません」セタの声がぐっと低くなった。蠟燭の灯を映して真剣にきらめくひとみで、地図の模様になにかを見出しているのだ。「ああ、ひょっとして」とささやく。「ひょっとしたら……ヤールを見つけなくては。これはオドの秘密ですもの。ヤールならまかせても大丈夫ですから」

「どんな秘密？」スーリズは問いかけた。たとえオドであっても、魔法使いたちに隠しごとができる者がいると考えると、皮膚がぴりぴりした。

「山ですわ。ヤールでさえ、あたくしがオドの著述に書いてある名前を見せるまで、そのことについては知りませんでした。魔法使いなら、この地図を使ってここからその山へ行けるのではないかしら」

「どこなの？」

「北です。ずっと北」セタは背筋をのばした。そのまなざしには、まだ石の明かした神秘が満ちている。「この地図に従えばそこにたどりついて、オドが書き残したものを見ることができるのかしら」

「いま？」

セタは頭をふって、地図と山をまなざしからふりおとした。ふたたびスーリズを視界に入れ、そもそもなぜ地下におりてきたのか思い出したらしい。「いいえ、もちろん違いますわ。申し訳ありません。目の前の問題から処理しなければ。なにをしておりましたかしら？」

「ヤールを見つけようとしてたの」

「まあ、よかった」セタは気をとられないよう、断乎として地図の上に座りこむと、スーリズがゴブレットに水をそそぎ終えるのを見守った。「その術はどんなふうにかけますの？」

「かからないってこともありうるのよ」スーリズは警告した。「ひいおばあさまは天候と関係があるって思ってるけど、わたくしは疑問なの」

「地下では天候もなにもありませんものね」

「ひいおばあさまの話では、水に映る影が風に吹き飛ばされて、あちこちに散らばってしまうんですって。わたくしは、どれだけはっきり視えるかってことのほうが重要だと思うの。日によって視え方が違うから」

「精神的な天候ですわね」

「ええ」スーリズは蠟燭をとりあげ、かたむけて、蠟のしずくを石に落とした。「息、蠟、火……」溶けた蠟が石にYの字をしるす。文字が固まってから、パン切りナイフでそっと持ちあげ、水に浮かべた。それからゴブレットの上にかがみこんで、ヤールの名を唱え、水面に映る炎の影で綴りを書いた。「ヤール」とまたささやく。「ヤール」その名前が脳裏にこだまし、思考をよぎる波紋となって伝わった。相手に会ったときの記憶は漠然としていたが、教師の地味な長衣を思い描き、それでケリオールじゅうにいる同名の人々の顔が排除できるようにと願う。「ヤール……」

水と空気、火と暗闇、名前と姿の境界を紙一重で支えているうち、あたかも白昼夢のように、頭のなかにひとりの男が出現した。セタがはっと息をのむのが聞こえ、ゴブレットに浮かんだ映像を見ているのだと察しをつける。

「これがヤール?」目覚めまいと努力しつつ、スーリズは確認した。

「ええ。でも、いったいなにをしているのでしょう?」

緑と紫の閃光が水面に走った。魔法使いの姿を横切って星々がきらめく。続いて鳩。それから、人の双眸。こよなく美しい透きとおった琥珀が、思い出のように顔をかすめてすぎる。

スーリズはまばたきした。映像は消え失せた。首をかしげてセタに視線をやると、まだゴブレットにじっと見入っている。その眉は、限界まで高くはねあがっていた。

「あたくし、ヤールは庭師を捜しに黄昏区へ行ったのだと思っておりましたわ」

「なんだかわかったわ!」スーリズは声をあげた。「ティラミンの出し物を見物してるのよ。

あれは幻とめくらましよ」

「あきらかにそうですわね」セタはいくぶん皮肉っぽくつぶやいた。ヤールがゴブレットの底にとどまっているのではないかというように、なおも水をのぞきこんでいる。とうとう体を起こし、目の前の空気をためつすがめつして眉をひそめた。「ですけれど、なぜでしょう？　それほど人生にあきあきしてしまったので、逃げ出して魔術師の一座に加わるつもりだとでも？」

「ヴァローレンよ」スーリズがふいに口にしたので、セタの目はそちらを向いた。

「これも従弟のせいですの？」

「ヴァローレンとお父さまは、ティラミンの力を疑っていたの。そのことを話しているのを聞いたわ。きっと見張れってヤールに言いつけたのよ」

「手品師を？」

「小さな魔法が」スーリズはまた行ったりきたりしながら、陰鬱に告げた。「もっと複雑な、危険なものをさししめしているかもしれないのよ。ヴァローレンがそう言ってたわ」魔法使いがわんさといる学校のなかで、いままさに小さな魔法をやってのけたことに思い至り、ぴたりと足を止める。

一瞬、ふたりとも息を殺して頭上を見つめた。なにも起こらない。調査しようとして、どこからともなく魔法使いたちが降ってくることもない。だれひとり現れなかった。

「まったくね」セタが辛辣《しんらつ》にのべる。「真夜中に迷宮の真ん中で魔法を練習している人がいたら、もっと注意を惹いてもよさそうなものですわ。ほかになにができるか見せてくださいな」

「全部？」

セタは炎の弱まった蠟燭をもみ消し、かわりの一本をともした。「どうしていけませんの？ ティラミンが袖から紙の花をひっぱりだすだけで、学校じゅうの魔法使いの注目を一身にあびるのでしたら、スーリズさまが同じようになさっていけないという法はありませんわ」

「わたくしの力はおとなしすぎるのかも」

「それこそ、ヴァローレンがもっとも警戒すべき種類の力ですわ。従弟が陛下の信頼に値する魔法使いなら、姫君の魔法を聴きつけるでしょう。そしてもし、スーリズさまのお心を与えるのにふさわしい相手なら、きちんと耳をかたむけはじめるはずですわ。どんどんおやりになって」

17

アーネスが兵士と話しているあいだ、暗い片隅で待っていたミストラルは、押し殺した声で毒づくのをはっきりと耳にし、自分で結論を引き出した。さらに影の奥へ移動すると、いちばん目立たない顔を世間に示して黄昏《たそがれ》区を歩きまわるときのように、心のうちから魔法に関することがらをすべて消し去る。そして待った。アーネスはもう少し話を続けたあと、きびすを返した。きびきびした足音が、ひとけのない通りと、鎧戸をおろしてまどろんでいる家々に響く。

暗がりでミストラルを見つけ、小声で告げる。「今度はスーリズ姫が姿を消されたそうだ。むろんティラミンが疑われている。黄昏区は引き続き監視下に置かれることになった」

「どうして？　どうしてティラミンが？」

「疑わない理由があるか？　姫君が行方不明なら、魔術師か庭師のせいに違いない。ともかく、うちの親父はその説明にとびつくさ。若い娘が夜のこの時間にいそうな場所なんか、ほかに思いつくものか」

ミストラルは、倉庫の先にある、古ぼけてぎいぎいきしむ埠頭を思い出した。黄昏区という風変わりな地区へ運びこむ未知の香料や植物や、異国の珍しい布地などを満載したおかしな船が、まだあそこに停泊していたはずだ。「川はどう？　見張りがいる？」

「いや、俺の知るかぎりでは」アーネスは答えた。「すぐだれかが思いつくだろうな。だが、俺が手配すると期待しているかもしれない」

「なんといっても、地区警吏監だものね」

「ああ。行ってみよう」

ミストラルは相手の腕に手をかけて、ぱっと足を踏み出そうとしたのを止めた。「わたしたちがいま逃げたら、あなたが困るでしょう」

アーネスはわずかに肩をすくめた。「不注意を叱られるだけさ」ひと呼吸のあいだ、こちらを見て立ちつくす。あごがこわばって、口からこぼれたかもしれない台詞を押しとどめたのがわかった。いきなり、身をひるがえす。「急がないとな。そこから逃げられるとしたら、荷造りにどれだけかかる?」

「荷馬車と大道具はほうっておいて、馬に積めるだけの荷物をまとめれば出られるわ。ここでの興行は大成功だったから、多少は置いていっても大丈夫」

アーネスは顔をそむけ、なにか言ったが、聞こえなかった。

「なに?」

「どこへ行く?」

「南へ。ヌミスを出るにはいちばんの早道だから。それに、うちの一座を憶えている町も少ないわ。そういうところは、夜のうちに通りぬけるの」

アーネスはまた視線をあててきた。そのひとみが、ひらいた鎧戸からもれてくる名残のランプの光をとらえる。「すまない」

ミストラルは言葉もなくうなずき、それからきっぱりと川のほうへ顔を向けた。月が沈み、いまでは真っ黒な水面はほとんど目につかない。ふたりは急ぎ足で、なるべく音をたてずに進んでいった。夜働く漁師や水夫たちや、暁《あかつき》前の一時間で最後の楽しみをしぼりつくそうとする連中のために、川岸に沿って松明《たいまつ》がちらほらと燃えている。ひっそりとした埠頭には、小舟が一艘係留してあった。帆がたたまれ、だれも乗っていないようだ。

「見張りがいない」近づきながら、アーネスが短く言った。驚いたような声だった。隣の通りにあるばかでかいおんぼろ倉庫が、川辺の家々の上にそびえたっているのが見える。一座の仲間が今晩のできごとの噂を聞きつけて、すでに荷物をつめだしているだろうか、とミストラルは思いめぐらした。土手沿いにまがりくねって続く、一段低くなった玉石の道を横切っていく。

その存在を感知したのは、ふれるより先だった。黄昏区と川のはざまに立ちはだかる魔力の壁。影や空気と区別がつかないが、巌《いわお》のようにゆるぎない。つかの間、多くの精神がたがいの意志をよりあわせている、ごちゃごちゃした感触に行きあたった。自分の魔力がからめとられないうちにあわててひきさがったが、アーネスのほうは、警告を発する前につっこんでしまった。見えない壁は、牡牛が角にひっかかった小鳥をふり払うようにその体をはね返した。アーネスは道の玉石に激突し、度肝をぬかれた顔でふらふらと起きあがった。

「魔法使いどもだ」とつぶやき、立ちあがって片ひじをさする。「きっとヴァローレンの思いつきだろうな。あいつは細部にこだわるたちだ」

「怪我をした?」

なおも攻撃してきた相手を見きわめようとしながら、アーネスは首をふった。「きみは——つまり、ティラミンは——」

「しっ」ミストラルは低く制した。「聴かれているかもしれないわ」

アーネスはその腕をとり、何歩か通りを進んでからささやきかけた。「きみは、あの壁に通り道をつけられるか?」

「たぶん。ほかにやることがなくて、だれも気にかける必要がなければね。糸をたどってゆるめながら織物をほどいていくようなものよ。ただ、その糸は人の思考だから、さわった瞬間わたしのことに気づかれるわ」

「なら、うまい脱出方法とはいえないな」

「ええ」

アーネスはふたたびなにもないところを凝視し、片方の眉をこすると、壁に向けたのと同じぐらい途方にくれたようすでこちらを見た。「だったら、どうする？　どうやったらきみを――」

「倉庫へ行きましょう」壁が耳をそばだてるような台詞を口にされる前に、ミストラルは静かに言った。「あそこなら話せるわ」

倉庫では、一座の芸人たちが心配そうに待っていた。もう衣装を脱いで舞台化粧をふきとり、派手な耳飾りなどもはずしている。身軽ないでたちになったいま、ミストラルからひとことあれば、どんな動きにも対応できそうだった。月明かりのもとでアーネスの目を惹きつけ、笑ったほうがいいと告げた踊り子は、もはやにこりともしていなかった。

むしろ、不安げに問いかけてくる。「まずいことになってるわけ？」

「ティラミンがね」ミストラルは率直に答えた。「黄昏区から出られなくなったわ」

「じゃ、どうするんです？」赤毛のネイが、ちらりとアーネスに目を走らせてたずねる。

「地区警吏監はわたしたちを助けてくれようとしたの。それでも無理ね。黄昏門には近衛隊の兵士がいるし、魔法使いたちが川を封鎖してるから」

だれかが口笛を吹いた。「ティラミンはなにをやったと思われてるんだ？　火を消しただけじゃないのか？」

「王女殿下が見つからない」アーネスは説明した。「捜索する側に、冷静に考えているやつがいないんだ」

「その王女さま、恋人がいるの？」エライドが実際的な質問をした。

「いるとしたら、当分身をひそめていたいと思うだろうな。まもなく魔法使いヴァローレンと結婚することになっているから」

ネイがちぢれ毛頭をぽりぽりかいた。「で、いったいそのこととティラミンになんの関係があるんですか？」

「ティラミンの力が疑われている。俺が知ってるのはそれだけだ」アーネスは重苦しく答えた。視線がミストラルへと動く。「なにをしてやれるかわからない。父の総監でさえ、そのうち、俺がたんにどんくさくて不器用だってわけじゃなく、本気でティラミンを拘束する義務を回避しようとしていると気づくだろう。こっちも一緒に身を隠すはめになるかもしれないな。きみが――でなければティラミンが、なにか手を考えつかないかぎり」

そのときには、全員が魔術師の娘を見つめていた。蓋にふれることなく箱をあけ、囚われた鳥の群れをときはなつ名人芸をやってみせてくれ、とだれもが目で訴えている。ミストラルはおもむろに口をひらいた。一座のなかには、真実を心得ている者も、おおよそ察している者もいたし、魔術師の面の下にだれの顔がひそんでいるか、決して知ることのない者もいたからだ。

「アーネス、こっちにきて。ふたりで今回のことを全部ティラミンに話しましょう。なにかうまい手立てを見つけてくれるかもしれないから」

「荷物をつめはじめたほうがいいかな？」ゲイモンがたずねた。

ミストラルはそちらを見たが、すでに内心では、魔術師のあの手この手のなかから、きらめく糸の端をたどり、まだ形にならない見通しや幻影をよりわけていた。「いるものだけ荷造りして」と告げる。「あとはここに残しておけばいいから」

川を見おろす部屋にアーネスを連れていく。そこでティラミンが着替えたり休息したり、夢を描いたりするのだ。以前使っていた面のひとつが壁にかかっていた。ペンキがはげて、ひげは鼠にかじられている。その下にブーツが立ててあり、山ほどポケットのついたマントが腰かけの上に広げてあった。ひらいた鞄から、星を縫いつけた繻子《しゆす》のスカートや、マントよりたくさんポケットのある、ゆったりした黒いズボンがはみだしている。ミストラルが入っていくと、手にした蠟燭《ろうそく》の灯を受けて、色を塗ったひとみが命を宿し、こちらを見守っているように思われた。

ほかの蠟燭に火をつけ、硝子《ガラス》の宝石や金属の糸に幻の炎をともす。ティラミンの作り物の目ばかりでなく、アーネスのまなざしも感じた。ふたりとも同じ問いをたたえているようだ。

「どうするつもりだ？」アーネスが静かにたずねた。

「まだわからないの」と答える。「あなたは行ったほうがいいわ。いったいどこにいるんだろうって、兵士たちや総監が首をひねってるでしょう」

「ティラミンを捜していると思うさ」

「そうね」ミストラルは言い、語らなくともあきらかな事実を沈黙に託した。それなら見つけたのに、と。アーネスはみじろぎした。ひとみに影が落ちる。

「きみに訊くべきじゃなかった」かすれた声で言う。「きみも、教えるべきじゃなかった」

ミストラルはうなだれた。「わかってるわ」

「姿を消してくれ。手段も行く先も知りたくない。これ以上きみに会いたくない、今回の件がなんとか——なんとかなるまで——」

「ええ」

「できるか？」

ミストラルはまた目をあわせ、無言の返事を聴かせた。ええ。いいえ。もしかしたら。あなたは知るべきじゃない……「だれもいないの」気がつくと、そう言っていた。「このちっぽけな旅の一座の外で、わたしの顔を全部見たことのある人は、だれもいないの」

すると、アーネスのこわばった表情がゆるみ、微笑のきざしが浮かんだ。「どの顔にも惹かれてるよ」と、てらいなく打ち明ける。

「この顔も？　いちばん地味な顔なのに？」

「とくにその顔だ。裏にすべての謎が隠れてる」アーネスは動かず、ミストラルも動かなかった。空気そのものが手となって、こちらにふれようとのびてきたようだった。

ミストラルの淡々とした声が急にふるえ、星々を、涙を、珠玉を撒き散らした。「ここにいられたら——」ささやくように言う。

「きみと一緒に行けたら」

「ええ。ええ」

「方法を見つけてくれ」くちびるだけで言う。交わされた言葉が、魔法使いであろうと、壁から視線をそそいでいる顔であろうと、なにものにも聴かれることのないように。ミストラルは答えなかった。ただ、これからおこなう術のため、心のなかにその糸を加えた。片腕をあげ、手をひらく。掌《たなごころ》には星がひとつ燃えており、ふたりのあいだで深紅の炎が脈打った。

ミストラルはアーネスを見やり、ほほえんだ。「ありがとう」そっと言う。「さあ、行って。

「どうやって嘘をつくか、どんな仮面をかぶるはずだったか、ふたりとも思い出せなくなる前に。また見つけるから」

アーネスの首がたれた。ひとことも発さず、こぶしをかため、くちびるを引き結んで、部屋を出ていく。手のひらの星をながめていたミストラルは、扉がしまる音を聞いた。手で炎を握りしめると、頭にひしめいている魔法や幻のなかに隠す。そこなら自分以外の人間が気づくことも、この星が本物だと信じることもないだろう。

体にマントを巻きつけ、腰かけに座って、長いこと壁の仮面に見入る。背後のゆがんで汚れた窓硝子《ガラス》のむこうで、最後の星が薄れていった。はるか遠くで、しろがねの糸が夜と朝の境を示している。しばらくすると、ミストラルはまた立ちあがり、廊下を進んでいった。歩きながら、眠ることのない人声のざわめきや、隙間だらけでがたがたの倉庫内に響くひそやかな物音に耳をかたむける。そうして、いつもの自分のいちばん平凡な顔をつけ、衣装を作ったり繕ったりしている部屋の扉をひらいた。

糸、生地、針、ビーズ、硝子玉の宝石に愚者の黄金、金ぴかの星に紙の月。そういった品々のあいだに腰をおろすと、巨大な頭部のティラミンが、今度はさっき置いていった床の上から視線を送ってきた。その顔を見つめ返して、仮面の下でせっせと働いている心に溜めこまれた、幻影という厖大《ぼうだい》な宝を引き出す。

ミストラルは針と糸をとりあげ、世界を新たにかたちづくりはじめた。

18

庭師がとつぜんいなくなったことに当惑したヤールは、眠っているエルヴァーを起こし、煉《れん》瓦《が》のなかからひっぱりだした。少年が夢に焦点のぼやけた目をしばたたかせるのが見える。

「ブレンダンはどこに行くつもりか言っていたか？」

少年は頭をふるのと、あたりを見まわすのを同時にやろうとした。「行っちゃったんですか？」

ヤールは吐息をもらし、手を離した。「そうだ。今回は止めないことにする」

「どこに行ったんです？」

「故郷だろうな。どこまでたどりつけるかわからないが、好きにさせるのがいちばんだろう。私は学校へ戻る。くるか？」言葉を切って、いくらか頭のはっきりしたエルヴァーが、そういえば窮地におちいっていたと思い出しているようすをながめた。「退学にはなるかもしれないが、だれか迎えにくるまでワイが寝場所を提供してくれると思う。むろん、事情を訊きたがるだろうが。それに、私といたせいで、ヴァローレンも質問してくるかもしれない」

エルヴァーの声がかすかにふるえた。「なんのことで？」

「学校の規則を破った理由だな。それに、きみが家に持ち帰ることになる、強大な魔法の才について。ここに持ちこんだ以上、その能力は王の法の支配下に置かれ、王によって行使される。ところが、いまやきみはそれを自分の手に取り戻そうというわけだ。魔法を扱うさいになにが許され、なにが許されないか、ヴァローレンがじつに明快に解説してくれるだろう」

エルヴァーは唾をのみこんだ。ヤールは返事を待ちながら、どれほど遠方に家があるのだろうと考えた。ようやく、少年はしぶしぶと言った。「叔父がひとり、ケリオールに住んでるんです。そこに行けます」

「ケリオールのどこだね？」

「三日月通りです。もしなにか問題が——だれか必要になったらそこを頼れって、父が言ったので」

ヤールはうなずいた。その通りは、宮城区《きゅうじょう》にほど近い、古くてのどかな区域にあって、騒動らしきものが起こったことがない。「一緒に学校へきて、叔父上と顔をあわせる前にひと眠りしたいかね？」

エルヴァーはかぶりをふった。「ヴァローレンさんに会うぐらいなら、叔父のほうがましです」

「気持ちはわかる。といっても、ヴァローレンは会いたいと思えばきみを見つけるだろうが。道はわかるかね？　連れていこうか？」

「大丈夫です。学校にくるまで、叔父のところにいたので」

「叔父上の名前は？」

「ブリーム・マーシュ」

ヤールはその名を記憶にとどめた。鯛《ブリーム》か。またしても水に棲む生き物だ。「学校にある持ち物をとりにこさせてもいい。事態がもっと落ちついたら、ワイがきみと話したがるかもしれない。叔父上に会えなかったり、なにかごたごたに巻きこまれたりしたら、学校に戻ってきなさい」

「そうします」エルヴァーはまたみぶるいしはじめた。何気なくまがりかどへ向かって二、三歩進みかけたが、門のむこうにみじろぎもせず並んでいる兵士の列を見て、ぴたりと立ち止まる。しのび足でこちらへ引き返すと、声をひそめてたずねた。「ぼくたち、出してもらえるんですか？」

「私ひとりなら、塀をぬけてしまうがね」と答える。「しかし、きみのことを説明しなければなるまい」

「先生が教えてくれれば――」少年は熱心に話しだした。

「それができればと思う」ヤールはふいに、力をこめて言った。「学生のひとりひとりが、きみのように利発で好奇心にあふれていて、大胆であればと思う。だが、現状がこうである以上、そんなまねをすれば、ふたりともどんどん深みにはまるだけだ」

エルヴァーは残念そうに微笑すると、ふたたびかまどのあたたかい煉瓦のわきに座りこんだ。

「交替するまでここで待ってて、馬で移動するときにこっそりついていきます。そうすれば、目に見えない相手が通りすぎるのを馬が嗅ぎつけても、そんなにおびえないと思うので」

ヤールはためらった。だが、少年は少しも急いでいないようだった。すでにまぶたがくっつきそうになっている。そのうえ、アーネスがどこにもいないときては、事情を話して門から出るより、石を通りぬけたほうがずっと早いに決まっている。そこで、ポケットを探って硬貨を一枚ひっぱりだし、留め金をはずしてマントを脱いだ。

「そら」と、ふたつともエルヴァーに渡してやる。「持ち物をとりにくるとき、マントを学校に持ってきてくれればいい。もし思い出したらという話だ」

少年は驚いたように再度にっこりすると、あっという間にたっぷりしたひだの奥に埋もれてしまった。「ありがとうございます、ヤール先生」

「気をつけなさい」

「はい」またひょっこり顔が現れた。「うちに帰る前に、もう一度お話ししに行きますから」

「かたずをのんで待っているとも」

姿を消し、風の目にしか映らなくなったヤールは、慎重に塀の石を通りぬけて、学校への最短距離を進んだ。

自分としては、ヴァローレンと王から徹底的に尋問されたあと、おそらく王女の捜索に出されるだろうと踏んでいた。行方不明になっている理由は、どうもティラミンより、間近に迫った婚礼に関係があるのではないかという気がする。姫君を説得して、どこかの不運な恋人の寝床からひっぱりだすようなはめにならないといいが。学校に入った段階で、そんな思いを頭から払いのけた。すっかり観念して、ワイの部屋でヴァローレンの陰気なまなざしと再会したとき、どんな運命が訪れようとも仕方ないという気分になっていた。

だが、上の階へ行こうとする直前、そんな平静な心境をなにかがかき乱した。しんとした廊下に立ち、心と体の両方で耳をすます。学生はまだ眠っている。壁ぎわには影がしつこくわだかまっているが、広々とした上方にある高窓は、侵入しつつある夜明けを映してかすみはじめていた。頭に映像がちらつき、ぐいぐいひっぱられる。まるで、こちらの名前を知らないだれかが、音もなく呼びかけてきているようだった。きっと学生だ、目を覚まして魔力で遊んでいるのだろう、と考える。それでもぐずぐずしていたのは、その魔法のとらえどころのない性質、どこかなじみのない気配に意表をつかれたからだ。いや、魔法の裏にある精神に憶えがないのだろうか。

そのとき、上に行くかわりに下っていく、暗くせまい階段が目を惹いた。だれかが夜中に魔法をおこなうため、大胆にも迷宮へ入ったらしい。なにもはじめてのことではなかった。無視しようかと内心で議論する。だが、またもや微妙な違和感に惹きつけられた。いつもの音楽が未知の楽器で奏でられているという感覚。とうとう、ヤールはそちらへ向きなおり、誘いかけてくる力を追って迷宮へおりていった。

今度はさほど惑わされることはなかった。なかに入ってひとあしふたあしで、ひとつの名前が心に流れこんできた。ヤールはほほえんで、セタの名を浮かべた思考をたどっていき、迷路の中心で本人を発見した。そして、魔法のみなもともそこにいた。ふたりは乱れた濃い色の頭をよせあい、中央の石の上に林立している蠟燭のうち、一本の炎に見入っていた。どちらの顔も寝不足で青白い。一晩じゅうここにいたに違いない。蠟燭のあいだには、ちぐはぐなボタンのよせあつめ、もつれた紐や布切れや指輪などがところせましと転がっている。それに宝石のついた靴が片方、意匠を凝らしたゴブレット、パンのかたまりが半分、注意深く配置した骨も一山あった。

セタが首をめぐらし、こちらを見た。まなざしに安堵の色が広がり、続いて笑顔になるのがわかった。まだ自分の術に魅せられて忘我の境地にいる王女は、蠟燭に向かって声にならない言葉を発した。炎が大きくなり、はためいたかと思うと、ひとりでに芯から離れる。一瞬、ふわふわと宙に浮いたが、驚いたヤールの笑い声にぽとりと落ちてしまった。火の玉は蠟燭の芯に戻りそこね、骨の山で踊りまわった。

スーリズ姫はぴくっとふりむいた。自信なさそうに問いかけてくる。「ヤール？」

「そうです」

どういうわけか、相手は腹立たしげに息を吐き出した。「もうあきらめたわ」

ひらめいて、ヤールは言ってみた。「ヴァローレンを呼び出しておられたのですね」

「注意を惹こうとしていたのよ」セタが解説した。

「もう何日もね」王女は溜息をつき、パンくずやボタンや蠟のしずくが散乱した石の上に腰をおろした。スカートに燃えつかないうちに、セタが小さな炎を吹き消す。

「この骨でなにをなさっていたのですか？」ヤールは興味をおぼえてたずねた。「そもそも、だれの骨です？」

「ローストチキンの骨よ、あたくしが厨房から恵んでもらってきたの」セタが答える。

「まだ残っているかね？」

「全部食べちゃったわ」スーリズが申し訳なさそうに返事をした。「でも、パンとチーズならあげられるけど」そう言ってパンを渡してくれる。セタが籠をかきまわしてチーズをとりだし、茶色くなりかけた梨半分とあわせてよこした。

「この骨は？」ヤールはうながすと、ほかの場所にいるべきだということを思い出すため、立ったままでがぶりとかみついた。

「実験だったの」と王女は説明し、とまどった顔つきで骨を見おろした。「もちろん、ひいおばあさまが食べ物をおもちゃにしろってすすめたわけじゃないわ。たとえ魔法のためでもね。でも、ずっと昔、ヘストリアで、鳥の骨を使って運命を占う人を知ってたっていうから」

「鶏《にわとり》の骨ではなかったのかもしれませんよ」ヤールはほのめかした。「あの連中はめったに地面を離れませんからね」

王女は考え深げにこちらをながめた。「そうね、飛ばないものね」と同意する。「いま現在より先には」

「では、その秘密の魔法を姫君にお教えしたのは、ひいおばあさまのレディ・ディッタニーということですか？」

スーリズはうなずき、一瞬くちびるを引き結んだ。「これならヴァローレンに気がついてもらえるかと思ったの。話し合う必要があるんだもの」

「たしかに、そのようですね」ヤールは口のなかでもごもごと言った。思考がつい周囲の奇妙な品々へとさまよっていくのを制御しようとする。術を発動させるのに、王女はこの品物を火打ち石のように用いていたらしい。「はじめに気づいたのは、姫君のご不在のほうでしたが」

「ほんとう。びっくりだわ」

「陛下もご同様です」王女の眉があがり、ひとみが大きくなった。どうやら、はじめて面倒なことになりそうだと思い至ったらしい。

「わたくしがいなくなったことに、お父さまが気づいたの？　近くにいるときには目もくれないのに。いないからって気がつくとは思わなかったわ」

本を読むようにヤールの表情を察したセタが、いきなり口をはさんだ。「ヴァローレンなら、簡単に姫君を見つけられたでしょうに」

「学校内を捜そうとは思いつかなかったからな。ヴァローレンも陛下も、姫君は黄昏区《たそがれ》の何者か——たぶんティラミンの魔法でさらわれたと信じこんでいた。いまは近衛隊が黄昏門を封鎖しているし、おそらく、魔法使いたちが全力をかたむけて、だれも黄昏区に出入りできないよう川沿いに防壁を張っているだろう。みな、見当違いの場所を捜しているのだよ」

「ティラミン！」スーリズは信じられないという声をあげた。いったん立ちあがったものの、自分の素足を見おろし、いらいらと靴に手をのばす。片っぽはなぜか、なかに蠟燭が一本入っていた。王女は靴をふって出した。「まったくあの人たちらしいったら――ヴァローレンとお父さまのことよ――自分のすぐ鼻先にあるものも見えてないくせに、なにもしてないどこかの芸人のせいにするなんて」靴をぽんと下に落とし、足をつっこむ。「ふたりとも、どこにいるの？」

「最後に見たのはワイの部屋ですが」ヤールは答えた。「しかし、それは午後遅く、行方不明の庭師を捜しに行くよう、ヴァローレンに送り出されたときのことです。この時刻に陛下がまだおいでかどうかは疑わしいですね」

女ふたりは顔を見あわせ、また視線を戻してきた。「この時刻って？」スーリズがおそるおそる確認する。

「もう夜が明けますよ」

王女はぎょっとしたように息を吸いこんだ。「まさか」

「この迷宮では、時の流れが妙な具合になるのですよ。とりわけ、魔法を使ったりすると。ここでは術をおこなうのに、独自の時間がかかるのです」

「あなた、一晩じゅう外で庭師を捜していたの？」セタがあぜんとしてたずねた。「陛下がお怒りで、あなたがいなくなったと聞いたとき、あたくし、きっと――」言葉を押しとどめ、かすかに頬を紅潮させる。「あなたがなにをしたのか、想像もつかなかったの」

「なにもしていない」ヤールは静かに言った。「いまのところは。出かける前にきみを捜して、待たないようにと伝えようとはしたのだがね。司書に伝言を頼んで」

「あたくし、部屋のほうへ捜しに行ったの。図書館には戻らなかったわ、スーリズさまとここにきてしまったから。ずっとあとになるまで、司書とは話さなかったのよ。そのときには、あなたがどこに行ったか教えてくれたけれど。庭師は見つかって？」

「ああ。だが見つからなかったともいえる」

「ティラミンを見つけたのね」

黙ってセタをながめ、そのひとみに浮かんだ問いと、ゴブレットの水と、王女の魔法をすべて足し合わせる。「ああ」とくりかえす。「しかし、見つからなかったともいえる。どうしたわけか、庭師とティラミンがごっちゃになってしまったので、幻とめくらましの舞台まで捜しに行ったのだよ。私がこの才能を旅芸人の魔術師にさしだすと、真剣に考えたのかね？」

「魔術師に、ではないけれど」率直な答えが返ってきた。それは、セタのおもてに微笑の影さえ見あたらない、稀有な瞬間のひとつだった。「この迷宮におりてきて、あなたがどういう行動をとるか、もうあたくしにはわからなくなっていることに気がついたの」

「不思議だな」ヤールはつぶやいた。「上にいて、私もそう思った」

そこで王女の緊張を感じ、セタの間近に寄って、石の表面に散らばったがらくたに埋もれた地図を観察する。「私自身はこの図を使ったことがないが、おふたりにとっては、いちばん楽な――」

セタが鼻を鳴らすような音をたててさえぎった。

「それは出口なんか示してなくてよ」と容赦なく言う。はりつめた響きがいくぶんやわらいだようだった。「でもヤール、見てちょうだい――あたくし、これはむしろ――」

「ほんとうに役に立たないのか？」ヤールはあきれかえった。「地下にきた学生たちが迷うはずだ。オドはなにを考えていたのだろうな？」

「どこかへの道を示しているのは確かよ。ほら、これ」セタはボタンと骨をいくつか石から払いのけ、下の彫刻をたたいてみせた。「ヤール、あたくし、この中心のピラミッドはスクリガルド山で、通路はそこへの道順ではないかと思っているのよ」

ヤールは相手を見た。それからまぶたを閉じ、目をつぶったまま、迷路そこのけの論理展開を追おうとして、みごとに失敗した。「いったい」と問いただす。「きみの頭はどうやったら、ケリオールにある学校の深奥から、ヌミスの北方にある山まで飛躍できるんだね？」

「どうやってここからそこまでたどりついたか、明け方のこの時間だとはっきり思い出せないけれど、自分が正しいという確信はあってよ」

王女がせきばらいした。「わたくしはべつに、どこでもかまわないんだけど」と不安げに言う。「ただ、どこかには行ったほうがいいと思うの。ヤール、外まで道案内できる？」

「やってみましょう」

セタが蠟燭を吹き消し、なにもかも石の上から払い落として籠に押しこんだ。残ったのは溶けた蠟と、火のついた蠟燭がひとりに一本ずつだけだ。「離れ離れになったときのためにね」と告げる。ヤールに蠟燭を渡したとき、口の端がわずかにあがった。「朝の世界へ連れていってちょうだい」と言われたが、驚いたことに、そのとおりになった。

ヤールはふたりをワイの部屋へ導いた。どちらもほかの場所へ行きたがるようすがなかったからだ。扉をあけたとき、室内に魔力が満ちているのがわかった。空気が融合しあい、ひとかたまりになって、別の元素へ変化しつつあるかのようだ。王女もその気配を感じたらしく、疲れはてた顔がさらに蒼ざめ、迫りくる嵐に備えてひきしまった。

そこには教師をつとめる魔法使いがほぼ全員そろっており、無言でたがいの思考と意志を織りあわせていた。ぴくりとも動かず、息もしなければ、ものを見ることすらしていないように見える。人間の姿をぬけだし、よりいっそうみずからの術に近づいている者もいた。ひとりは暁《あかつき》の薄闇にぼんやりととけこんでおり、もうひとりの顔はふぞろいな凹凸《おうとつ》のある石からぞんざいに作りあげたようだ。ヴァローレンはかっと目をみひらいて邪魔が入ったほうへ視線をすえたが、どうやら三人に気づいてはいないらしかった。だが、肉食獣めいた目つきにスーリズがはっと息をのんだので、まばたきした。まるで聞きとれないほど低い轟音《ごうおん》が鳴り響いたかのように、濃密な空気がふるえる。そこからヴァローレンの思考の糸がほどけて出てきたとき、いくぶん圧力がゆるんだように思われた。

「スーリズ姫」とつぶやく。消え入るような声だったが、蜘蛛の巣に石を投げ入れたように、はりめぐらした呪文の糸がもつれた。まずセタに、ついでヤールに目をやる。「どこにいたのです？」とたずねる。「どこで姫君を見つけました？」

スーリズの顔がぱっと赤くなった。一歩踏み出し、ふたたびヴァローレンの目をとらえたものの、一瞬言葉につまったようだった。

「こっちに訊いたらどうなの」やっと声が出るようになると、そう言う。「目の前に立ってるんだから。わたくしは地下の迷宮にいて、思いつくかぎりの方法であなたの注意を惹こうとしてたのよ」

「迷宮に？」ヴァローレンはあっけにとられてくりかえした。「なぜ、ここにあがってこなかったのですか？」またヤールのほうを向く。「では、あなたはどこにいたのです？」

「きみに頼まれたことをしていた」ヤールはそっけなく答えた。「庭師を捜索していたのだがね」

「見つけていないではありませんか」

「見つけたが、見失ったのだよ」

「見失った！　どうしてそんなことができるのです？　いま庭師はティラミンのところにいるのですか？　庭師自身がティラミンなのですか？　あなたの手さえ逃れるほど、強大な力を持っていると？」

ヤールは躊躇《ちゅうちょ》し、混乱した状況をできるだけすっきりさせようと試みた。「いや。ブレンダン・ヴェッチはティラミンではない。学校の庭師だ。自分の力におびえてしまうまでは庭師だった、というべきか」

「どうして一緒に戻ってこなかったのです？」

「われわれにおびえてしまったのではないかな、私の考えだが。自分ではわけを説明しなかったし、行く先も言い残さなかった」

つかの間、淡い色のひとみがこちらを離れ、壁を透かして寝静まる都のむこうを見渡したようだった。「わたしが見つけます」と短く言う。「ティラミンのことは？」

「知らんな。ティラミンを捜せとは言われなかった。まだ見つかっていないのなら、アーネス・ピットが捜索しているだろう」

魔法使いの色の悪い頬にうっすらと赤みが広がった。これまでに見たなかで、いちばん癇癪を起こすという反応に近い。「庭師ひとり、旅の魔術師ひとりを捜し出すことが、それほど難しいはずはありません。わたしが自分でふたりとも捜さなければならないのですか？」

「私は姫君を見つけたがね」ヤールは指摘した。

「あきらかに、姫君は行方不明にはなっていなかったようですが」

「あきらかに」スーリズがとつぜん口を出した。「わたくしは目に見えない存在なのね。まったく無視して話をするんだから。あなたは同じ屋根の下にいてもわたくしをちゃんと見ようとしないし、それどころか同じ部屋にいても――」

「姫君はわたしから身を隠していたのですね」ヴァローレンはのろのろと言った。「そういうことでしょう」

「あなたに見つけてほしかったの――話をしたかったから――」

「それなら、無責任なまねをして、宮廷全体に心配をかけるより簡単なやり方があります」スーリズはするどく息を吸った。ヴァローレンは片手をあげた。「いまはそんな場合ではないのではありませんか」

スーリズは呼吸を止めた。一瞬、空気がはりつめ、だれもがかたずをのんだように思われた。それから、王女は身をひるがえし、重い扉をひきあけた。なにも言わずに通りぬけるなり、力まかせにばんとしめていく。あまりの勢いにヤールは首をすくめ、部屋の反対側にいたワイは耳を手で押さえた。

魔法にかかったような静寂を破ったのは、セタだった。「あなた」と手きびしく従弟に告げる。「スーリズさまにふられるわよ」

ヴァローレンはそちらを見やり、続いて戸口へ視線を移した。なにがあんな音をたてたのか解明しようとしているかのようだ。「ばかばかしい」と、上の空で答える。「契約も交わしましたし、父親同士の意向で決まったことです。あとでこの件を話し合う時間があるでしょう」

セタは疲れたようにまぶたをこすった。「姫君と話し合いなさいな、ヴァローレン。追いかけるのよ」

「時間がありません」ヴァローレンは反論した。「ヌミスに正体不明の力が放たれているのですから、もとをつきとめなければ。わたしはティラミンを捜しに黄昏区へ向かいます。ヤール、ついてきてください。訊きたいことがありますし、魔術師を捕えたら、陛下のもとへ連行してもらいたいのです。わたしはそのあとで庭師を見つけます。たとえはるか北方まで追跡することになろうとも」

「こちらはなにをすればいいのですか？」ワイが観念したようにたずねた。

「黄昏区をもう一度封鎖してください。姫君がきて術が中断されたとき、ティラミンが網の目をくぐった可能性はありますが、おそらくそんな余裕はなかったと思います」

ヤールはセタの腕に片手をかけた。困ったものねといいたげな笑顔を向けられ、自分もほほえみ返す。しかし、戸口に向かってひとあし進みかけたヴァローレンは、背後で交わされた無言の会話を察知したかのように立ち止まった。

「ヤール」

とても冷静に口をきく自信がなかったので、ヤールは頭をたれてあとを追った。

19

アーネス・ピットは、ぼんやりと空に漂う雲と川霧越しに、黄昏《たそがれ》区の上空へ昇ってくる朝日をながめた。周囲の通りはがらんとしており、路地をこそこそ走っていく猫が一匹いるだけだった。侵入してくる光の筋をしめだそうと、どこかで鎧戸がばたんと閉じる。塀ぎわの松明《たいまつ》がひとつ、ふっと消えた。不動の兵士たちのひとりがあくびをかみ殺す音がした。自分の目もざらざらしているように感じられる。建前としては交替の時刻になり、一晩じゅう門につめていてくたびれきった兵士が、解放されるのを待っているのだ。交替要員がやってきて位置についたら、むなしい捜索を続けるとしよう。目当ては顔も知らない庭師に、たぶん捜されたくないと思っている姫君、こちらのほうでできるかぎり見つけまいと決意した魔術師ときている。

ミストラルの身ひとつどころか一座の人間まで、学校じゅうの魔法使いから隠しおおせることなど、はたして可能なのだろうか。心まで隠し通すのは無理だ、と思い、相手の考えていることをつかもうとして、限界まで想像力を働かせた。顔をごまかすだけならともかく、どうやってヴァローレンのような連中に魔力を隠しておける？　できるわけがない。近衛隊の隊長がなにか声をかけてきた。アーネスはあやふやな臆測から考えを引き離し、ふりかえった。

「なんだ？」

「交替の一隊がきたようです」

二十四組の人馬が門のむこうの道を横切ってくる音を耳にして、アーネスは低くうなった。

「よし」と言う。「夜番の連中をまず出してから、交替を入れろ」

「了解いたしました。自分は残って捜索をお手伝いしたほうがよろしいでしょうか」

「いや、いい。帰って寝ろ」

隊長はうなずき、馬首をめぐらした。合図に応じて、部下が後ろに従う。アーネスはわきによけて道をあけた。最後の騎手が門のアーチへ消えていくのを見送る。交替要員の指揮官が黄昏区に乗りこんでくるのを待ちながら、またミストラルに思いをはせた。塀の反対側はしんとしていた。ふいに苛立ちがわきあがり、馬を前進させる。呼ばれるまでこないつもりだろうか。

門の陰からふたつの影が出現した。徒歩の男たちだ。宙を踏みしめるようにして、魔法使い独特の方法で音もなく動いている。ヴァローレンを認めて、アーネスのあごに力が入った。もうひとり、むっつりとした表情で予防線を張っている背の高い黒髪の男は、見覚えがあったものの、名前を思い出せなかった。

ふたりの背後で、騎馬隊が門を通りぬけだしたのが聞こえた。アーネスは馬からおり、交替兵が塀に沿って整列しているあいだに、魔法使いたちを迎えた。

「これはヤール・エアウッドです」ヴァローレンは告げた。「捜索に手を貸すためにきました。やはり手伝う必要があるようですね」

アーネスは用心深く首を縦にふった。相手が冷静沈着なヴァローレンでさえなければ、怒りに爆発寸前なのではないかと思うところだ。「はっ」なるべくきびきびと答える。「交替兵を配置して指示を与え次第、捜索を再開するつもりです」

魔法使いは、ピット卿を思い出させるひややかな視線を投げてきた。「一晩じゅう捜していて、結局のところ――どんな成果があったのですか?」

アーネスは親指で眉をさすり、そつのない台詞を見つけようとしたが、なにも浮かんでこなかった。魔法使いヤールがこちらを見ているのに気づく。気味が悪いほど洞察力のあるまなざしだった。「あいにく、その庭師の顔を見たことがないもので」

「庭師はどうでもいいのです」ヴァローレンはすげなく言った。「ティラミンを捜すように命じられたはずです」

「じつに逃げ隠れのたくみな男なんですよ」

「逃げ隠れ！　ゆうべ芸を演じてみせたではありませんか！　そのとき舞台からひきずりおろせばよかったでしょう」

「騒ぎを起こさないようにとご忠告くださったのはそちらですよ」アーネスはおだやかに指摘した。「俺は力をつくして――」

「力をつくして、失敗したのですね。ティラミンの居場所に連れていってください」

「まだあそこにいるかどうか疑問ですが」

健康的な顔色に近い赤みがヴァローレンのおもてをよぎった。「意見を訊いているわけではありません、言われたとおりにすればいいのです」けわしい口調に、アーネスは耳を疑った。どうやら本人も驚いたらしい。つかの間目を閉じると、ヤールが近くの屋根にいる椋鳥のけんかを観察しているあいだ、長々と息を吸いこんだ。「ともかく案内を」ようやく、ぶっきらぼうに言う。「ティラミンが芸をしているのを見た場所へです」

「了解しました」アーネスは応じ、向きを変えてふたたび馬にまたがった。魔法使いより上にいると、いくらか安全な気分になったので、思いきってたずねてみる。「兵士の一部を、王女殿下の捜索に向かわせるべきでしょうか？」

「姫君は見つかりました」あまりにつっけんどんな答え方だったので、それ以上追及するのはやめておいた。

魔法使いたちは、おそらく屋根の上を飛んでいくことも可能なのだろうが、馬のわきを足早に進んでいた。声を低めて会話していたが、聞かれてもかまわないとみえ、その点はありがたかった。ヴァローレンがヤールに向かって、当惑と苛立ちのいりまじった質問を投げかけたあとでは、先を聞くためならもう一本耳を生やしてもかまわないと思ったほどだ。「なぜ姫君は、あんなふうに扉をたたきつけていったのです？　わたしがなにをしたせいで、あれほど怒らせてしまったのですか？」

「きみと話し合う必要があるからだろう」魔法使いは答えた。

「いま？　ケリオールへの脅威に対して一心に注意を払わなければならないという、まさにこのときに？」

「姫君は今晩ずっと迷宮にいた。外の世界でなにが起こっていたか知らなかったのだよ」

「そもそも、どういうわけで迷宮などにいたのです？」

ヤールは答えなかった。アーネスは好奇心にかられてちらりと目をやった。ヴァローレンもそちらを見たが、どちらかといえば、獲物を油断なくうかがっている梟《ふくろう》のようだった。ヤールはその顔つきに応えることにしたらしい。「ああ、理由は知っている。だが、それは姫君が話すべき問題だ」

「重要なことなのですか？」

ヤールはまたもや言葉につまったように見えた。一拍おき、力をこめて言う。「姫君がそれほど重要なことだと信じているのなら、きみにとっても重要であるはずだ。きちんと話を聞くすべを学ばなければ、あの方を失うことになるぞ」

「まさか父君に反抗することはないでしょう」ヴァローレンは返事をしたが、アーネスでさえ、まるっきり的はずれの発言だと感じた。

「そうかもしれない」ヤールはきまじめに言った。「だが、結婚前に妻となる相手を知ろうともしなかったのなら、結婚後もそんな手間はかけないだろうと姫君が思ったとしても、当然なのではないかね？」

「だから地下室で夜を過ごしたというのですか？　わたしがもっと姫君のことを知るように？」

「迷宮でだ」ヤールは訂正した。「そう、そのとおりだ。きみがあそこにいれば、こうして耳で聞くより道理にかなったやり方だとわかっただろうが」

梟の目つきがさらに執拗になり、光を増した。逆立った羽根が見えるようだった。「ヤール教授、あなたはわたしと姫君の性格をよく把握していると思いこんでいるようですね」

「私は耳をかたむけて姫君を見つけた」ヤールはあてつけるように言った。「きみはそうしなかった。姫君が扉をたたきつけていったのはそのせいだ」

沈黙が流れ、そのなかでアーネスは、魔法使いの憤りがいまにも爆発しそうなのを感じとり、首筋の毛がそそけだつのを感じた。すばやく横町へまがると、ようやく倉庫のぼろ屋根が視界に入ったので、指さしてみせる。「ほら。あそこがティラミンの舞台になるところです」

ヴァローレンは、川のほとりにそびえている大きな古ぼけた建物に、例の不安をそそるまなざしを向けた。かわりにヤールが、暗く謎めいた一瞥を投げてよこしたので、アーネスは思わず目をそらした。まるで、複雑な秘密をかかえこんだ魔術師の娘と自分のあいだに交わされたものを、魔法使いに見ぬかれたようだ。だが、そんなことがありうるのだろうか。黄昏区でヤールを見かけたことは一度もないというのに。

「行きましょう」ヴァローレンが小声でうながした。「これで、その手品師を拘束するのにどちらが役に立つかわかります」

倉庫のほうへ馬を進めながら、アーネスは心を静め、感情を顔に出さないようにつとめた。わざとミストラルの名前を意識しないようにしたが、かえってしつこい虫のように頭につきまとってくる。隠れるひまがあったはずはない。見つかったら、最悪の場合どんなことになる？見当もつかない、と気づいた。だいたい、本人がなにを最悪と受けとめるのかもわからない。追放だろうか。一度か二度、手に負えない魔法使いにその処分が下されたと聞いたことがある。これまでずっと、異国を旅して生きてきたミストラルにとって、追放はたいした罰にならないだろう。困るのは、学生用の長衣を押しつけられ、学校内に閉じこめられたあげく、ヌミスの厳格な法にのっとってみずからの魔法を変えさせられることかもしれない。しかし、最悪の場合どうなるのかということは想像もつかなかった。それでも考えてみずにはいられなかったが、とうとう、倉庫から通り一本離れたところで、ヴァローレンの声が耳に入った。

「ミストラルとはだれですか？」

アーネスは皮膚がひきつれるのを感じた。なにも言わなかった。答えがほしければ、食いしばった歯のあいだからひっぱりだしてもらおう。

不思議なことに、ヤールが救いの手をさしのべてくれた。「魔術師の娘だよ。出し物のとき助手をつとめている、と聞いている」

ヴァローレンはぶつぶつと応じた。「その名前が頭に浮かんできたので」

「倉庫からだろうな、むろん」

また声が出るようになったアーネスは、落ちついて言った。「その娘は一、二回尋問しています。父親のところに連れていってくれました。そのとき、ティラミンは芸を演じるために仮装していましたが、面の下は無害な人間のようでした」

「すぐにわかるでしょう」ヴァローレンは断言した。

近づいていくと、黄昏区のほかの場所と同じように、倉庫も眠りについているようだった。正面には荷馬も牡牛も、半分ほど積みこんだ荷車もない。扉はしまっていたが、錠はおりていなかった。アーネスが試してみると、魔法を使わなくとも簡単にひらいた。内側は、ふだんティラミンの見世物が終わったあとのように、がらんとしていた。投げ捨てたスカーフ一枚、金ぴかの星ひとつ落ちていない。すりへってたわんだ床板と、模様がかすれるほど年代物の絨毯が敷いてある、即製の舞台だけだ。この絨毯は、きっと何世紀も前からそこに広げてあったのではないだろうか。

「裏を見てきますよ」アーネスは短く告げ、魔法使いたちがほうっておいてくれないかと期待した。

だが、ヴァローレンは言った。「一緒に行ってください、ヤール」その声はどこか超然としており、夢のなかで話しているように響いた。アーネスはちらりと目をやった。またたきもしない淡い色の双眸《そうぼう》には光があふれ、瞳孔は消え失せたも同然だった。みじろぎひとつしない。そんな必要がないからだ、とふいにひらめいた。ひっそりとしたからの倉庫にたたずんだまま、心で魔法の形跡を探っているのだ。ヴァローレンの思考は、古びた垂木や柱という骨組に浸透し、閉じた扉にも、鍵のかかった戸棚や物入れにも、川霧のせいで梁にかびの生えた暗い地下室にもしみこんでいくはずだ。隠れる場所などどこにもない。

口もとをひきしめたアーネスは、どうすることもできずに移動し、唯一の道を捜しにかかった。ヤールが無言で続く。広大な保管場所の裏にある入り組んだ部屋や廊下の部分には、かなりの混乱の跡が見られた。絹やレースが床に渦巻いており、忘れ去られた仮面が侵入者にうつろなまなざしを向けてくる。楽屋のひとつでは、舞踏用の靴が片方、割れた鏡、それに羽毛布でできた鳥の群れがそこらじゅうに散乱していた。別室では、衣装が掛け釘からすべりおち、眠れる透明人間のように折り重なっている。また別の部屋は、ティラミンの古い面がひとつ、床に置いてあるきりだった。あざやかに塗った頬や、力強い眉のペンキがひびわれている。ひげも一房なくなっていた。ヤールはつかの間、負けずおとらず無表情にそのおもてを見おろした。また術をおこなっているのだろう、とアーネスは推測したが、魔法使いは口をひらかなかった。

ふたりは建物の奥にある部屋や通路はもちろん、裏庭に至るまでことごとく調べつくした。川に行くと、漁船は出払っていた。両舷に色を塗り、舳先《へさき》にばかでかい海獣の彫刻を巻きつけた商船は、もっと上流に停泊している。倉庫のそばの船着き場に近づいたものはなかった。さっきアーネスが見た小舟はまだそこにあった。帆をきっちりと巻いて、やはり眠りについているかのようだ。

「なにもない」と息をつく。「あいつらみんな、黄昏区内に散らばったんだな」ヤールは黙っていた。アーネスはそちらを見やり、慎重に問いかけた。「なにか——なにか、俺の気づかないものでも見えたんですか？」

「そうとは思わないが」ヤールの声は妙に皮肉めいていた。きびすを返し、ふたたび屋内に入っていく。アーネスはあとを追いながら、いったいどれだけのことを見てとったのだろう、はたしてヴァローレンに伝えるだろうか、とあやぶんだ。

しかしヤールは、待っているあいだに人間の目つきに戻ったヴァローレンに対して、こう訊いただけだった。「なにがわかった？」

「姫君がこちらの術を破ったときに逃げたとは思えません」と、こわばった口調で答える。「それだけの時間はありませんでした。まだ黄昏区にいるはずです」間をおいて、どうやらヤールの内心の問いを察したらしく、訊かれる前に返事をした。「魔法は感知しませんでした。少なくとも、わたしに魔法と認識できるような力は」ふたたびためらい、驚いたことに、自信がなさそうといってもいいほどの表情になった。「魔法が、あなたやわたしほど熟練した者にさえ、それとわからないような形をとることがありうるのでしょうか？」

意表をつかれたヤールの顔に、なかばおもしろがるような、なかば苦々しそうな表情が浮かび、こまかいしわを刻んだ。「どうして私に判断できる？　われわれが知っているのは、学ぶことが許されていることがらのみだ。生まれてからずっとキャベツしか食べてこなかったとすれば、隣の牧場にいる肥ってもこもこした物体が食べ物だと、どうやって認識できるのだね？」

ヴァローレンは、くちびるの線が見えなくなるほどきゅっと引き結んだ。「いまは、ヌミスの法律に疑問を投げかけている場合ではないでしょう」

「では、いつがそのときだ？　地平線の雲のように目立つ魔法が、ヌミスを攻撃してきたときかね？」

ヴァローレンはまばたきした。「まさかそのティラミンが――」

「違う」ヤールは断乎としてさえぎった。「そんなことは言っていない。ただ、何世紀にもわたって、自分たちに制御できない魔法を国境の外へ押し出してきた結果、われわれは有益な力についての知識を欠くことになったのかもしれない、と言っているだけだ。あるいは興味深い力。驚異的な力。もしくは――」

口をつぐむ。ヴァローレンのひとみがまた異様な状態になり、超然とした光をたたえたのだ。まるでヤールの内部をつらぬいて反対側まで見通しているかのようだった。当惑してながめていたアーネスは、気がつくと息を殺していた。魔法使いたちの中間に星がひとつ生まれたかと思うと、ごく小さな炎をあげて爆発した。アーネスはぎょっとした。不思議なほどティラミンの芸に似ている。ヴァローレンが唐突にひきさがった。

「失礼しました」と堅苦しく言う。「あなたが見ているものを視《み》ようと思ったのです。口論するより、そのほうが手っ取り早いようだったので」

「助言しておこう」ヤールは辛辣《しんらつ》に告げた。「結婚したら、なにがあっても口論のほうにしておくことだ」

「ええ」ヴァローレンは同意した。しかし、またたきもしない目が獲物を捕捉したことを察知して、アーネスは不安に襲われた。いまのヤールの台詞など、ひとことも聞いていなかったに違いない。「あれはなんですか?」

「なに?」

「あなたの心のなかにあるものです」さっと片手をあげる。「わかっています。いまの行動は許しがたいほど不作法でした。ですが、一瞬、なにかを見た、というより感じたのです。魔法使いとともに過ごした年月で、一度たりとも出くわしたことのない存在を。あれはなんです、ヤール? なにを隠しているのですか?」

漆黒のひとみがヴァローレンを見すえ、もう少しでねじふせそうになった。「なんでもない」

「あるのを感じたのです」

「私の思考以外のものなど感じるわけがない」

「とても古く、きわめて強大な力をそなえているようでした……名はあるのですか?」

ヤールは黙りこんだ。指一本動かす勇気もなく、じっと見守っていたアーネスは、馬をすべりおり、裏の路地へこっそり逃げこみたいという衝動にかられた。あのまなざしが、鞭のように容赦ない声が、自分の頭の中身を追及しはじめないうちに。

「ヤール」ヴァローレンはやんわりと言った。「あれほど力ある存在を、国王陛下から隠しておくべきではありません。わかっているはずです」

「なんでもない」ヤールは主張したが、今回はその声に思いがけない絶望の響きがあった。「あれは夢、心のなかの影、文章の断片にすぎない――」

「だれの文章です？」

「オドだ。あのなかにヌミスへの脅威などかけらもない。文章自体、非常に古いものだ。オドは旅をしていて見かけた――」

「どこを旅していたのです？」

「北方だ。きみの故郷だろう。きみ自身が気づかなかったのなら、注目に値する対象など存在しないということだ」

ヴァローレンのまなざしが変化した。目が細まり、内側から燃えあがっている。「北方。ブレンダン・ヴェッチの故郷でもありますね。ひょっとして、そこから力を得たのでは？　そのことについて口にしていましたか？」

「あれについてオドが書いた文章を見せてくれたのはセタだ。ある一節を王立図書館で発見し、別の一節を学校で見つけたのだよ」

ヴァローレンは軽くうなずいた。「ええ、思い出しました。セタはオドの生涯について書いていましたね。ですが、庭師はそのことに言及していたのですか？」返事はなかった。長々とひきのばされた沈黙そのものが答えとなった。「では」――魔法使いはささやくように言った

――「そこで庭師が見つかるかもしれないのですね。その文章を確認したいのですが、ヤール。同行してセタに話していただけますか、それとも、わたしひとりで行かなければなりませんか？」

ヤールはヴァローレンから顔をそむけ、疲れはてたようにまぶたにふれた。言葉は聞こえなかったが、魔法使いはふたりとも、川霧のように薄れて消え失せた。取り残されたアーネスは、血走ってざらざらする目をしばたたかせ、なにもない朝の空気のなかに、なおも暗い影をとらえようとしていた。

20

ブレンダンは一歩一歩道を探りながら、黄昏区《たそがれ》から出て、川を越え、ケリオールをあとにした。故郷が呼んでいる。風の吹きすさぶむきだしの丘。人の言葉をひとことも聞くことなく、一日じゅう座って沼百合の花がひらくのをながめていられる湿地。苦しいほどふるさとを求める心が、魔法に力を与えた。目的に合わせて形を変えていくあいだも、もはやなぜそんなことができるのかと問うのではなく、どうやったら扱えるかと問いかけていた。

黄昏区を出るのは、願望と意志とが組み合わさった結果だった。自分の魔法が巻き起こした混乱と騒動に愕然として、心の底からどこか別の場所に行きたいと望んだからだ。その前には塀と一体化することで姿を消した。ヤールの手で幻の煉瓦《れんが》に変えられ、魔法使いが門のところにいるアーネスと話をしに行ったとき、ブレンダンは立ちあがって、夜明け前の薄暗い空気に体をとけこませた。そして、猫のようなしのび足で、ヤールと眠っている少年から歩み去った。少年の低いいびきは、かまどの真ん中からもれてきているようだった。足を運びながら心を外へ広げ、過去も未来も流れにまかせ、まわりのかすんだ闇で現在というあくなき炎を包みこむ。しめっぽい川霧と、薄れつつある夜のかたまり。移動している自分をそんなふうにとらえていた。人の目に映っているのかどうかもわからなかった。ただ、松明《たいまつ》の光の下を通りすぎるとき、影が落ちないことに気づいていただけだ。

静まり返ったなじみのない街路をたどっていくと、やがて道のつきあたりに塀が見えた。ずいぶん高く、歳月を経ている。大部分は家々や建物に隠されていた。古い石積みを壁がわりに使い、カタツムリのようにへばりついている建物もある。その塀は黄昏区を馬蹄形にとりまいており、いわくありげな境界を完成させているのは川そのものだった。高みにある庭園から見渡したとき、この地区をのぞいて、都のどこにもそんな仕切りはないことにブレンダンは気づいていた。黄昏区のほうで、型破りな慣習を追求するためにケリオールのほかの部分から閉じこもったのだろうか。それともずっと以前に、周囲の街が黄昏区を監視することにあきあきしたか、こんな奇行が蔓延《まんえん》するのではないかと不安を感じたのか。

歴史の気まぐれがどうだったにしても、とにかく塀を越えるか、川を泳いで渡らなければならない。塀はすぐ鼻先にあるが、川は違う。ブレンダンは塀に近寄った。鼠が一匹ごみくずを嗅ぎまわっていたが、こちらには気づかなかった。鼠を狙っているみすぼらしい犬もだ。古びた石をじっとながめると、そのむこうに北の景色が視《み》えた。ふるさとの丘、もっと北にある暗くけわしい峰、雪に囲まれた驚異的な魔法の気配。この塀が前方ではなく、後方にあればいいのに、と願った。石にもたれかかり、言葉ではないやり方で、どうすれば通してくれるかとたずねてみた。徐々に思考が満たされていき、目に見えるのも、耳に聞こえるのも、手にふれるのも石だけになる。その刹那《せつな》、切望するものの前に立ちはだかる石の壁しか存在していなかった。焦がれるような思いに突き動かされて、ブレンダンは動きだした。言葉も精神も石に封じられ、体が石の上にひきのばされ、まつげと皮膚はこまかな砂に変わり、骨はかさばった形となり、重みを得て、全身が石でできた人間になる。そうしてどっしりと踏み出すと、足が上下するにつれ、地面が震動してはおさまるのがわかった。もう一歩、水中を歩むより遅く、なにも考えずにひたすらのろのろと足を運ぶ。ごく微小な粒子の動く音が耳に届いた。

彫像が石の殻を脱ぎ捨てるように、塀から姿を現す。目をひらくと、望んだとおり、塀は背後にあった。目の前には、川岸に沿って走り、途中でまがって橋を渡る幅広い道がのびている。

塀のこちら側では、ケリオールは目覚めかけていた。ブレンダンはふたたび思考を影でおおい、漁師や人足のあいだをぬって、すばやく目立たないように橋をめざした。

橋を渡ったとき、雲の後ろから白っぽい朝日がゆるゆると昇ってきた。その先には扇状に広がる都が見える。まるで巨大な波がむかいの土手を躍り越え、間隔をのばしたりちぢめたりしながら、はるか遠くに散らばる畑や農場までうねっていくようだ。道はもう一本の川まで続いて、水の上を横切り、残りのケリオールをつらぬいて北へ向かっている。その距離をひとあしひとあし歩いてきてから、まだそれほど時間はたっていない。また一歩ずつ戻っていけばいい。あたたかいマントも、頑丈な靴もあるし、金も少しは持っている。家までの道のりの大半はそれでまかなえる。あとのことは、そのときになったら心配しよう。

ブレンダンは一日じゅう着実に進んでいった。どんな姿をとっているにしろ、だれも気づかないようだった。雲の上に日が隠れたおかげで、ほとんど影ができない。次の一歩のことしか頭になかったので、自分が目に見えなくなっているのか、たんに無関心を呼び起こしているだけなのか、さっぱりわからなかった。どちらでもいい。安心できるのは同じだ。正午までに、たどっている道の終わりが視野に入ってきた。さっき遠くに見えた畑をあとに残し、おおむね牝牛や羊が使う小道へとせばまっている。たしか、細い流れのほとりで行き止まりになっていたはずだ、と思い出した。そのちょっと東に、小川を渡る石の橋がある。むこう岸には宿屋があり、そこで一本の道が流れに沿って東と西へ分かれている。そして、宿屋の先では、もう一本の道がくねくねと森をぬけ、北へ向かっていた。

追われていると気づいたのは、日暮れ近く、もう少しでその地点に到達するというときだった。

それまでもしばらく、頭のなかの異質な感覚に悩まされていた。なにか忘れていること、しなければならないこと、ずしりと心にのしかかるものがあったが、どうしてもはっきりつかめなかった。青白い太陽が地平線上にのびる陰気な雲のほうへ下っていくにつれ、その気持ちはいっそう強くなった。あの雲が脳裏に浸透してきている、という気がする。暗い霧がゆっくりと身のうちに広がって、理由もわからないままに不安と警戒がつのった。とうとう、まるで見張られているようだ、と結論が出た。

そして、埃っぽくひとけのない小道の真ん中でぴたりと立ち止まった。皮膚がぴりぴりするのを感じつつ、背後をふりかえって、夜の迫ってきた無人の田野を見渡す。

ヴァローレン。

魔法使いの心の働きは、まったくの謎だった。複雑にもつれあった巨大な力をあまさず鍛えあげ、秩序ある形にととのえたうえで、ひとつの問題、たとえば逃亡した庭師などに対処するとしたら、どうするのだろう？　ヤールの言葉からは、ヴァローレンならどんなことでもやってのけそうだという印象しか受けなかった。もしかしたら、名前と力の一端を知っているだけでも、旅人ひとりを追跡することが可能なのかもしれない。花の話をしているあいだに、どれだけ自分のことを知られたのか、さっぱりわからなかった。わざわざ黄昏区に兵士と魔法使いを送りこむほど、ヴァローレンが気にしていたのは確かだ。あるいは、ケリオールから出すまいとするほど。ひょっとすると、どこまでも追ってくるほど懸念しているのかもしれない。

ブレンダンはまた進みだし、速度をあげた。羽毛の疑似餌《ルアー》につられる魚のように執拗な追っ手から、どうやって心を隠せばいいのだろう。見当もつかない。そのうち、最善の策はすみやかに移動することだ、と決断した。魔法使いよりなお速く、いまだかつて経験したことがないほどの速さで。

その考えが心をよぎったのは、橋のむこう側の十字路沿いにある、自然石で建てたこぎれいな古い宿屋の敷居をまたいだときだった。しかし、とりあえず入っていって、ぽっちゃりした器量よしのおかみに寝る場所を頼んだ。ちらほらといる客はおおむね単身の旅人で、ひまそうに麦酒《エール》や牛肉から顔をあげ、耳をそばだてた。

「寝るところはあるよ」おかみは答えた。「腰をおろして夕ごはんにしな。おなかがぺこぺこって顔をしてるよ」

ブレンダンはうなずき、肩から荷物をおろすと、硬貨を一枚探し出して渡した。ほかの連中は視線を向けてきたものの、とりたてて興味を引くような点はないとわかると、またそれぞれの物思いに戻っていった。おかみの娘はまじめくさった赤い頬の子どもで、パンと牛肉と焼いた玉葱、麦酒を持ってきてくれた。いまにもヴァローレンが戸口に現れるのではないかとはらはらしながら、ブレンダンは手早く食事を片付けた。すすけた分厚い窓の外には夕闇がしのびよってきており、光に惹きつけられて室内をのぞきこんでいる。

どうすればいい？と考える。どうすれば思考の速度を超えられるか、そのあいだ身を隠していられるか。

ブレンダンは夕食を終え、寝床に案内してくれと声をかけた。くたびれきっていたし、明け方までに出発しなければならない。おかみは二階まで足もとを照らすようにと娘をよこした。子どもは床に敷いた藁布団のわき、あたたかい暖炉の石のそばに蠟燭を立てた。ブレンダンは布団の上に腰かけ、ブーツを脱ぎはじめた。子どもが下に行ってしまうと、ブーツはそのままにして、また立ちあがる。マントをまとい、荷物を手に、ぬき足さし足階段をおりていき、裏口を出て、野菜畑と厩を通りすぎた。黄昏のなか、森はぼやけた影として映り、そこに至る道も、一、二回かどをまがったあたりまで見えた。木々や動物たちに囲まれて寝ることには慣れている。倒木のぼろぼろに崩れた洞にでも入って、何時間か寝よう。植物が育つところを、あるいは茸《きのこ》が羊歯《しだ》の茂みから頭を突き出すのをながめているときのように、頭をからっぽにしよう。夢を見なければ、ヴァローレンは木と間違えてくれるかもしれない……

そういうわけで、その晩は森の獣と身をよせあって眠った。だれかが白っぽい髪の若者について訊いてきても、二階の藁布団で寝ていることになっているはずだ。だからといって捜索をやめることはないだろうが、獲物が思いがけなく夜のうちにぬけだしたことがわかれば、ヴァローレンは混乱するかもしれない。

ブレンダンは夜明け前に起き、夕食のとき荷物につっこんでおいたパンの耳と玉葱を食べながら、魔法使いの視点で移動することを想像しようとした。あたりが見えるときには、上り坂になった森の斜面に沿って進み、道は視野に入れつつも距離をあけておいた。この季節、北へ向かう人間はだれもいなかった。

丘のてっぺんにつくと、道がもっとはっきり見えた。灌木の茂った野と、秋の訪れで枯れかかったなだらかな平原をぬって、白堊質の筋がのびている。その平原を歩いていったら、移動するのを夜にでもしないかぎり、たやすく目についてしまうだろう。闇を見通せるようになれないだろうか。さもなければ、鳥のように、風のように飛ぶすべを身につけられないものか。

あるいは、なんとかして距離を実際よりちぢめ、ある地点から別の地点へと跳躍することができるようになれば。ブレンダンはその場にとどまり、あれこれ可能性を考慮したが、どれも難しそうだった。

ひんやりとした風が体に吹きつけ、心に侵入してきたような気がした。考えていたことがみな木の葉のように舞い散る。ブレンダンは本能的にしゃがみこんだ。一瞬、どうしたらいいかまるでわからず、ぞっとする。しかしそのあと、表面上はなにも考えずに必要なことをやってのけた。赤い傘の茸をじっと見おろす。雪白の斑点が警告を発しているようだ。その茸で頭をいっぱいにして、なにやらちっぽけで繊維質でじめじめした、言葉というものを持たない存在になる。

かなりたち、波立つ鈍色《にびいろ》の雲に隠れた太陽が昇りきって朝になったとき、脳裏にまともな思考が浮かんできた。

ヴァローレンに見つかったら、ひっこぬかれてケリオールに連れ戻され、二度と故郷を見ることはないかもしれない。

そう考えただけで、動きだすのには充分だった。ふるさとへの思いを、鉤つきの綱のように遠くの小山へ投げる。その頂上には、巣に入った卵を思わせる、低木の茂みで囲まれた巨大な丸石があった。恐怖と欲求に追いたてられるまま、願いに身を託して時と空間をとびこえる。また視界がきくようになると、丸石のかたわらに立って、まばたきしながらさっきの森のはずれに顔を向けていた。まだその位置に、界をまたぐ巨人の一歩を踏み出そうと身を起こした自分の姿が見えるような気がした。

　そのとき、まわりの空気が金切り声をあげて打ちかかってきた。ブレンダンはぱっと両手をあげ、怒濤《どとう》のように襲ってくる猛々しい黄金の双眸《そうぼう》と長い鉤爪を払いのけた。あまりにもヴァローレンのひとみにそっくりだったので、瞬間、息が止まった。続いて、魔法使いから逃れようと必死になった心が肉体を超えて跳躍し、自分を引き寄せる。次の息を吸ったときには、どこか別の場所にいることがわかっていた。なにかやったのは確かだが、どういうことだったのか定かではない。体の下で、地面が川のように流れていった。あのおそろしいひとみは消えている。風に運ばれているのか、死にものぐるいで疾走する思考に乗っているのか。鳥、枯葉、ひとすじの煙、なんであろうと、逃げるためにとった形は頭のなかの脅威が薄れるまで続き、やがて、ブレンダンはふたたび自分の姿を意識しはじめた。

　そこで地面に落ち、ごろごろ転がって木にぶつかった。ふらふらしつつも警戒をゆるめず、羊歯の茂みから顔をあげて、上体を起こす。灌木から頭を突き出した小山は、思いもよらないほど離れたところにあった。黒っぽい巨鳥が一羽、丸石の上を旋回している。まだ警戒の鳴き声がかすかに聞こえた。

　ブレンダンは座りなおし、呼吸をととのえた。結局ヴァローレンではなかったのか、とほっとした。恐怖にかられて、いったいどんな姿に変わったのだろう。上空に雲が走り、風がひょうひょうと藪を吹きぬけるなか、無人の荒野に腰をおろして、精神を集中する。赤くまるい実をちりばめたビャクシンの茂みが目を惹いた。じっと動かず、ひとりきりで沈黙を保つというおなじみの習慣が骨にみなぎり、言葉から心を解放してくれた。緑を身のうちに引きこむ。つんつんとがった針状の葉、なめらかですべすべした実、地上近くにへばりついて、最悪の冬にも耐えてきた頑丈な枝と幹。その香りを皮膚にしみこませ、するどい葉で目や心をちくちく刺されるにまかせていると、やがて周囲の荒涼とした土地に根づいたという感じがしてきた。光を求めて風にまがった一千もの指を広げる一方で、地下にひそむ水を吸いあげるほど深々と根をおろす。

　奥底に沈んだ衝動らしきものに突き動かされ、また本来の姿に戻ったとき、ブレンダンは雲越しに薄く光っている太陽の高さに驚いた。よろよろと立ちあがると、自分を隠れ処《が》から呼び覚ましたものが感じられた。戦慄が走り、執拗な恐れがつきまとってくる。ひそかに見張られている、無言で尾《つ》けられているという感覚が体をつきぬけ、ひたひたと心に迫ってきた。すかさずうずくまり、必要な形をもとめてあたりを見まわす。地面すれすれに動くことができ、疲れを知らず迅速に、目立たずに移動できるもの、小枝の折れる音がしただけでもさっと隠れるすべを知っているもの。目で見るより先に、風がにおいをもたらした。近くの灌木地帯で狩りをしている銀狐だ。時を超越した一瞬のうちにじっくりと観察し、その姿を自分に流れこませる。それから立ちあがって、北から吹きおろすゆたかな香りの風に鼻先を向け、音もたてずにすばやく歩み去った。

　そうやって、時間のたつのもろくに気づかず、ときにはどんな姿をとっているかも忘れてヌミスを通りぬけた。しつこく追いすがってくる脅威に駆りたてられ、恐怖の原因に一歩先んじようと、地形を薄く大きく折りたたむこともあった。そんなふうにして少しずつ、めったに人間の目では見たことのない土地を越えていった。もちろん、ひとことも人語を交わす機会はなかった。

明け方、ようやくなにかの獣の夜目をふりすて、そろそろ見慣れたものがないかと確かめたとき、ぎざぎざにとがった牙が地平線上に突き立っているのを認めた。指一本ほど顔をのぞかせた朝日のもと、むきだしの頂が黒々と光っている。ブレンダンはその峰を見つめたまま立ちつくし、万古の沈黙を心の奥で感じとった。時が止まった地。魔法があまりにも完璧に身を隠したため、言葉そのものすら消え失せた場所。

スクリガルド山。

そのころには、自分の名前もほとんど思い出せなくなっていた。ヌミスをつっきる必死の逃避行に言葉はかさばりすぎて、携えてくることができなかったからだ。姿を変えるたび、新たな野性の目で無言の世界をとらえなおすたびに、単語がばらばらと落ちていってしまった。夜だろうと昼だろうと違いはなかった。どちらでもやすやすと見えたからだ。日と月が案内役になり、同じように道を示してくれた。闇と光、あたたかさと冷たさ、風と大地と水を、肌から骨の髄まで吸いこんだ。同化していれば、名を与える必要はなかった。

だが、恐怖という言葉はとっておいた。一瞬たりともその感情が消えることはなかったからだ。何度まがろうと、ヌミスじゅう追ってきた魔力を撒くことはできなかった。どんな形をとっても見ぬかれてしまった。ほんのわずかのあいだ人の目で世界を見て、人のつけた名を思い出そうとしたこの瞬間でさえ、不安から解放されることはない。たちまちあとを尾けてくる力を感じた。名前も憶えていたが、これほどの魔法を含むには小さすぎる言葉だという気がした。ヴァローレンはいまや、顔を持たない無情な存在になっていた。岩の中心すら凍てつかせて砕く、もっともきびしい北風のように。その力を感じたとたん、ブレンダンは姿を変えた。風に乗って飛んでいく小さな黒い影は、烏《からす》の形でただ一羽、矢のようにスクリガルド山をめざした。

烏のひとみで草木のない不毛な峰を見分ける前に、その地点がわかり、引きよせられていった。烏は山の横腹へ、雪におおわれたからっぽの斜面へと降下していった。あまりに永く放置されていたため、もはやこの世では名を失った存在を。ブレンダンは翼を動かして進んだ。その存在も手をのばしてきた。近づくにつれ、烏の輪郭がぼやけ、体からむしりとられていった。まるで自分の影がひとりでにはがれ、くるくると風に吹き飛ばされていくようだ。

ブレンダンはヌミスの忘れ去られた神秘に心をひらいた。星をのみこんだか、太陽に墜落したかという目のくらむような衝撃があったかと思うと、相手の力が形ごと流れこんできた。

21

スーリズは黄昏《たそがれ》区の手前まで行ってから、入る手立てがないことに気づいた。バター色の繻《しゅ》子《す》は、あわただしく許婚《いいなずけ》から逃げる途中で学校の階段に落としてしまったので、玄関を出る前にだれかのマントをひっつかんできた。暗い色で大きなフードのついたマントは、頭からつまさきまですっぽりと体を包むうえ、地面にひきずるほど長い。歩きにくい宝石つきの靴のせいで、しょっちゅう裾を踏むはめになった。だが、これで少なくとも、ヴァローレン以外の人間に対しては変装している気分になれた。あの目つきが記憶を離れない。よそよそしく批判的なまなざし。まるで、ぐつぐつ煮え立っている大釜に、うっかりヒキガエルを落っことした新米の学生でも見ているかのようだった。あんな性格の相手と暮らすのはとうてい無理だ、と暗《あん》澹《たん》とした思いにかられる。きっと、ヴァローレンの疑り深さや穿鑿《せんさく》の目から身を守るためだけに、愛想のいい笑顔を作ってみせ、陰でこそこそしなければならないだろう。ほんとうのことなど、永久に伝えられないに違いない。

黄昏門の前にいる兵士の列をまのあたりにして、スーリズはぴたりと立ち止まった。門をくぐって出入りしている者はひとりもいない。信じられずに茫然と見つめていると、きつい靴に腫れあがった足がずきずき痛んだ。そういえば、だれもかれもティラミンを捜しているのだ。どうしてこんなに急いで会いたいと感じるのか、はっきりした理由はなかった。ただ、婚約者とはあらゆる点で正反対だろうと思うだけだ。ティラミンの魔法は許可されていない種類のものだ。ヴァローレンと父に先を越されたら、めちゃめちゃにされてしまいかねない。スーリズは兵士に見られないうちに向きを変え、高い塀に割れ目はないか、忘れられた木戸や、石が崩れてよじのぼれそうなところはないかと探しはじめた。いったん内側に入ってしまえば、自分のささやかな魔法を使って魔術師を見つけられる——水鏡か、小鳥か。もしかしたら、むこうがケリオールを脱出するのを手伝ってあげられるかもしれない。どう見ても先行きの暗い結婚から逃れるのに、手を貸してもらえるなら。

たぶん、と力なく考える。いっそティラミンと逃げて、一座に加わればいいのかもしれないわ。ひいおばあさまが生まれた国へ行って、魔法使いがヌミスの魔法を囲いこんだ壁の外には、どんな魔法があるのか調べてみよう。

石塀が川に行きついたところには、別の壁があった。苔むした古い石が水中に崩れ落ちている箇所なら、泳いでまわっていけるのではないかと思っていたのだ。しかし、川岸に沿って、空気がちらちらと物騒な光を放っていた。ワイの部屋で強力な精神をよりあわせていた人々が、あの魔力で築きあげた防壁だ。スーリズはそれを茫然とながめ、唐突にきびすを返した。やりきれなさに涙があふれた。自分の心がたまたまだれかの思考にひっかかって発見されたりしないうちに、足をひきずって魔法から離れる。

なにか入る方法があるはず、ときっぱり決意しながら、まばたきして涙をこらえた。絶対あるはずよ。見つけてみせる。

だが、その瞬間は足のまめのことしか考えられなかった。靴を脱いで、くすんだ朝の光が宝石にきらりと反射したとき、ふいに、やさしそうな顔が頭に浮かんだ。肩の荷がおりた気分で、スーリズは靴をポケットにおさめ、きた道を引き返した。水ぎわに並んでいる、瀟洒《しょうしゃ》な川辺の邸宅の一軒が、セタ・シーエルの持ち家だと知っていたのだ。

扉をたたく音に出てきたシーラは、フードをおろした黒衣の姿にぎょっとしたらしかったが、いったんそれが王女だと判明すると、セタのほうはさほど驚かなかった。

「うちにいらしてくださってうれしいですわ」あっさり言うと、マントをシーラに渡す。薄手で淡い色合いの絹をまとい、やはり素足だったので、いま起きたばかりという恰好に見えた。

「おかけになって——いちばん座り心地がいいのはその椅子ですわ。シーラ、朝食になにがあるか見てきてちょうだい」スーリズはほっとして、木材に綴《つづ》れ織《おり》の布をかぶせ、つめものをしたまるい椅子に沈みこんだ。セタは、ぼんやりと髪の毛をねじりながら見おろしてきた。逃げ出してきた王女というのは、家の戸口で見つけるにはやっかいなしろものなのでは、とスーリズは思い至った。それにセタは眉をよせている。もっとも、不安げというより腹立たしげな顔つきだった。「お責めする気にはなれませんわ」と、スーリズが口をひらく前に言う。「うちの従弟《いとこ》は、魔法使いとしてはすばらしいお手本かもしれませんけれど、人間としてのふるまい方を忘れておりますわね」

「もうどうでもいいの」スーリズは疲れた口調で答えた。「あんなふうじゃ、とっても城には戻れないし。ティラミンを捜したいんだけど、黄昏区に入れないの。魔法使いと兵士ががっちり囲んでて」

「ティラミン」セタはぽかんとくりかえした。

「魔法使いには絶対わかってもらえなくても、ティラミンならわたくしの魔法を理解してくれると思うの。少なくとも、一緒に追放されることならできるわ。いっそそうしたい気分なの。

結婚するはずの人がこわくて、ほんとうのことが言えないなんて」

セタはうなずいた。「従弟はなんだか、おそろしい人間になってしまいましたわ」とささやく。「そのことも、ヤールを悩ませている一因ではないかと思いますの」

「ヤール」スーリズはいくらか背筋をのばし、あたりを見まわした。「ここにいるの？　ヤールなら塀をぬけるのを手伝ってくれるかも」

「いいえ。ヴァローレンがティラミンを捜しに黄昏区へ連れていきました」セタは隣に腰かけ、くちびるをつりあげた。「だれもその魔術師を発見できないところをみると、たしかに本物の魔法が働いているようですわね。でも、ヴァローレンはきっと見つけますわ。そのときスーリズさまが一緒にいれば、どちらにとっても、よけいまずいことになるでしょうね」

「たぶん、わたくしが隠してあげられるわ」スーリズはごく低い声で言った。「ひいおばあさまが、糸でものを隠す術を教えてくれたの。人にも使えるかもしれないわ。オドの学校で養成された魔法使いが、まさか針と糸の扱い方を知っているとは思えないし」

「じつはあたくしも、針と糸を扱う自信はありませんわ」セタは認めた。「ヴァローレンは当然知らないでしょうね。でも、そのなかの魔法には気づきそうですけれど」

「そう？　魔法が使われてるって知らなくても？」

「わかりませんわ」セタが黙ってじっと考えこんでいるあいだに、シーラが巨大な盆を運んできた。香料をきかせたきめの細かいパンとケーキ、乾したくだもの、やわらかいチーズ、酢漬けの卵に魚の燻製などが満載されているのを、ふたりの前のテーブルに置く。「ありがとう、シーラ。人が成長するとなにが起こるのでしょうね？　子どものころのヴァローレンはほんとうにかわいらしくて、いまよりずっとまともな性格でしたわ」

「エニズ兄さまみたい」スーリズは言いながら、礼儀正しくちらりと盆を見やった。「前は仲がよかったんだけど」

「前？」

「お母さまが亡くなる前よ。いまでは、いつもわたくしにいらいらしているみたいだし、ぜんぜん笑わなくなったの」兄の怒りっぽい表情を思い浮かべ、乾した梨をもてあそぶ。「哀しいと人は変わるんじゃないかしら。でも、これじゃまるで、みんないなくなってしまったみたい――お父さまやお兄さままで、お母――」言葉を切り、注意深く梨をおろすと、喉もとにこみあげた炎をのみこんだ。「お父さまやお兄さままで。変わらないのはひいおばあさまだけ」

セタが薄荷《はっか》の香りのする冷たい水を一杯ついでくれたので、ありがたくすする。

「だれか呼びにやれる者がおりまして？」セタは心配そうにたずねた。「おひとりでケリオールを歩かせるわけには参りませんわ。もちろん、お好きなだけここにいらしてかまいませんのよ。お父上さまに居場所をお知らせしておくべきでしょうけれど」

「そうでしょうね」スーリズはつぶやき、先のことを考えて暗いまなざしになった。「でも、そしたらなにも変わらないわ。違う？」

「それなら、どうなさるおつもりですの？」

「わからないの……この見苦しい靴を売って、そのお金で渡し舟を雇ってケリオールを出るとか」光沢のある綴れ織に背をもたせかけ、目をつぶる。「でなければ、ティラミンみたいに黄昏区にまぎれこんで、魔法で暮らしを立てるの。なくしたものを見つけてあげるとか、灰で未来を占うとか。ひいおばあさまは淋しがるでしょうけど、ベリスがいるし、毎日烏《からす》に伝言を運ばせればいいわ。どう思う?」セタがじれったそうな音をたてたので、また目をあけた。「まったく――」と言いかけ、セタは室内を歩きまわりはじめた。「まったく、あのご立派な従弟が――」

ヴァローレンがなんなのか、その先は続かなかった。ふりむいた瞬間、あやうく本人につきあたりそうになったからだ。ヴァローレンはヤールを従えて忽然と出現していた。椅子の上で凍りつき、まじまじと許婚を見つめたスーリズは、ぞっとして考えた。結婚したら、二度とひとりでいるって気分になれないわ。二度と自分だけの秘密を持てない……

「戸ぐらいたたいたらどうなの」セタがぴしゃりと言った。「人前に出られる恰好はしていないのよ」

「失礼」ヴァローレンはスーリズに目をそそいだまま、上の空で答えた。「急いでいたもので」

「せめて姫君を捜していたところだと言ってちょうだい」

魔法使いは吐息をもらし、ありありと努力して、かどの立たない言い方をしようとした。「またいなくなったと気づいていれば、捜していましたよ。姫君」と声をかけてくる。「ぬけだしていたのですね。ふたりで話さなければならないのはわかっていますが、いまは時間がありません。わたしはスクリガルド山に関するオドの覚え書きについて、セタにたずねるためにきたのです」

セタのくちびるがひらき、無言のまま閉じた。大切なものを踏みにじられたといいたげな視線をヤールに投げつけたのを見て、スーリズはびっくりした。「教えたのね」

「ほかにどうしようもなかった」

「そのとおりです」ヴァローレンが無遠慮に口をはさんだ。「選択の余地を与えませんでしたから。庭師はスクリガルド山に逃げたのだと思います。ヤールの心を読んで、あそこに未知の強大な存在が身を隠していることがわかりました。現地にたどりつく前にブレンダン・ヴェッチを発見しなければ、ヌミスにとってきわめて危険な状況になりかねません。オドがなにを書き残したのか知る必要があります」

セタは目で訴えたが、ヤールはどうにもならないというように軽く頭をふった。「見せたほうがいい」沈黙が返ってくると、困ったように口もとをゆるめる。「きみも正体を知りたがっていただろうに」

「でも、こんなふうにではないわ——こんなに動揺していては——相手はとても古い存在で、だれも憶えていないほどひっそりと隠れているのよ。そもそも、まだそこにいるとどうしてわかって？」

「ブレンダンは知っている」ヤールはおだやかに告げた。「自分で話していた」

「それがオドの文章ですか？」絨毯の片側に沿って散乱した巻物や原稿をながめて、ヴァローレンがたずねた。セタは守ろうとするようにそちらへ動いたが、なぜかヴァローレンのほうが先まわりしており、膝をついて紙束をかきまわしていた。顔をあげて待ち受ける従弟のほうへ近づく前に、セタはヤールに話しかけた。

「あなたも一緒に行くの？」

「さて――」

「そうです」ヴァローレンがかわって答えた。

「だったら、知っておいたほうがよさそうなものがあってよ」としぶしぶ言う。「今日の午前中、しばらく前に王立図書館から借りた原稿のなかに、もうひとつこの問題の手がかりを見つけたの」ぼろぼろになった羊皮紙を一枚、テーブルからとりあげると、従弟に渡す。「ヤールがきたら読ませようと思って、とっておいたのだけれど」

ヴァローレンは自分で読んだ。ほかのふたりと同様、警戒の目を向けていたスーリズは、その顔にいままで見たことのない表情が浮かんだので、意表をつかれた。ほかの人間だったら、驚嘆しているといってもおかしくない。

「なにが書いてあるんだね？」ヤールが問いかけた。

「〝このものたちは〟」ヴァローレンは読みあげた。「〝忘れ去られた宝であり、失われていた力の映し身であり、隠された存在だ。スクリガルドの秘密を見出す者は、これを目覚めさせるだけの力を持ち、恐れず解放できるほど勇敢でなければならない。さもなくば、恐怖がふたたびヌミスを支配し、この地は魂を失うだろう〟」目をあげ、ヤールを見すえる。「これがなんなのか、見当がつきますか？」

「いや」

「恐怖が支配する……ではむろん、解放していいはずがありません。もしブレンダン・ヴェッチが行きついてしまったら――その魔力がそこになんらかの根を持つものだとすれば――」

「きみがそんな恐れをスクリガルド山までかかえていけば」ヤールがするどく注意した。「それこそオドの予言した惨事が起こりかねまい」

「急がなければ」ヴァローレンは羊皮紙を下に置いて、スーリズの耳にはきわめて妥当な忠告と思われる台詞を無視した。「庭師の力は、未熟でどう出るか予測がつかないもののようでした――相手がどれだけ速く進めるかわかりませんし、先に到着して待っていなければならないのですから」

「おそらく、まだケリオールから出てもいないだろう」ヤールがむっつりと言った。「ここまでくるときには、ずっと歩いてきたのだからな」

ヴァローレンはその言葉も黙殺した。「もう出るべきです。ヤール――」

「ヴァローレン」セタがさえぎった。「この人を僻地《へきち》にひっぱっていく前に、せめて少しだけふたりで話をさせて。よくって、ふたりきりでよ。姿を消して盗み聞きなんてまねはしないでもらいたいわ」

「まさか、そんなことはしません」ヴァローレンはこわばった調子で言った。「それに、わたしがいればヤールにはわかります」間をおいて、ごくわずか頭をさげる。「二時間でいいでしょう。ワイの部屋にきてください」それから、こちらのことは忘れてくれたのではないか、と期待しはじめていた王女に目を移した。「王宮までお送りしますか？　そうすれば、どこへ行くか陛下にご報告申し上げるまでに、二、三分ひまがあるでしょう。迷宮で一夜を過ごすほど話したかったことがらというのをお聞きしますが」

スーリズはせきばらいし、慎重に答えた。「いまは、こっちの心配ごとであなたの気を散らすときじゃないと思うの。二、三分で終わる話じゃないし。もうちょっと待てるわ」

いきなり興味を持ったみたい、と落ちつかない気分で考える。ごまかされそうになっていると感じとったかのようだ。「ほんとうですか？」

「ほんとうよ」

「では、この件が片付いたら話しましょう。約束します。アーネス・ピットが黄昏門にいますから、姫君をお送りするようこちらへよこします」ヤールをふりかえる。「またあとで」

今回は戸口から出ていった。セタはヤールに近寄ったが、従弟が扉をしめた音が聞こえるまで黙ったままでいた。スーリズは立ちあがって別れを告げようとし、ヤールは口をひらきかけた。そのとき、セタが急に荒々しくささやいたので、ふたりとも動きを止めた。「ヤール。迷宮を使うのよ。いますぐ」

「はあ？」

「迷宮からその山に行けるわ、絶対によ！　その——その謎の存在に、ヴァローレンのことを警告して。ブレンダンに知らせて。できるだけのことをするのよ。ヴァローレンに眠りをさまたげさせせないで」

「私になにをしろと言っているのか、きみにはわかっているのか」ヤールはしっかりした口調でたずねた。

「ええ」

「きみの従弟のことは心得ているはずだ。ヴァローレンはつねに最悪の事態を想像する。私がいなくなったと知ったら、やはり最悪のとらえ方をするかもしれない。王と学校にそむき、ブレンダン・ヴェッチとその未知の力の側についたと――」

「その可能性はあるわね。でも、あなたの言うとおりよ。ヴァローレンはオドがいちばん恐れていたものかもしれないわ。なんとかそこに行きついて、守ってあげて」

「きっとヴァローレンが私を捜しにくるぞ」と注意する。「嘘をつくのはじつに難しい相手だ」

「わたくしは嘘をついてるけどね」スーリズはふたりに指摘した。「それも四六時中。あの人、自分が予想してないものは見ないから」

「とにかく出発して」セタはせきたてた。「迷宮を試してみるのよ。それがうまくいかなければ、ヴァローレンと行くしかないわね。でも、少なくともやってみるべきよ。もしなにか訊かれたら、頼まれたことをするために出かけたとしか聞いていないわよ、と言っておくわ」

ヤールはぎこちない笑みをちらりと浮かべ、セタのまつげから髪をひとすじ払いのけた。

「以前なら、王と宮廷に対して秘密を持てとは決して言わなかったろうに」

「そうね」厳粛に答える。「たぶん、ものごとを違う角度から見る気になったのは、ほかならぬオドのせいではないかしら。ヴァローレンではなくて、オドの角度からね。あなたはずっと満足していなかった。それで変わりたがっているのよ。そのことを見てとるには、あたくしもちょっぴり変わらなければならなかったの」

ヤールはやさしくセタにくちづけた。苦笑まじりの、おだやかに成熟した顔をながめて、スーリズは思いをめぐらした。ヴァローレンがあんな表情を身につけるには、なにが必要なのだろう。歳月だろうか？　人生？　衝撃的なできごとが思いがけなく起こって、自分の知識をすべて問いなおすはめにおちいるとか？　ふいに、ヤールの視線を感じ、ひょっとして頭に浮かんだ名前に気づかれたのだろうか、とあやぶむ。

「王宮にお連れしたほうがよろしいですか？」

「いいえ」率直に答える。「わたくし、黄昏区に入りたいの」

ヤールはびっくりしたようだった。だが、覚悟していた反論はこなかった。意外にも、スーリズの魔法を認めてくれたのだ。「そんなふうに心を奪われるものですよ」と告げる。「姫君は、ひいおばあさまから学べるだけのことを学ばれましたね。しかし、それだけでは充分ではない。あの魔術師の魔法にひそむなにかに惹きつけられておられる。呼ばれているのです」

スーリズはいきなり椅子の上で居ずまいを正した。「本物なの？」ささやくように問う。「あれは魔法なの？」

ヤールは直截《ちょくさい》には答えず、ただ低く言った。「ヴァローレンがケリオールを離れるなら、調べるにはいい機会でしょう。門を通るのに役立ちそうなことをお教えしますよ。これは私しか知りませんが」

「なに？」

「アーネス・ピットは魔術師の娘が好きなのですよ。できるかぎり力を貸すからとおっしゃってみることです。おそらく、たやすくティラミンを見つけることができるでしょう。私の口から聞いたとお伝えになるとよろしい。私のことは信用するはずです。アーネスがあの娘をかばっていると知っていながら、ヴァローレンには伝えませんでしたから」

「ヤール」セタが感嘆の声をもらした。「いったいどうやったら、そんなことがわかるの？」

相手はまた微笑した。「庭師を捜して、夜の黄昏区をさまよっているうちに手に入れた知識だよ」

「もちろんそうでしょうとも」セタは手をのばすと、王女に軽くふれた。スーリズはうまくふたりのわきをすりぬけて、戸口まで行こうとしていたのだ。「アーネス・ピットがやってくるまで待っていらしたら」とすすめる。「いまヴァローレンに出くわしたいとはお思いにならないでしょう。なにかお食べになって。その靴よりおみあしに合いそうなブーツがありますわ。シーラに探させましょう」

スーリズは椅子に戻り、食べ物をかじりながら扉をたたく音がするのを待った。そのあと数分、低い話し声が静かにまじりあって聞こえてきたが、やがて最後の言葉が宙に消えていき、魔法使いは行ってしまった。

22

きびしい北の気候にふさわしい服装に着替えようと、ヤールはひとまず学校に出現した。厚手のマントを捜したものの見あたらず、エルヴァーにやってしまったのだと思い出す。そこで、ふちがすりきれた古物のマントを探し出し、かわりにはおった。ポケットに金をいくらかつっこむと、もう少年のことは忘れ、ブレンダンに思いをめぐらして、どこまでたどりついただろうかといぶかる。それから、次の目的地である迷宮のことを考えた。だれも自分の存在に気づかないよう、さっと学校内を通りぬけるつもりだった。

だが、その一歩を踏み出す前に、部屋の扉があいた。そこにいたのはワイだった。象牙色をしたしわ深い顔には、憔悴《しょうすい》の翳《かげ》りがうかがえる。国王と四角四面なヴァローレンに相対したおかげで、ひどく心を乱されたのだ。

「ヤール、どこにいたのです？」と問いただしてくる。

「おおむね、ヴァローレンに頼まれたことを果たそうとしていましたが」やんわりと答える。

「それで、いまからどこへ？」

「ブレンダン・ヴェッチの件で、ヴァローレンを手伝います。いや、ヴァローレンの件でブレンダンを助けてやるのかもしれません。どちらでもふさわしいほうで」

「どちらよりも、わたくしのほうにあなたが必要なのですよ。黄昏区《たそがれ》を封じている年長の教師たちに力を貸してやってほしいのです。ヴァローレンを説得して――」ワイは言いさした。こちらの目になにかを見てとったらしい。あえて口にしなかったことがらを。それほどよくヤールを知っているのだ。「ヤール」

その追及を避け、部屋を出て扉をしめる。どこにでも現れるエルヴァー、明け方、かまどのそばに寝かせたまま置いてきた少年のことが、またふっと頭に浮かんだ。ヤールは話題を変えようとして言った。「そういえば、伝えるひまがなかったのですが。きのう、ヴァローレンの要請で庭師を捜しに黄昏区へ出かけたとき、新入生のエルヴァーがあとを尾《つ》けてきたのですよ」

「だれです？」

「エルヴァーです。退学になると説明しましたが、たいして後悔の色も見せずに受け入れましたよ。いまは三日月通りの叔父の家に行っています。マーシュという名だったかな――なんとかマーシュです。魚の種類で。もしエルヴァーがいないとだれかが言ってきたら、そこにいますよ」

「わたくしには」ワイはいくぶん辛辣《しんらつ》な口ぶりになった。「あなたがなんのことを話しているのか、さっぱりわかりませんね」

「ブリーム。それだ。ブリーム・マーシュです」

「ヤール、どこへ行くのです？」

ヤールは足を止めると、もう一度目をあわせて、ためらいと驚きに満ちた自分のまなざしと、はるか彼方へと飛んでいる心を見せてやった。「こんな状況で置き去りにして申し訳ありません。できるだけ早く戻ってきます」

ワイは白い眉をよせ、節度を失うことなく心を読もうとした。「いったい」と小声でたずねる。「なにを見つけたのです？　あなたの顔にその表情が戻ってきたのは、靴屋の靴の下をくぐった日以来、はじめてですよ」

「わかりません」ヤールはおぼつかない口調で答えた。「この目で見るまでは。それが可能なら、という話ですが」

「では、なんと――どこへ行ったと言えばいいのです、ヴァローレンには？」

「行く先は知らない、と」

「ヤール、気をつけるのですよ」ワイは懇願した。

「十九年間ずっと気をつけてきましたよ。もう充分でしょう」

塔の階段をおりていくとき、ワイの視線を感じた。だが、その先までは立ち入ってこなかったので、ヤールはだれの目にもとまらずに迷宮へ入っていった。

今回、道は内心の思考でもつれることもなく、ひとりでにひらけた。中心に行きつくのは、あっけにとられるほど簡単だった。ひとつふたつかどをまがると、もう到着していた。まばたきして闇を払いのけ、魔法使いの視力で中央の石を検分する。表面に刻まれた地図は、まわりの迷路よりはるかに複雑に見えた。セタがわかりやすく説明してくれたピラミッドがあったが、やはり中央の石とは似ても似つかない。オドは何百年も昔に、どこからこの迷宮をはじめたのだろう。まずあけるのはどの扉で、どの道から歩きだし、どんな手がかりを道筋に残しておいたのか。

ここから始まるはずだ、とふいにひらめいた。出発点はこの迷宮の内側にある。地図を見おろして立ち、起点や終点をながめているこの場所から、スクリガルド山への最初の一歩を踏み出すべきなのだ。

もう少し観察してみたが、オドの謎かけの答えはほかに見あたらなかった。迷路の始まりを見つけるには、どこで終わるか知っていなければならない。セタがやってのけたように、数世紀の範囲で散らばった著述の断片を組み合わせないかぎり、だれもそんなことは思いつかないだろう。学生が迷宮の中心にある地図の矛盾に気づいたとしても、うっかり目的地に行ってしまうことはない。広く知れ渡った伝承にも、学校で容認されている教えにも、スクリガルド山に関することはいっさい含まれていないからだ。セタは知的好奇心とゆたかな感性で、オドが記した言外の意味を汲みとり、王立図書館で発見した一文と、学校の図書館で蜘蛛の巣に埋もれていた巻物のかすれた一節をつなぎあわせたのだ。

石の真ん中に足をのせて、ヤールはささやいた。「スクリガルド山」

そう口にした刹那《せつな》、影が周囲に渦巻いた。ぐるぐるまわりながら色を薄めていき、足にはいたブーツもその下の石も見えないほど密集した濃い霧に変わる。沸き返る雲に包まれているようで、自分も一緒に動いているのか、それとも学校の地下を吹きぬける嵐のなかに突っ立っているだけにすぎないのか、さっぱりわからなかった。いつまでたっても霧は分かれず、猛烈な勢いで周囲をめぐりつづけるだけで、どちらを向いてもまったく視界がきかない。

ややあって、ヤールは石からおりた。すると霧はまたたく間に消え失せ、眼前にはごつごつした裸の岩壁と、雪におおわれた山の側面がそびえたっていた。

その時点で寒さを感じ、松と雪と石のにおいを嗅ぎとった。頭の中身まで視野をとざす霧の渦に変わってしまったようだ。ようやく思考がもう一度形をなしてきて、後ろをふりかえる。山から下っていく北国の野や湿地帯を見おろし、そのむこう、ケリオールへと続く南の方角をはるかにながめわたしたが、やがてまた霧がかかってきて、自分の周囲以外のヌミスは、低くたれこめる秋の空のもとに隠れてしまった。

そのとき、驚嘆の念が疾風のように全身を駆けぬけた。これだけの年月を経て、オドの魔法はなお効力を保っており、どう動くか予断を許さない。オドはいまだにヌミスに影響力を持ち、ひそかにではあっても、みずからの意志を通すすべを見出しているのだ。ヤールは寂寞《せきばく》とした風景を見渡し、オドかブレンダン・ヴェッチか、なんでもいいから動くものはないかと探した。だが、ひえびえと味気ない午後の景色に人影はなかった。丘と丘の谷間にはさまれて、遠くにちっぽけな石の家々がかたまっている。中腹についているぼやけた斑点は、家畜の群れかなにかだろうか。逃亡中にしろ追跡中にしろ、魔法使いの姿は見あたらなかった。鳥が一羽、黒い点となって、はてしなく広がる雲を横切っていくだけだ。

山の沈黙の奥から、こちらを向いてくれと呼びかけてくるものがあるような気がした。また向きを変え、急斜面にぴったりとくっついた雪原を見あげる。両側に大木が並んでいたが、空き地の内部には食いこんでいなかった。真上にむきだしの岩が突き出し、そそりたつ岩かどが組み合わさって、オドの地図の中心にあるピラミッドを作っている。

その下に、雪面から高く身をもたげて、あの奇妙な黒っぽい物体がいくつか立っていた。見たところ、ぎざぎざしたいびつな樹木のようだった。あまりに年を経たために枝が崩れ落ち、かろうじて幹の名残だけをとどめているような、だれかが遠い昔に石を彫りはじめたが、仕上げは風と天候にゆだねたかのような。かつては命を持っていたかもしれないし、日常の単語でなんとか表現できる姿をしていたかもしれない。いまや言葉も形も残ってはいなかった。目に映るのは、万年雪にうずもれた太古の存在だ。ヤールはひとあしふたあし坂を上りかけたが、それとわからないほどわずかに相手がしりぞいたので、立ち止まった。急に雲がよぎって影が薄れるように、その意識がふっと遠ざかる。

この存在は生きている、とヤールは悟った。独特のやり方で語りかけてきて、自分たちには意識があり、不安をおぼえていると知らせているのだ。長年のあいだかたくしめつけられていたものがゆるむように、心がひどくぎくしゃくとひらきはじめた。感動が全身に広がっていく。自分の知らない言葉、認識できない存在、ヌミスの法には規定されていない力。まだそんなものがあったのだ。王と顧問官たちの意向を無視して。

だが、これはなんだろう?

失われていた力の映し身、とオドは呼んでいた。忘れ去られた宝。その力を恐れる必要がないほど強大な者によって、いま一度この世に連れ戻されるまで、幾世紀も身を隠してきたもの。

私にはそれだけの力があるだろうか。おそろしいと思うだろうか？

ヤールはもう一歩進んだ。さらに一歩。希薄な意識と不安をふたたび感じ、相手がじっと待っているのがわかった。午後の薄い陽射しが弱まり、足もとの雪が灰色になるまで、ゆっくりとそちらへ向かって動きつづける。

時を経た汚れか、涙の痕跡かという黒いしみが見え、風化によるひびや割れ目も確認できる位置まで近づくと、ヤールは足を止めた。どういうわけか、のろのろと坂を上っているうちにその物体は巨大化したようだ。離れたところからは、どれも人間と同じぐらいに小さくちぢまって見えた。いまは頭上に立ちはだかり、古木のように大きくひっそりとこちらを見守っている。おのれの黒ずんだ堅固な殻をどうみなしているのかは知るよしもないが、魔法使いが視《み》るように、思考と生命と感覚のすべてを働かせていることは確かだった。

「おまえたちは何者だ？」声に出し、心をこめて問いかけてみた。だが、まだ相手の言葉を知らないため、返事はなかった。少したってから、燃料といえば魔法しかない雪のなかに火を熾《おこ》す。そうして腰をおろし、ヌミスに夜が訪れるのを見つめながら待った。

長いあいだ、音を出すものは焚火だけだった。あたりは真っ暗になり、しんと静まり返っていた。ときおり、下の谷を風がびゅうびゅうと音高く吹きぬけていくのを感じたが、山の高みにあるこのまどろみの地では、なにひとつ動かない。おそらく時さえも。夜半、火の番をしている魔法使いがひとり。ヤールは月が見おろすように、自分の姿を遠くからながめた。もしくは、なにものかが光の輪の外にうずくまってこちらをうかがっているように。そう考えてぎくりとし、われに返って夜の奥に視線を返した。とつぜん、その存在がほんとうにいるような気がしてきた。知覚をそなえた巨大なものがひしひしと迫ってくる。光から顔をそむければ、目が合いそうだった。

これほど近かったとは、と驚き入る。名を持たない力あるものたちは、闇におとらず近々としのびよってきたようだったが、少しもおそろしくはなかった。そもそも、夢を見ているのかもしれない。すると、また自分が見えた。顔と両手だけを照らされて、雪のなかで火守《ひもり》をしている魔法使い。そこで、これは別の目に映っている光景だと気づいた。忘れ去られた存在は、ヤールのひとみに反射する炎が見てとれるほど間近にいる。と思うと、今度はずっと離れた地点からながめていた。夜の片隅で、炎と雪の輪の中央にぽつんと見える姿。

まぶたが閉じ、見ていた姿がだしぬけに消えた。またもやはっとして、心の平衡をとりもどそうとしたが、今度はおのれが見つからなかった。そこにあるのは、なにものも照らし出すことのない、ヌミス全土に横たわるはてしない闇だけだった。

それほど古い存在なのだ、と気づいたのはそのときだった。ヌミスの国の名より古く、風のように、夜のように年を経た荒ぶる魔法から成るもの。風という名がつく前にその力を知り、炎がいまだ手なずけられておらず、炉や蠟燭や角灯《かくとう》に拘束されることなく、奔放に地上を駆けめぐっていたときに同化したもの。当時はこの存在も思いのままにさまよい、言葉なき力として、小枝、鳥、木の葉、水、石、大地、光、目に映ったあらゆる形をとっていた。そうした形象が力の言語、心の言語となったのだ。記述された文章も人間の法も、言葉を必要としないものを制限することはできない。目の前の石にも、窓の桟から飛び出す小鳥にも、舞いあがるための空気にさえ変化できる存在を、いかなる壁であろうと閉じこめておけるはずがない。

憧れに胸がうずいた。靴屋の靴の下を通りすぎ、学校の扉が背後でしまる前に、そんな力を垣間見た。ケリオールへと続く長い道の途中で、その可能性を目にした。そして学校に入り、王の法のもとで、それが不可能であることを知った。あそこでは言語が力を規定している。魔法のみなもととなるのは、口から出る言葉であって、心に描く形そのものではない。言葉は耳に届かない場合もある。偽ることもできる。不正確にもなるし、予想がつかないことも、禁じられることもある。言語を持たない相手に対して使えば、致命的な結果をもたらしかねない。

永遠に続くかと思われたその晩、ヤールはそう学んだ。闇の領域を超えたどこかで、うつろな暁《あかつき》が訪れ、苛酷な一日がすぎさるのを感じとった。そしてまた新たな夜がくる。無言で語られたのは、ヌミスの魔法の歴史だった。この国が名前を持って、初期の王たちが統治していた時代の話だ。一見したところ大地からそのまま生じたかのような、名前も言葉も持たない奇妙な力は、当時の住人に大いなる恐怖をもたらした。なかには遠方から独自の魔力を持ちこんだ人間もおり、その力を殺そうとした。言葉がなかったため、古き力には説明することができなかった。身を守ろうと人の形をとったりしてみたが、そうすると人間たちはおたがいをおびやかすようになっただけだった。もはや目に見えるものが信じられず、だれも信頼しなくなったのだ。

はるか昔に隠れひそんだ古き力のことは、もはや憶えている者もいない。気づいたのはオドだけだった。自由自在に人間に化けられる、ぞっとするような夜の生き物のことがかろうじて伝承に残っていたのだ。そんな力が言葉にも法にも縛られず、いまだにヌミスに存在していると知ったら、訓練の行き届いたケリオールの魔法使いは愕然としたことだろう。

どこかで雪が降っていた。自分には名前があったはずだ。しばらくたって思い出した。火は消えており、体がこわばりかけていた。だれかに起こされたようだと思ったが、灰色がかった昼の光のもとで目をあけても、人影はなかった。視界に入ったのはしんしんと降る雪と、厖大《ぼうだい》な暗い炎か、火事の名残のように周囲をとりまいている、風雨にさらされた力の巨像だけだった。

だれかが名前を呼んだ。

ぎこちなく立ちあがると、血液がめぐりだすのを感じた。自分を知っている者がいるはずだが、そこに人の姿はない。古代の神秘の内部から、おだやかな意識が伝わってくる。この輪のなかに、言葉を理解し、こちらの名を心得ている相手がいる。

感嘆のあまり喉がつまり、なにも言えなくなった。顔をあげ、ぐるりと首をめぐらして、ぼやけて識別できない力の像のなかに、見覚えのある姿を捜す。

ヤールは声をかけた。「ブレンダン?」

23

肩にも髪にも、踊れば完璧な円を描く長いスカートにも、これまでの人生を飾りつけたミストラルは、目覚めつつある黄昏区《たそがれ》の通りを歩いていった。単純な術だが、ケリオールの魔法使いが知っているとは思えない。針と糸を必要とする魔法だからだ。一座の者には金と必要最低限の品を渡し、黄昏区にちりぢりにさせた。その秘訣は、魔法がないということだ。みんなテイラミンと関連づけられるようなものはいっさい身につけていないし、手もとにも置いていない。光にかざせばきらきら輝き、宝石や黄金に変わる色つきの留め金はもちろんのこと、それこそ絹のシャツ一枚、硝子《ガラス》のペンダントひとつ持っていないのだ。仮面も化粧も、幻術を連想させるものはなにもない。黄昏区ではそんな地味さがかえって注意を惹くこともあるが、そこに注目するのは、夜の闇から自分を際立たせようとする移り気な住人たちだけだ。

残りの品々――かさばる面、衣装でいっぱいの鞄、リボンに絹布、鏡、太鼓、絨毯、幕、テイラミンがめくらましに用いるおびただしいがらくた、はなやかに塗りたてた荷車さえ、いつか父とヘストリアを通ったとき、お針子から教わった術で隠してあった。秘密を縫い目の奥に隠す方法。ある物体を魔法使いの目にさえ映らないようにする方法。たとえ探られても発見されないように、使った魔法はすべて、対象の品ではなく糸のほうにこめる。心に描いたものの名を唱えながら、ミストラルはスカートや上衣や、髪に巻いたスカーフに、不規則な模様として縫いつけていった。大あわてで出発したように見せかけるため、いくつかはそのまま残し、倉庫に散らかしておく。逃げる先はなかった。近衛隊と魔法使いがまだ捜索しているだろうから。しかし、追っ手はティラミンの幻しか見ようとしない。仮面の下にある平凡な顔なら、まったく人目を惹かずに街を歩ける。どんなに強大な魔法使いでも、まさかスカートの刺繍が魔法だと疑いはしないだろう。

一座はばらばらになり、それぞれ黄昏区で宿を探すことになっていた。牡牛と荷馬は、ティラミンが到着したときから厩に預けてある。わざわざ隠す手間はかけなかった。リボンもぴかぴかの飾りもつけていなければ、牡牛などどれも似たように見えるものだ。ヴァローレンたちが捜しにきたあと、ミストラルはこっそり倉庫に戻った。宿屋や貸間で気づかれる危険を冒すより、そこがいちばん安全だろうと思ったからだ。昼間のうちは、倉庫の裏に一列に並べてある、目に見えない荷車のなかにひそんでいた。だれもそんなところには行かない。ぬかるんだ川岸と、水から突き出た古い船着き場の杭しかないのだから。ミストラルは大胆不敵なティラミンの頭部とその荷車にこもって、糸の迷宮で呪文を強化しつつ、魔術師のどんな技をもしのぐ名案を思いつこうとした——王の恐れを信頼に変える手立てを。

あまり頻繁にアーネスのことを考えたので、袖口に縫いこんで消してしまったのではないかと心配になったほどだ。地区警吏監は心にくっきりと足跡を残していた。追いかけていきたいというかすかな衝動、再会したときにどんな反応があるか見てみたいという好奇心が、たえず頭の片隅をつついてくる。そのことも、どうにかしてティラミンの最高の術に含めておかなければ。黄昏区にとどまれるように、自分は無害な手品師だと魔法でヌミスの王に納得させるのだ。そうすれば、唯一顔を隠さなくてすむ男性のそばにいられる。

そんなことは不可能かもしれない。だが、はじめて父の面をかぶり、身代わりをつとめたときにもそう思った。頭に浮かんだことは実現できるものさ、と父はよく言っていた。そういうわけで、ミストラルは何時間もひとりきりで座りこみ、せっせと針を動かし、心の内部を旅して、すでに知っている術を、魔法使いさえ魅了する魔法に変えるすべを見出そうとした。

行く先も告げずに別れてから、黄昏区の街路でふたたびアーネスを見かけたときには、ほっとした。さいわい、ちゃんと目に見える姿で、すぐにわかった。ミストラルは闇にまぎれて荷車からぬけだし、噂話や食べ物を仕入れようとしているところだった。ほかの地区から訪れる夜の客がいないと、黄昏区の人通りはずっとまばらだったが、活気があることにかわりはない。住人たちは門のむこうの兵士に萎縮するどころか、楽しませてやろうとしていた。仮面をつけてわれこそティラミンなりと宣言し、袖から卵を出したり耳からボタンを出したりしているのもいれば、魔術師が帽子のなかからでも現れないかと期待して、未練がましく倉庫に足を運んでいるものもいた。荷車から出たときには、その連中が集まりはじめたところだった。何人かは明け方まで居残るだろう。スカーフの下で髪をまとめたミストラルは、人生の細部をひそかに縫いとった黒い上衣とスカートをひるがえして進んだ。ささやかな人だかりのわきを通りすぎても、気のない視線を向けられただけだった。近くの物陰に身をひそめ、情報を得ようと耳をすます。

スーリズ姫はまだ行方不明だという。噂によれば、魔法使いの学校に勤める庭師と駆け落ちしたらしい。王女の婚約者で、王に仕える魔法使いのヴァローレンは、なにもかもティラミンのせいにしている。なかなかつかまらない魔術師を見つけだそうと、姿を消して黄昏区じゅうを捜しまわり、酒場といわず店といわず屋台といわず、はては厩に至るまで、しらみつぶしにあたっているという。もっとも、ティラミンはとっくに塀の穴から逃げ出しちまったさ、というのが人々の一致した意見だった。そうでなければ、いったいどこにいるんだ？　おまけに、スーリズ姫も一緒に逃げたらしいぞ、なまっちろいヴァローレンなんぞと結婚したくないってな。しかもあの野郎、一日ごとに渋い顔になってくようだからな、ちゃんと姿を見せればばって話だが。

ミストラルは背を向けた。状況は変わらないということか。ひとあし踏み出し、アーネスの声を耳にして凍りつく。

体を動かせるようになると、用心深く向きなおって目をやった。どうやら、魔法使いを同伴しているらしい。倉庫を調べにきたふたりが、あの黒いフードつきの長衣姿だったのを憶えている。戻ってくるとは思っていなかった。だが、現にひとりがアーネスとここにいる。ヴァローレンだろうか？　どの呪文に失敗して、魔法使いの注意を惹くことになったのだろう、とせっぱつまって考えた。

「ここから捜しはじめないと」アーネスが言ったが、意味が通らない。すでに魔法使いは倉庫に連れてきたはずだ。ミストラルは川霧と影を心に満たし、そろそろと夜の奥へあとずさった。魔法使いの顔はフードの陰にひっこんだままで、いそがしく左右を嗅ぎまわりつつも、決して顔を出さない小動物を連想させた。

「ぜんぜん見当がつかないの?」聞き覚えのない声に意表をつかれる。女だ。声からすると若い。緊張した響きだが、脅威は感じなかった。それに声をひそめている。まるでむこうも人目をはばかっているかのようだ。

「つくはずがありますか?」地区警吏監はやんわりと問い返した。「教えてもらうわけにはいかなかったんですよ。よりによって俺が知っているのは危険すぎますからね。父ならだませても、ヴァローレンにおかしいと思われたらおしまいです」

「ヴァローレンがわざわざ注意を向けていればね」若い娘はやや辛辣《しんらつ》に評した。大胆な態度にぎょっとしたミストラルは、こっそりフードの内側をのぞけたらいいのにと願った。「まあ、いまのところ、みんなその心配はしなくても大丈夫そうよ」

「庭師が見つかるまでのことですが」

「きっとヴァローレンは、庭師が見つかろうが見つかるまいが、スクリガルド山まで行くと思うの」娘は冷静に答えた。「今朝、ここにくるのは夕方のほうがいいってあなたが言ったでしょ。そのあと、ひと休みしなさいって二階に行かされたんだけど、ヴァローレンの声で起こされたの。すっかり動顚してて、わたくしが王宮に帰らないでまだあそこにいるってことも気づかなかったみたい。もちろんレディ・シーエルは、ヤールの行った先を伏せてはおけなかったわ。でも、行き方は教えなかったもの。ヴァローレンは、ヤールがそんなに先に進んでるはずがないと思ってるわ。どうして言われたとおり待ってなかったのかって、さんざん首をひねってたけど」

「不思議に思うのはわかりますよ」アーネスは同意した。「俺だったら、あの魔法使いに追跡されるのはまっぴらですがね」

「説明するのは難しいのよ。わたくしが知ってるのは、今朝ヴァローレンが出かけたことだけで、それから会ってないから。前にヴァローレンは、北方に秘密があって、それがヌミスをおびやかすかもしれないって言ってたの。いまは、ヤールがその力に誘惑されて、おびきよせられたんじゃないかって思ってるみたい。誘いをかけたのはたぶん庭師だけど、その人は北の地方で育ったから、やっぱり悪い影響を受けてるはずだっていうの。それならもちろん、ヴァローレンが行って調査しなくちゃならないでしょ。だから、しばらくこっちは安全よ」

「その秘密の力がこわいとはお思いにならないんですか？　お父上を攻撃するかもしれないとか？」

「すごく古い存在なんだって、レディ・シーエルが言ったわ。その力の持ち主たちのこと。オドが最初にそれについて書いたのは何世紀も前よ。そのあいだずっと、どの王も無事だったんだもの。お父さまにしたって、そこまで怒らせることなんかありえないと思うわ」

ミストラルは目をまるくした。フードの謎が解けた。どうやら行方不明の姫君も、許婚《いいなずけ》のことはたいして高く買っていないらしい。それにしても、なぜアーネスは、すべてを投げ出す覚悟で、王女を城へ送るかわりに、立入禁止の黄昏区へ連れてきたりしたのだろう？

自分を捜しているのだ、ということだけは察しがついた。そして、どういう理由にせよ、王女のことを信用しているらしい。王女にしろ魔術師にしろ、一緒にいるところを発見されれば、アーネスは地位も信望も、ひょっとすると自由さえ失いかねない。それなのに、あえてその行動を選んだとは。一瞬、自分の身と一座にふりかかる危険の可能性を量っていると、アーネスがふたたび口をひらいた。

「この地区のどこにいるか、さっぱり見当がつかないんです。いったんお戻りになったほうがいいかもしれません。あとは俺ひとりで続けて、姫君が捜しているということを知らせれば――」

「いやよ」

「お父上が――」

「黄昏区に何回くる機会があると思うの？　この前やってみたときには、門を入ったとたんあなたに止められたじゃない。いま、とにかくここにいるんだもの。わたくしがなにをしたいかは知ってるでしょ。それまで絶対に帰らないから」

「姫君のお望みは知っていますが」アーネスはゆっくりと言った。「その理由がよくわからないんですよ」

王女の声は、またぐっと低くなった。「ヤールは、魔法がわたくしを呼んでいると言ったの」

「姫君もなんですか？」アーネスは信じられないという口調になった。

フードに包まれた頭が、力をこめてさっとうなずいた。「魔術師と同じぐらい、わたくしにも助けが必要だって、想像がつくでしょ。もしかしたら、おたがいに助け合えるかもしれないわ」

ミストラルは動いた。わずか一歩か二歩でアーネスに近づき、ほんのひと呼吸のあいだ顔をのぞきこんで、表情が変わるまで目をとらえる。それから、うつむいて人込みを通りぬけると、暗い横町を進み、倉庫の裏手に出て、そこでふたりを待った。倉庫の裏口から入っていった小部屋では、使い古されてふちの欠けたティラミンの面が、床の上でこちらを見つめていた。

ミストラルは、窓のない室内にランプをともした。王女がフードをとると、不安そうな若くほっそりした顔と、もつれたゆたかな褐色の髪が現れた。そのまなざしがまずぼろぼろの面を、続いてためらいがちにミストラルをながめる。そのあと、まばたきしてアーネスを見やり、問いかけるように視線を戻してきた。

ミストラルは静かに言った。「その人は知っていますから」

「糸が視《み》えてるわ」王女はおずおずと告げた。「べつに」と急いでつけたす。「気づかれるほどじゃないけど。わたくしに視えたのは、ひいおばあさまがその術を教えてくれたからよ。自分では小さなものしか隠したことがないの——ロケットと、お母さまがくれた指輪と。でも、縫い目の奥の魔法はわかるの」

「なんの糸だ?」アーネスがあっけにとられてたずねる。「縫い目って?」

ミストラルはそちらを見た。しまった、と思ったのは、その顔から視線をそらしたくなくなったからだ。緑のひとみがぱっと輝き、微笑が浮かぶのを目にすると、つい自分も口もとがほころんだ。返事をするには努力が必要だった。「わたしのかけた魔法のことよ。どういうものか知らないなら、なにも無理に——」

アーネスはかぶりをふった。「いまさら俺をかばおうとしても無駄だ。こうなったら幸運を祈るしかない。こちらはスーリズ王女殿下だ」

「わかってるわ。話を聞いていたから。出ていっても大丈夫だと確信できるまで耳をすましていたの。最初、王女さまが魔法使いだと思ったのよ」

「今朝、黄昏区に連れていってほしいってアーネスを説得したとき、魔法使いの変装をしたらいいって言われたの。そうすれば、夕方、兵士の交替と同時にまた勤務につくとき、門から入れてくれるって。その前に学校でマントを一枚くすねてたから」もう一度ミストラルの糸をながめて、王女は感心したようにたずねた。「なにを——どれだけそのなかに隠せるの？」

「なにもかも」

スーリズは目をみはった。アーネスもだ。ささやくように問いかけてくる。「正確に言うと——」

「正確に言うと、わたしの望んだものすべてよ」ミストラルは伝えた。「望むだけ長いあいだ。少なくとも、だれかが術を見ぬいて、縫い目を破るまではね」

「魔法使いは糸なんか気にしないわ」スーリズがうけあった。「糸みたいにありふれたものは、見ようともしなくなってるから」

「思いがけないところにある魔法も、目に映らないんでしょうね。王女さまが婚約したことから考えると」

王女は言葉もなくうなずき、床にある巨大な頭部に目をやった。ランプの明かりを受けて、そのひとみが黒々とゆらめいたのだ。「それ、ティラミンの頭？」

「ええ」

「どうして――」面を見つめたまま、王女は躊躇《ちゅうちょ》した。いまにもその口から、力ある魔法の言葉がおごそかに響き渡るだろうといわんばかりに。「逃げるのを手伝ってあげられるとしたら、ティラミンは会ってくれるかしら？」

「なぜ、それほどの危険を冒してまで会いたいんですか？」

「隠れてるのがいやになったからよ。だれとも話ができないのも、なんにも教えてもらえないのも、できることじゃなくて、しちゃいけないことばっかり言われるのも、もううんざり。学校の魔法使いとヴァローレンが束でかかってもつかまえられないほど力があって、それだけ勇気もある魔術師なら、わたくしの簡単な魔法に害があるなんて思わないはずよ。こうしてあなたに会ってみて、はっきりわかったの。その魔法をティラミンに隠す必要はないんでしょ。やり方を教わったんじゃないの？　ティラミンにもありふれたものの魔法が見えるってことだわ。それに、そういう魔法をこわがってもいないってこと。力をあわせれば、みんなで逃げる方法を見つけられるかもしれないわ。もしかして――」またたきもしないミストラルの視線を受け、とつぜん口ごもる。目をそらし、仮面の暗いまなざしに向けてから、また魔術師の娘に戻した。

「もしかしたら」とささやく。「ティラミンがだれにも見つからないのは、ただの面だからなのかも。そこにあるって予想してなければ、魔法は視えないわ。だれも仮面の奥に女の人がいるなんて思わないわ」

ミストラルは口をあけた。一瞬、言葉が出てこなかった。かすかに言う。「どうしてわかったんです?」

王女はこちらに一歩近づいた。ティラミンの双眸《そうぼう》のように、そのひとみがランプの炎を反射する。「わたくしはアーネスに、ティラミンのところへ連れていってって頼んだの。そしたらあなたに会った。聞いた話だと、ティラミンを見たことのある人はひとりもいないわ。あなただったら、みんなが見てるのに。そういう魔法ならわかるの。だれも気づかないような魔法なら」

ミストラルは弱々しく笑い、最後の仮面をとりさった。アーネスによりそい、肩と肩をふれあわせて、その手首を軽く握る。「手伝ってくださいますか?」と王女にたずねた。「わたしがなにより望んでいるのは、王さまやケリオールの都を騒がせることなく、一座のみんなと黄昏区で暮らすことです。でも、王さまはわたしたちを疑って、ティラミンを狩り出すためにヴァローレンをよこしました。禁じられた魔法をヌミスに持ちこみ、法律を破った以上、それは当然です。ただ、あれは夜明けまでには消えるものです。ただのきれいな幻やめくらましにすぎません。全員をケリオールから脱出させる方法を考えついてくださったら、一座を連れて出ていきます。でも、わたしはできればここにいたいんです」

「きみが出ていくなら」アーネスが断言した。「俺も一緒に行く。きみのかわりに、親父とヴァローレンの顔を毎日見てなけりゃいけない理由なんかどこにもないからな」

「こっちだって同じよ」スーリズがふたりに言う。「わたくしも行くわ」

はねつけられた求婚者が烈火のごとく怒り、ヌミスじゅう追いかけてくるさまを想像して、ミストラルは現実に戻った。「逃げ出すんじゃなくて、みんなで円満に暮らせる方法を見つけられるなら、そのほうがいいでしょうね」

「そうなったら、好きなときにここにきて、あなたにいろいろ教えてもらえるわ」スーリズはふたりを見た。自分ではなく、ミストラルとアーネスこそ唯一の希望だというように。「なにか思いつくわよね？　知っている術をみんなあわせたら？　糸と蠟燭と、ボタンとリボンと骨と……」

「それに願いを」アーネスがつけくわえた。

ミストラルは黙っていた。心のなかで、あざやかな糸がひとりでに模様を縫いとっていく。ティラミンの炎のようにきらめく深紅と黄金……この糸を追い求めていけば、すべてを失いかねない。一座も自由も、アーネスさえも。だが、もし王に、自分の魔法の真の姿を示し、一夜の夢のように無害で美しいものだとわかってもらえれば、関係者全員が、いちばん大切なものを得ることができるかもしれない。そう、この型破りな姫君でさえ。

「たぶん」脳裏に浮かぶ黄金の針が、つぎつぎと細部をたどっていくのを見守りながら、ゆっくりと告げる。「ティラミンは、あとひとつだけ技を隠していると思います……」

24

夜のうちに王女をレディ・シーエルの家へ送り届けたアーネスは、そのあと数時間、黄昏区《たそがれ》の街路をさまよって過ごした。なんとかして、ポケットに入っている派手な封蠟をつけた王への書状を使わずに、ミストラルをここから出す手立てがないだろうか。できることなら、この危険な仕事をそっくり川へ投げこんで、魔術師の娘と夜のなかへ駆け去ってしまいたい気分だった。しかし現実には、ミストラルと一座を、ケリオールどころか黄昏区から出してやる道すら見つからなかった。そこで、明け方、夜番の兵士とともに王宮へ戻り、父親が総監の執務室へやってきたところで、王への書状をさしだした。

ミューラット・ピットはあぜんとしてその手紙を見つめた。「なんだ、これは？　どこで——どうやって手に入れた？」

「ティラミンの娘から預かりました。ゆうべ遅く俺のところにきて、陛下に渡してもらいたいと言ってきたので」

ミューラットは手のなかでひっくり返し、緋色の封蠟で押さえた黄金と青緑色のリボンをじっくりと観察した。それから、紙を透かして見ようとしているかのように、また裏返した。

「中身は聞いたか？」かすれた声でたずねる。

「聞きました」

「それで？」一瞬の沈黙ののち、総監は問いただした。「なんだというのだ？」

「ことづてだそうです」アーネスは奥の壁に目をすえたまま、細心の注意を払って答えた。

「国王陛下への」

「ばかなことを言うな」父親は気短に言った。「知っていることを報告するのがおまえの義務だ。どうもここのところ、ろくに果たしていないようだが。そろそろ、ティラミンがまだ黄昏区にいるという証拠を提出してもいいころだろう。ことづてというのは？」

アーネスは伝えた。その言葉が終わる前に、総監は身を起こした。机をまわって息子のひじをつかみ、戸口からひっぱりだす。「王宮まで一緒にこい。その招待状はおまえが受けとったものだ。その手で国王陛下にお渡しするがいい」

用件を告げられた衛兵が、小姓たちを矢継ぎ早に送り出しているあいだ、ふたりは控えの間で待っていなければならなかった。とうとう、年輩の顧問官のひとりが現れた。ヴァローレンの不在で負担が増しているらしく、げっそりと目が落ちくぼんでいる。アーネスの知らせを聞くと書状に手をのばしてきたが、総監がさっと届かない位置にひっこめた。

「息子が直接陛下にお渡しするようにとのことでして」

顧問官は黄ばんで血走った目を向けてきたが、なにも言わなかった。そのまま姿を消したので、ふたりは腰をおろしてまた待ちつづけた。アーネスはまぶたを閉じた。父からひじで小突かれてぱっと目をあけ、立ちあがって、世継とともに入ってきた王を迎える。その後ろにはさつきの老顧問官がくっついてきていた。

王はさしだされた手紙をとり、表面を見て、アーネスに視線を移した。「これを渡した者は?」

「魔術師の娘です、陛下。きのうの夜更けに。これをお届けするようにと――」

「その娘はどこにおる?」

「陛下?」

「むろん身柄を拘束したのであろう」ガーリン王はじれったそうに言った。「どこに拘禁したのだ?」

口ごもったアーネスは、すばやく態勢を整えた。「陛下、そのさいに書状の内容を伝えられまして、その場で捕えたり、なんらかの形でおびやかしたりすることは賢明ではないと判断いたしました。なにしろ、ティラミンがみずから御前に参上するとのことでしたので」

王は低くうなり、封筒を破ってあけた。王子が無遠慮に意見をのべた。「その娘を人質にできたのではないか。そなたが頭を働かせていれば、いまごろティラミンを手中にしていただろうに」

アーネスは頭をたれた。「失策でした」

「しかも、はじめてではない」ピット卿が腹立たしげに口を出す。「ときどき疑問になるぞ、もしや――」

父親の追及から救われたのは、王が紙をぴしゃりと打ち、ほえるような声を出したからだった。「は！」

　王子と顧問官がガーリン王の肩越しにのぞきこんだ。ぴったりと背後についた総監は、そらぞらしく言った。「なにが書いてあるのですかな？」

「〝ティラミンは、国王陛下の御前において特別興行をご提供させていただきます〟」顧問官がもごもごと読みあげた。「〝この申し出を、意図せずして黄昏区に騒動をもたらしたおわびと、ヌミスの国王陛下に対する友好の意の表明とお考えくださいますよう〟」そこで一拍おく。まるでいやなにおいでも嗅ぎつけたような顔だ、とアーネスは思った。「どうも気に入らんな」

「この者が、魔法使いの一団が控える王宮において、なお予を襲撃するほどの力を持つのであれば、いま現在どこにいようと、たやすく攻撃を加えることができよう」ガーリン王はきびきびと答えた。「これまでのところ、ティラミンはたんに隠れひそんでおるだけであった。予はこの申し出を気に入ったぞ」

「いつ参ると申しておりますので？」総監がたずねた。

「〝ティラミンと一座の者は、明日の夕刻、兵士の交替と合わせて黄昏門に集合いたします。お望みであれば、地区警吏監をその場にお遣わしください。近衛隊の警護のもと、王宮まで一座を先導していただきます〟」

　疑り深い顧問官でさえ、これには意表をつかれたようだった。

「そこで捕えることも可能ですな」ミューラット・ピットが提案した。アーネスは沈黙を守ろうと歯を食いしばった。

「たしかに」顧問官がゆっくりと言う。「だが、魔法使いにティラミンの芸を観察させたほうが、はるかに多くの知識を得られよう」

王がうなずいた。「アーネス、申し出どおり、明日黄昏門に赴き、王宮の大広間へ連れてくるがよい」

「かしこまりました、陛下」

「黄昏区じゅうを沸き立たせた芸とやらを見てみたい。それに」王はいささか激した口調でつけたした。「自分の娘の顔もだ。だれもスーリズからのことづては託されておらぬのか？　ヴァローレンは出発する前、レディ・シーエルのもとにいるのを見たと言っておった。こちらへ送り届けるようにとの指示を受けたものと思っておったぞ、アーネス」

アーネスはせきばらいした。「陛下、王女殿下は同行を拒まれましたので。まだレディ・シーエルのお宅においでです」

「そんなところでなにをしておるのだ？」王は詰問した。「婚礼の準備があるというのに。このところ、ファナールがその話を始めるとどうにも始末に負えぬのだ」

アーネスは噴き出しそうになったのをこらえ、おかしくてたまらずに床を見つめた。王子が親指で眉をこすった。しかつめらしい表情がいくらかゆるみ、やや困惑したおももちになる。

「おそらく」なにかを思い出そうと努力して、のろのろと口をひらいた。「話がしたいのだと思いますが」

「どのような？」

「わかりません」

「では、なにゆえヴァローレンと話さぬのだ?」

「やってみたようですが。聞いたところでは、話し合うかわりに、魔法使いたちの面前で口論になり、またスーリズが出ていったようです」

「最初のときにはどこにおった?」王は首をかしげた。「たしか学校の地下室か、そういった気味の悪い場所ではなかったか。虫の出るような暗がりの」

「そんなところでした」

「して、いまはセタのもとにおり、ヴァローレンが連れ戻すこともできぬと? どうしたというのだ、あの娘は。ヴァローレンが気に入らぬというのか」沈黙のなか、王は一同を見渡した。

「だれも知らぬのか?」

「ヴァローレンならわかるかもしれませんが」エニズが自信なさそうに答える。

「ヴァローレンはいま、北方に尋常ならざる力があるとの噂を追っておる」ガーリン王はきびしく言い渡した。「婚礼のことなど頭にあるまい」

総監がまじまじとそちらを見た。顧問官はその情報に少しよろめいた。「陛下」愕然として問う。「敵の攻撃に備えるべきでございましょうか?」

「皆目見当がつかぬ。その脅威にふれておるのは、何世紀も前にオドが残した二、三行の文章のみだ。その力はこれまで休眠しておったが、じつは消えた庭師となんらかのつながりを持っているのではないかとヴァローレンは推測しておる。予にはわからぬ」と、じりじりしたようすでつけくわえる。「庭師、手品師、古い巻物の一部。これほど多くの曖昧模糊《あいまいもこ》とした断片が、つまるところなにを意味しておるのか。ヴァローレンがつきとめるであろう」

「危険があるなら、オドが警告したはずではありませんか」王子が口をはさんだ。

「その警告として、庭師をここへ送ってよこしたのかもしれぬ」王は答えた。「これはヴァローレンの見解だが」

「なぜ、オド自身が伝えにこなかったのです?」エニズの問いは懐疑的だった。「以前に一度、そうやってケリオールを救ったではありませんか」

「さよう、物騒な庭師を押しつけるよりは役に立ちそうなものだ」そんな光景を思い浮かべようとしているかのように、王は言葉を切ったが、それから目をしばたたかせて、いらいらと続けた。「わからぬ。なにひとつ筋が通らぬ。そもそも実の娘すら理解できぬというのに、そのような漠然とした脅威や、危険かどうか定かではない存在など――アーネス」

「はい、陛下」アーネスは急いで応じた。

「ともかくも、あれはそなたとはまだ会話をする気があるとみえる。予の望みは、娘が王宮に戻り、婚礼の準備に身を入れること、このままわがもとを去るような事態にならぬことだ。まるであれの――」なかば出かかった言葉に声を失い、また黙りこむ。動揺した王子が、無言で視線を走らせた。王は両手をあげ、そのひとことを口にした。「まるであれの母親のように。そなたに娘とレディ・シーエルへの伝言を託す。ふたりとも明日の夕方、魔術師の一座とともにそなたのつきそいを受け、ティラミンの芸を見物にくるように伝えよ」疑問の色をたたえてアーネスを見すえ、続いて王子に目をやる。「それでよいか？　あれは参ると思うか？」まさしくそのとおりのことを王女に頼まれていたアーネスは、王子に返事を譲った。エニズは、かつて知っていたが、いまやほとんど理解できなくなってしまった若い娘に、じっと思いをはせているようだった。「はい」と、ためらいがちにのべる。「どうしてそう感じるのかわかりません。ですが、それを聞けば喜ぶだろうという気がします」

王はしばし沈黙し、記憶の波間に漂っている顔つきになった。そのひとみには底知れない喪失感が垣間見えた。それから、だれにともなく、てきぱきと告げる。「よかろう。その場で心を打ち明ける機会があるならば、混迷したこの状況のなか、少なくともひとつは問題が解決に近づくというものだ」そう言い残すと、せかせかと身をひるがえし、取り巻きを引き連れて戸口に向かった。

25

ブレンダンは出てこようとしなかった。

雪のなかで辛抱強く待っているヤールとしても、責める気にはなれなかった。言語が役に立たないということは、早い段階でわかっている。この黙りこくった奇妙な存在に話しかけるのは、大きな石と会話しようとするも同然だった。これほど年を経たものに届くほど古く緩慢な言葉は知らなかった。ひとつの単語がふたつの世紀にまたがって続くような言語を使っているかもしれないのだ。相手の精神を自分のなかに受け入れ、どうしたいのか語らせようとすると、心のうちにじわじわと映像が広がった。そんなふうにブレンダンも、人の言葉より古い言語で話しかけてきた。応えようとして、黒っぽく風化した力の殻に思いきって意識をのばしてみる。そのとたん、ヤールは山の側面を半分ほど転がり落ち、雪から顔をあげていた。

しばらくのあいだ、雷に打たれたようなまばゆい痛みと、切り立った断崖からほとばしる水を思わせる力が、視界と頭と体のすべてを支配していた。その厖大《ぼうだい》な力の表面にかろうじてふれた刹那《せつな》、白く泡立つうねりがこちらの好奇心を体ごとはねのけたのだ。燃えるような頭痛が少しおさまったとき、また名前を呼ばれた。ブレンダンが身を隠しているあたりから、ねばり強い温和な意識が流れてくる。ヤールはどうにかそろそろと起きあがり、目の前の神秘を凝視した。そのすさまじい力に対してはもちろんだったが、相手が沼百合であるかのようにやすやすと心をひらいたうえ、生きのびてその経験を語っているブレンダンにも、すっかり度肝をぬかれていた。

坂を歩いて上り、ばかでかい影がぐるりと焚火の跡を囲んでいる場所まで戻っていく。そこで新たな火を燃やしつけて、びしょぬれになった体をあたためると、どんなものがきても受け入れられるように心を静め、ふたたび待機した。

山へ到達するのにヴァローレンがどんな姿をとったのか、ヤールは見なかった。ただ、鷹の影に小動物がおびえるように、おだやかな無言の精神がすばやくひきさがるのを感じた。妙に心細い気分で、首をかしげながらみじろぎすると、もうひとりではなかった。どこからともなく若い魔法使いが現れ、焚火のかたわらに立っていた。上を向いて、周囲をとりまく顔も名もない巨大な存在に目をそそいでいる。こちらの視線がふれると、やにわにふりむいた。そのおもては雪のように白く、驚いたことに、ヤールのことさえ警戒しているようだった。

「これはなんなのです？」衝撃からか寒さからか、その声はふるえていた。どこから説明したものかとヤールは言葉を探したが、間に合わなかった。ひとあしで近づいたヴァローレンに両腕をつかまれ、力ずくで引き起こされたのだ。危険なほど神経がはりつめているのが感じとれた。「ヤール！」

ようやく台詞が見つかった。「まさにきみが恐れていたものだ」

腕を握った指に力がこもった。ヴァローレンは信じられないといいたげに息をついた。「あなたはおそろしくないのですか――」

「むこうはきみにおびえているのだよ」

ヴァローレンは茫然とそちらを見つめ、それからヤールをふりかえった。かすれた声でたずねてくる。「どうしてわかるのです？」

「なぜこの存在が、ヌミスでもっとも孤立した場所を選んで身をひそめたと思うかね？」

「そもそも、どうしてヌミスにやってきたのです？　なぜヌミスを選んだのです？」

「ここに生まれついたからだ」

若い魔法使いの手から力がぬけた。「まさか」とささやく。「違います。オドの書いたものを見たでしょう――これはヌミスに恐怖をもたらしたものですよ」

「私はその声に耳をかたむけた。そうすると教えてくれたのだよ」

「こんなものを心に受け入れたのですか？　ヤール、どんな嘘を吹きこまれても不思議はないではありませんか！」ふいに、なにを捜しにきたか思い出したらしく、うろたえた目つきであたりを見まわす。「ブレンダン・ヴェッチはどこです？　ここにいるだろうと言っていたでしょう」

「いる」やっかいなことになると思いつつ、ヤールは短く答えた。だが、たとえ庭師についてだろうと、もはやヴァローレンに隠しごとをする時期は終わっていた。

「どこです」

ヤールはまわりをぐるりと囲む、黒っぽいごつごつした物体を見あげた。みな黙って聞いていることを知っていたので、はたしてどれだけ理解しているのだろうといぶかった。ひょっとすると、人間との悲惨な過去の経験から、この大声がなにを意味しているのか、いやというほどわかっているのかもしれない。ヴァローレンの目がその一瞥を追った。勢いよく吐き出した息が空気を白く染める。

「そこに？　つかまったのですか？」

「そうではないだろう」ヤールは答えた。「このなかにまぎれて、身を隠しているのだと思うが」

ヴァローレンは口をつぐんだまま、影から影へと視線を移していった。まるで溝や切り株の内側に、ブレンダンの一部、目か髪でも見えるのではないかというように。それから、ぴたりと表情が動かなくなった。精神と魔力を集中しているのだ。

ヤールはするどく声をかけた。「やめなさい――」

だが、そう言っているうちにも、ヴァローレンは行動していた。ヤールはとびついたが、急流に巻きこまれた小枝さながらに、ぽいと払いのけられたヴァローレンともども、あっさりとほうりだされる。若い魔法使いは声をあげ、どさっと上に落ちてきた。一瞬、雪に埋もれて横たわったヤールは、ひといきついてから体を引き離し、片手をさしのべた。血の気を失った魔法使いは、目が見えなくなったかのようにまばたきしていた。

「いま言いかけたところだが」ヤールがきびしく続ける一方で、ヴァローレンは半身を起こしてうなだれ、頭をかかえた。「相手の心に入りこもうとするな。あちらのほうからくるようにさせなさい。耳をかたむける気があれば聞こえるだろう。みずから招き入れようとすれば、きみに害意がないことをむこうが感じとればな」

ヴァローレンは焦点のぼやけた目を向けてきた。「わたしに害意がない」と苦しげにくりかえす。「わたしに――ヤール、頭がおかしくなったのですか。この存在に惑わされてしまったのでしょう。言っていることが支離滅裂です。いいですか、これだけの力があれば――」言葉を押しとどめ、またヤールの腕をつかんでなんとか立ちあがる。「ここで話すわけにはいきません」と声をひそめる。「学校に戻り、どうするか考えなければ。セタの手もとにあるオドの覚え書きをすべて渡してもらいましょう。どうやったら破壊できるか、どこかに手がかりがあるかもしません」

腹の底からしぼりだされたヤールの溜息が、ふたりのあいだに霧を吹きかけた。「もちろん破壊することは可能だ」いらいらと言う。「なぜこの存在が、何世紀もえんえんと山の上に閉じこもっていたと思っているんだね。だが、どうしてきみは、これほどの力を破壊したがる？これほどの奇跡を？」

「法と王にそむくものだからです――なにをしでかすかわからないではありませんか」ヴァローレンは強情にこちらを見返した。両手を眉宇《びう》にあてがい、未知の領域に踏みこんだ報いの頭痛を抑えようとしている。「どうすれば危険のない存在になるというのですか？　学校に連れて帰り、教室に入れて、魔法を教えなおすとでも？」

「ほうっておけばいいと思うが」

「ブレンダン・ヴェッチも一緒に？　人間の力とこの魔法とを結合させたとしたら、どれほど強大な力を持つことになるか、考えてみてください」

「ブレンダンがきみや私よりうまくやると考える理由があるのか？　わかっているのは、ブレンダンがまだ生きているということだけだ。私の名前を憶えてもいる。だが、そのほかにはひとこともしゃべっていないのだぞ」

「閉じこめられているのです」ヴァローレンはにべもなく言った。

「おびえているのだよ。身を隠すにはヌミスでもっとも安全と思われる場所を見つけたというわけだ」

「ここが？　この連中は魔法使いを喰らうとみえますが」

「ブレンダンはきみから隠れているんだがね」

「どうして隠れるのです？　なにも隠すことがないのなら」

「きみがこわがらせたのでは？」ヤールは推測した。「もしかすると、学校に残り、われわれが教えざるを得ないことを学んだなら、きみのようになってしまうと考えたのではないかな？」

ヴァローレンはまじまじとこちらを見た。襲ってきた苦痛に目をつぶり、またひらいて、重苦しく問いかける。「だからといってなにが悪いのです？　国王陛下はわたしに満足しておいでです。それが学校の目的ではないのですか。ヌミスの国力を増すことが。もしこんな荒々しく無秩序な力が領土内に存在することを認めれば、われわれの知るものがなにもかも破壊されてしまうかもしれないのですよ」

「そうは思わないが。むしろ、想像を絶するようなことがらを学ぶことができるのではないかな」

「わたしには危険しか想像できません」

「きみならそうだろう。だから恐れられているのだよ」

ヴァローレンは首をふり、また痛みに顔をしかめた。「あなたのことが理解できません。オドは王の許しを得てケリオールに学校を設立しました。目的はあきらかです。未熟で手に負えない力を王の法に従わせ、混乱状態に秩序を与えるためでしょう。オドの選んだ土地に、この野蛮な力の居場所はありません」

「オドは忘れ去られた宝と呼んでいたがね」ヤールは指摘した。

「オドは、解放されたら恐怖がヌミスを支配すると書いているのです」

「恐れる者がいればという話だ」

「なぜ恐れずにいられますか」ヴァローレンは叫び、またちらほらと降りだした雪越しに、そびえたつ無言の影を見あげた。分厚い曲線に、隆起した基部に、雪片が舞い落ちていく。ふりかえったまなざしには、やはり信じられないという色が浮かんでいた。まるでヤールもその仲間なのではないかと疑っているように。「わたしたちは同じ学校で、同じ魔法の規則を学びました。あなたはわたしの最初の先生でした。なぜ、ふたりでまったく同一のものを見て、これほど異なる受けとめ方をすることがありうるのです？」

「きみは、王が恐れると思うものを見ている。私が見ているのは——」ヤールは言いさして、ふたたびあの意識が向けられるのを、じっと注目されているのを感じた。驚嘆と、強烈な好奇心と、せつないほどの憧れが身のうちを駆けめぐる。「私が見ているのは」とささやいた。「魔法のあらゆる可能性だ」

ヴァローレンは目をこすった。視界をはっきりさせようとしたのか、いや、むしろ、ヤールの意見を耳にするたびに襲ってくる頭痛と、なおも闘っているのだろう。「あなたは、この連中の望みどおりに考えているのです」

「きみはガーリン王の望みどおりに考えている」

「いったん引き返して、学校じゅうの魔法使いを連れてくるべきでしょう。全員の力を結集すれば、ヌミスから追い払うことができるかもしれません」

「ふたりとも帰ったほうがいいと思う」ヤールは応じた。「この論争には決着がつかない。なぜかというと、充分な知識が――」

「帰ってどうするのです？　オドが現れるのを、十年か二十年待つのですか？　五世紀かけて語った内容より明確に、この生き物のことを説明してくれるよう願って？　書き残した以上のことをオドが知っているかどうか疑問ですね。必要なのは議論することではありません。ただちに行動することです、たとえ――」

ヤールが急に低いつぶやきをもらしたので、ヴァローレンは口をつぐんだ。謎の存在のひとつに黒い影がひっそりとよりかかり、ふたりの言い争いを聞いている。ヤールは目をしばたたかせ、ふりかかってくる雪を払いのけたが、ひとみに映る光景は変わらなかった。ブレンダンか？と、一度目のまばたきでは思った。だが、違う。頭上に立ちはだかっているものの大きさを考慮に入れても、あの姿は小さすぎる。ヴァローレンも気づいたらしく、びくっと一歩こちらに近寄った。ヤールは眉間にしわをよせはじめた。雪の上にずるずるとひきずっているマントは、あきらかに着ている者には長すぎる。

「あの鰻《うなぎ》だ」あっけにとられてつぶやく。

「だれです？」ヴァローレンが問いただした。

「エルヴァーだ。学生だよ。どこに行ってもつきまとってきていたやつだ」

「学生！　まさか、どうして学生に――」

「きみはどうやって追いかけてきた——」ヤールは言葉を切り、台詞の残りと踏み出した足を同時に押しとどめた。まだ目の前にいるものの正体はわかっていなかったが、見えているとおりの相手ではないはずだと確信して、その場に立ちつくす。

少年はフードを押しやり、落ちついて言った。「そちらを追いかけてきたわけではない。ブレンダン・ヴェッチを追ってきた。いくらかものごとを学ばせる必要があったからだ。しかも早急に。実際、ブレンダンはたいそうのみこみが早かった。ヴァローレンがすぐ後ろに迫っているると思いこんだおかげだ。しかし、あれはわたしだったのだが」

ヴァローレンが息をのむのが聞こえた。それから、ヤール自身の声が耳に入ったが、だれが話しているのかわからないほどだった。

「オド？」

少年はマントの留め金をはずした。ふわりと落ちたところを受けとめたのは、灰色の髪をした巨人の女だった。

26

夕方、ティラミンを王のもとへ連れていくため、王女とセタは馬に乗ってアーネスと黄昏《たそがれ》門へ赴いた。塀の外で兵士が門をひらき、魔術師の一座を通すのを見守る。流れ星や、にこやかな笑顔の太陽や、もっと謎めいた微笑をたたえた満月などがはなやかに描かれた荷車は、カーテンと鎧戸をぴったりとしめ、扉をとざしていた。その内側にぴったりとくるみこまれた秘密の世界では、地味な生き物たちがせっせと夢のような幻想に変身している。角からリボンや紙の花飾りをなびかせた牡牛の列は、頭から足首まで黒一色に身をかためた細身の人々に先導されていた。人々の顔は仮面でおおわれ、色がついているのは、長い髪に編みこんだリボンだけだった。

最後の荷車に続いて、月が馬を進めていった。

その姿が現れたとき、スーリズにはそう思えた。白磁を刻んだ楕円のおもて、夜のように黒黒とうつろなひとみ。ゆたかに波打って広がる髪に惑星と流星をからませて、月輪が黄昏門から昇っていく。たなびく絹の吹き流しが、酷寒の北方でうかがえる極彩色の輝きを放ち、手首とくるぶしと喉もとを押さえて地上につなぎとめている。絹の先端をつかんだ踊り子たちは、思いついたときにぐるりと回転しては、色あざやかなスカートからちかちかと火花を撒き散らす。

きらびやかな踊り子を従えて行きすぎたとき、月のまなざしがちらりと王女をながめた。周囲をとりまく兵士たちは、両側に長い隊列を作っている。ふたりの女性を連れたアーネスは、行列の先頭を進んでいた。兵士を先導して通りを上り、大広間にいちばん近い玉石を敷いた庭に入っていく。そこで二列の兵士は左右に分かれ、王宮の階段近くに止まった荷車を囲んだ。どっしりと幅広い扉はいっぱいにひらいてあった。段がなければ、牡牛が荷車を引いて入っていくこともできそうなほどだ。セタとスーリズは馬をおりた。鉄のたがのはまった扉を見つめて、王女は喉にこみあげた熱いものをのみくだした。首のまわりの黒く透けるような長いスカーフをなでつける。無数に巻きつけられた糸が、松明《たいまつ》の光を受けてかすかにきらめいた。指先でふちに隠した針をまさぐり、また放す。浮きあがりそうなほど高々とあぶなっかしく頭をもたげて、スーリズは階段をあがり、父の前に出ていった。

大部分の廷臣と、年長の学生の一部も含めた学校の面々が、王とともに大広間に集まっていた。父は案の定、娘に気づかない。広々とした部屋の反対側で、顧問官数人と協議していたからだ。エニズがかたわらに立ち、眉をよせて話を聞いている。驚くべきことに、このささやかな集まりにはヴァローレンの姿がなかった。スーリズはあたりを見まわし、まだ北にいるのではないかとはかない期待をかけた。セタがそっと手をふれてきた。

「あちらはひいおばあさまではいらっしゃいませんの？」

スーリズはびっくりしてふりむいた。なんとレディ・ディッタニーは、この機会に、ベリスにつきそわれて塔からおりてきたらしい。いちご色の繻子《しゅす》とクリーム色のレースに包まれた曾祖母は、粉砂糖をかけて天火で焼いたお菓子そっくりだった。飼い犬さえリボンの花綵《はなづな》で飾られている。ふたりが松明の下の静かな一角に自分たちだけで座っていることを、スーリズは心にとめた。遠国からきた老貴婦人に興味を示す者は、もういくらもいないのだ。

小声で言う。「ひいおばあさまは、お母さまのお葬式以来、塔を出ていなかったの。一緒に座りましょう。あそこなら、わたくしのやることが目につかないから――」

しかし、女官たちに見つかってしまった。わっと女性の群れが押しよせ、いちどきにぺちゃくちゃ話しかけてくる。ファナール叔母が人波をかきわけつつ、十もの質問をひといきにまくしたてたが、答えは聞こうともしなかった。セタでさえ、のどかで落ちついた川辺の家のあとでこの騒がしさと混雑に出くわし、いささかまごついているようだった。スーリズはその手首をわしづかみにすると、断乎として叔母のわきを通りすぎた。どうせ、目の前に人がいさえすれば、だれと話しているかはめったに思い出さないのだ。曾祖母のいる方角をめざしているうち、いきなり父親と顔をつきあわせることになった。

ふたりはぎょっとして見つめあった。やかましい太鼓の音が広間の騒音をかき消す。踊り子が独楽《こま》のようにくるくると戸口をぬけてきたので、中央にいた集団は蜘蛛の子を散らすように逃げ、壁ぎわの椅子に突進した。顧問官に魔法使いのほうへせきたてられた王は一方へ進み、スーリズは曾祖母のいる別の方向へ動いた。レディ・ディッタニーは大喜びで家出していた強情っぱりの王女を抱きしめた。

「ああ、帰ってきたんだね。魔術師と逃げてしまって、もう二度と会えないのかと思ったよ。聞く人ごとに、別の相手と駆け落ちしたことになっているんだからねえ」

「違うわ。わたくしはただ、逃げ出してよく考えたかっただけ。レディ・シーエルが親切にお宅に置いてくれたの」

「そうかい。話ができる人が見つかってよかったよ」レディ・ディッタニーは両わきの空席をたたいた。「ここにお座り」お辞儀するために片側から立ちあがっていたベリスは、背後にぽつんとある椅子に近づいた。だが、スーリズはさっと先まわりした。

「こっちにするわ」と言って、曾祖母がふりむきやすいように椅子を寄せる。「針仕事があるから、明るくないと」

「おやまあ、縫い物は嫌いだろうに」

「もうすぐ結婚するんだもの。レディ・シーエルがね、縫い物をしてたら、ほかのことは頭にないって思われるから、いくら不都合なことを考えても大丈夫だって言うの。それってなにかと便利よ。とくに魔法使いと結婚したらね」

「なるほどね」レディ・ディッタニーはぼんやりと目をしばたたかせて答えた。「ベリスがハンカチに包んでお菓子を持ってきているんだよ。芸を見ながら食べられるようにね。お父さまはまさに怒髪天を衝く勢いだったようだよ」

「まあひどい」スーリズは上の空で言った。いよいよ出し物が始まるとあって、緊張してきたのを感じる。ミストラルを捜して広間を見渡したが、月は消えてしまったようだった。「ふつうの髪型だって充分こわいのに」

その刹那《せつな》、広間じゅうの明かりがふっと消えた。蠟燭の炎もランプの光も松明の火も、吹きこんだ風がさらっていったかのように。扉がこもった音をたててずしんと閉じる。まだ視界に映るのは踊り子のスカートだけだった。見たところそれだけで動いているような、きらきらした絹と光の輪。一瞬、広間は静まり返った。

杖が床を打つ。その先から閃光がほとばしり、室内に渦巻いた。ばらばらに砕けてぼうっときらめく蝶の群れをなし、続いてひとまとまりになって、広間の中央に仁王立ちになった雲衝くような影にふりそそぐ。

　蝶は杖に舞い戻った。また床を突くと、あでやかな月の顔が照らし出された。白磁の面は化粧に変わり、ひとみはいまや黄金の炎と化している。深紅のくちびるがやさしくほころび、どうかこの見世物を自分と同じぐらい楽しんでほしいと誘いかけてきた。

「わたくしめはティラミン」黒い目の毛深い巨人は呼ばわった。色を塗った作り物の頭、王立動物園の白熊さながらにとどろく声。「めくらましと幻術のあるじにございます。また、こちらの幻は、助手をつとめるわがうるわしき娘にて」ふたりとも、魔法使いに囲まれた王に向かって一礼する。「この気晴らしをお目にかけますのは、ご迷惑をおかけした償いのため、かつ、いまこのときより、われらをヌミス王国の友とみなしてくださるよう願ってのことでございます」

　杖からの光が室内にあふれた。レディ・ディッタニーの顔がまず薄紫に、続いて薔薇色に染まる。そうして魔術師は、数々の奇跡を、炎と光の夢幻を、たくみな芸と早変わりをくりひろげ、周囲の平凡な世界を消滅させた。出し物はどんどん美しく驚異的になった。観客はすっかり心を奪われ、ときおり息をのむ音が響くほか、しわぶきひとつ聞こえなかった。魔法使いたちでさえ、火《ほ》影《かげ》を映したひとみで魅惑に満ちた幻をひっそりとながめていた。おだやかにほほえむミストラルの摩訶不思議な力に陶然となったスーリズは、ひとつ見るごとに心が変化していくのを感じた。まず魔術師の娘と同じく濃い紅の薔薇になり、炎の花びらをぐんぐん広げて、ついに勢いよくまわりだす。それから乳のように白い鳥に変わり、薔薇の中心から飛び立った。鳥もスーリズの心も、高く高く舞いあがり、ともに歌った。鳥は長い螺旋《らせん》状の色紙になって流れ、天井から床にしだれおちた。その渦のなかから、魔術師の娘がふたたび現れる。まずほの白い卵形の顔が、続いて奔放に広がる髪が、最後に琥珀《こはく》の双眸《そうぼう》が。ティラミンの杖のひと突きで、そのひとみが火の気をおびる。螺旋を描く紙から炎が巻きあがり、魔術師の娘を囲んで旋回した。太鼓が鳴り、ティラミンの号令で、火が紙をなめつくして消えた。自由になった魔術師の娘はすっくと立ち、炎の口づけをものともしない、不変にして不動の微笑を人々に見せつけた。

スーリズが針を手にしたのはそのときだった。魔法使いでいっぱいの広間で、わたし自身が一座のみんなの姿を消すことはできません、とミストラルは説明したのだ。糸のなかに隠さなければなりません、と。スカーフの模様のおのおのが、仲間をひとりずつ包みこむことになっている。スーリズはきっかり間合いをはかり、ひと針で模様を閉じればいい。その先は、ティラミンの魔法に対する王の反応によりけりだ。そのままミストラルにスカーフを返すか、あとでこっそりアーネスに渡して、目に見えない一座を永久にヌミスから連れ出すことになるか。

息をつめて演目を数えていたので、興行が結びに近づいたことは順序でわかった。もうさすがに奇跡もおしまいだろうと思われたとき、ティラミンはまたもや夢見心地の観客を仰天させた。踊り子と楽士と助手を、ひとりひとり夢と幻に変えていき、稲妻とともにどこかの異界へと運び去ったのだ。杖が火花を散らすたび、スーリズは針をさした。糸の端をとめると、芸人が消えた。糸を切り、玉結びをこしらえ、別の模様を見つけて完成させる。とうとう、床に立っているのは魔術師とその娘だけになった。ティラミンは娘を紙の薔薇の湧き出る泉に変えると、杖で光を放った。スーリズは針を動かした。深紅の微笑がいっとき宙に漂い、全員の目が吸いつけられる。スカーフをひっくり返し、最後に残った縫いかけの模様を出して、またひと針縫う。ほほえみは霧散した。そして、同時にティラミンも消えたことに、とつぜんだれもが気づいた。

広間の沈黙はもうしばらく続いた。みな次のめくらまし、次の幻術を待ち受けていたからだ。一座の名残はなにひとつなかった。星一個、羽根一枚落ちていない。壇のほうから低いざわめきが流れてきた。急に目覚めた獣が、どうして起きてしまったのか、まだ把握していないという雰囲気だ。父が身を起こし、獲物がどこへ行ってしまったのかといぶかりだしたのが見えた。まわりでは、魔法使いたちがなんとなくぽかんとした顔をしている。魔法を目撃したのかもしれない、と表情が言っている。いや、違うだろうか。しかし、違うとしたら、いったいなにを見たのだろう？

王は口をひらいた。王女の手が、そっと首に巻いたスカーフの端っこをぎゅっと握りしめる。しかし、魔法にかかったような広間の静寂を破ったのは、曾祖母の声だった。

レディ・ディッタニーはだしぬけにふりかえって、王女の手仕事に視線をそそいだ。「わかったよ！」とうれしそうに声をあげる。「わたしがその術を教えたんだものねえ！　みんなを糸のなかに隠したんだね」スーリズは顔から血の気が引くのを感じた。曾祖母は繻子にくるまれたこぶしを口もとにあて、目をみひらいた。「おや、まあ」とささやく。「まさか、ほんとうに口に出して言ってしまったのかい」

王は立ちあがり、自分の広間に迷いこんできたよそ者でもながめるように、眉をひそめて娘を見やった。「スーリズ?」その名はほえ声のように聞こえた。「なにを言っておるのだ? なんの術だと? 糸とはなんのことだ?」

凍りついたスーリズの脳裏に、低く冷静なミストラルの声がはっきりと響き渡った。わたしたちを解放してください。

ふるえながら立ちあがる。レディ・ディッタニーが、まばたきして涙を押し戻しながら手探りしてきた。スーリズは動きを止め、その手を軽くたたいた。それから進んでいって、父王と、そのまわりを幾重にも囲んだ魔法使いたちと向かい合った。観客はまたしんとなり、驚愕に声を失っていた。まるで、行方不明の姫君がティラミンの杖で呼び出されたとでもいうかのように。

スーリズは言葉もなく片足を引いて身をかがめると、首から布をはずし、きらめく縫い目をほどきはじめた。切れた糸がひらひらと床へ落ちていくにつれ、一座の者がひとり、またひとりと目に見えるようになる。踊り子たち、楽士たち、助手たち。そのあと、魔術師の娘がふたたび現れた。もっとも、ほほえみは戻ってこなかった。その顔は楕円の白磁におおわれ、双眸は一見なにもない暗闇に隠されていた。スーリズは最後に残ったうっすらと光る糸をぬきとり、魔術師を出現させた。身をひそめたところをつきとめられ、すっかり種を明かされた姿を。テイラミンはまず王に、続いてスーリズに一礼したが、口はひらかなかった。

スーリズはせきばらいした。「これは、わたくしがひいおばあさまに習った術のひとつなの」

茫然としている父と、魔法使いの群れに声をかける。「糸のなかに小物を隠す方法。ヘストリアの魔法で遊ぶって、ひいおばあさまは言ってるわ。魔術師の娘さんが、もっとたくさん隠せるって教えてくれたの」

王はさらに二、三回、動物園の獣のような声をたててから、ようやく言葉を押し出した。

「そなたはそこにおったのか？　この魔術師のもとに隠れておったと？」

「違います。レディ・シーエルのところにいたの。魔法使いの変装をして、黄昏区で魔術師の娘さんに会っただけ。わたくし――すごく小さいころから、自分にできることがあるのを知ってたの。そのうちいくつかは、ティラミンの魔法に似てるみたいだったわ。だから捜しに行ったんです」

父はまだ、生まれてはじめて娘を目にしたかのようにこちらを見つめていた。「そなたの母から、娘がそのようなまねをしてのけるなどと聞いた憶えはついぞないが」

「お母さまは知らなかったもの。ひいおばあさまと内緒にしておいたの。そうすれば、お母さまがお父さまに隠しごとをする必要がなくなるから」言葉を切り、冷たい指を握りしめようという衝動をこらえる。「ヴァローレンには言おうとしたわ。結婚する前に知らせておくべきだと思ったから。でもあいにく、あの人には、わたくしの話を聞いてる時間はなかったの。ひいおばあさまを責めないで。全部を教えてもらったわけじゃなくて、蠟燭の炎に孔雀の贈り物を視(み)たときみたいに、生まれつきやり方がわかってるものもあるの。害のないちょっとしたものに思えたから。魔法使いの注意を惹くほど重要じゃないし、お父さまにわざわざ伝えることでもないって。いままではね。それに前は――あの――」

「前はなんだと？」

「言うのがこわかったんです」スーリズは静かに言った。「ヴァローレンと同じで、お父さまにはわたくしと話す時間がぜんぜんなかったし。いつでもティラミンがどうとか、庭師がどうとか」あきらめをこめて小さく肩をすくめる。「もう、お父さまになにをされたってかまわないわ。大切なのは、お父さまもヴァローレンも知ってるってことよ。わたくしとひいおばあさまをヘストリアに追放してもらうって手もあるわ。あそこではこういう魔法が喜ばれるし。でなければ、わたくしの使う魔法が禁止されてない、どこか遠い国の人と結婚するとか」

父の顔はだんだらにそまり、いまにも噴火しそうだった。「そなたは魔法使いに囲まれて育ったのだぞ。ヌミスの法は心得ておるはずだ！　この屋根の下で曾祖母と禁じられた魔法をおこなうのではなく、学校で指南を受けるべきであった。そのような考えは一度たりとも頭に浮かばなかったと申すのか？」

スーリズは息を吸いこみ、音をたてずに吐き出して、声を落ちつかせた。「浮かびました。でも、自分が知っていることをみんなとりあげられて、魔法使いの知識だけをつめこまれるんじゃないかって心配だったの。わたくしは糸やボタンや骨を術に使うけど、オドの学校で針と糸とか、願いをかける鵟鳥の叉骨《さこつ》とかが、学生用の備品になってるとは思えなかったもの」

「叉骨？」魔法使いのひとりが弱々しくくりかえした。

スーリズの視線は王を離れ、その周囲にかたまっている、この国でもっとも力ある集団へと移った。「魔法をヌミスから締め出すかわりに受け入れたら、お父さまの魔法使いたちにも、叉骨でなにができるかわかるわ」

魔法使いたちは無言で相談しあっていた。王は、顔つきから判断すると雷らしきものをのみこんだ。スーリズは待った。魔法使いがティラミンの術にいったいなにを視たのか確信が持てず、無理だと知りつつも、一座とともに戸口から追い出してもらえないかと願っていた。なにしろ、自分に糸や骨を使わせるためには、ヌミスの法の空白部分に許可の文言を見つけださなければならないのだ。まわりでは目という目がこちらを向いており、いくつもの口があんぐりとあいていた。ファナール叔母は例外だ。姪の婚礼がいまや風前の灯とあって、くちびるをかたく引き結んでいる。ティラミンと一座はみじろぎもしていない。ほとんど呼吸すらしていないように見える。まるで、とスーリズは考えた。じっとしていれば、王が空気と間違えてくれるのではないかと思っているようだ。

魔法使いバリウスが、口もとにきびしいしわを深々とよせて、ゆっくりと切りだした。「陛下、今宵この場には、叉骨一本では説明のつかない魔法が存在しております。あの芸にはめくらまし以上のものが含まれておりました」

「この人たちは自分から進んできたのに」スーリズは必死になって父に思い出させた。「なんの悪意もないのよ」

「法が破られておりますので」魔法使いが頑固に言う。

「紙から本物の薔薇を創るために破ったとしても？」

「どんな目的であろうとも、ティラミンは王の居城で禁じられた魔法を使ったのです」

「わたくしだってそうよ」スーリズは断乎として主張した。「そういう魔法を使ったわ。ティラミンを罰するなら、同じ罰を与えなさい」

「魔法の体系を無効化し、不適切な訓練を受けた精神を再教育する手立てがあります。ティラミンのような輩にはそのように対処するのがふさわしいかと――」

「それ、ティラミンの心に侵入するってこと？」スーリズは愕然としてかすかな声をもらした。

「魔法に対しての考え方をむりやり変えさせるってことなの？」

「手に負えない魔法使いに対しておこなわれた例があります。とはいえ、極端な場合のみでして。姫君にあてはまるとは――」

「そのとおりだ」ガーリン王がかみつくように言った。「そなたが脅しておるのは予の娘であって、どこやらの反抗的な魔法使いではないのだぞ！」

バリウスは息巻いている王に頭をさげた。「ただいま申し上げようとしておりましたように、陛下、姫君にその処分がふさわしいとは思っておりません。ヌミスの法律と軍事と魔法をつかさどっておられるのは、国王陛下にあらせられます。そのご息女に対してどうすべきか申し上げるのは、われわれの役目ではございません。ことによると、ヴァローレンには言い分があるかもしれませんが。やはり、おのれの妻が国の法に従うことを期待するでしょうからな。その国がお父上のものであればなおのことです」

「ヴァローレン！」スーリズはかっと顔に血が集中するのを感じ、自分の声に父とそっくりな響きを聞きとった。「わたくしはヴァローレンのために考え方を変えたりしないわ。あなたのためだって、お父さまのためだって、この国のだれのためだって同じよ。追放するか、このまま受け入れる方法を見つけることね。たとえボタンひとつ分だって、自分自身の魔法を手放したりするもんですか」

「そなたはいま、糸一本分の魔法を使って、予の目をくらましたではないか」父が強い口調で指摘した。

「お父さまが罪もなければ害もない相手を困らせてるからじゃない！　お父さまもヴァローレンも――ふたりとも、魔法使いを判で押したようなものにしたがってるのよ。許可されてない魔法は、価値がないから始末しなくちゃいけない。そうでなければ、危険だから始末しなくちゃいけない。どんな魔法だろうと、お父さまの役に立たなかったら必要ないのね。夢も幻も奇跡も、お父さまやヴァローレンに理解できなければいらないのよ。わたくしのことをそんなふうに見てる人と結婚なんかできるわけないわ――こわいとか異常だとか――お荷物だけど引き受けるとか――」

ファナールが押し殺した声で罵るのが聞こえた。顔を真っ赤にしたガーリン王は、力をこめてうなった。「よいか、そなたは言われたとおりにするのだ」

ほんの一瞬、そのことについて考えてみたスーリズは、冷静に答えた。「いやよ。まっぴら。

そしたらどうするの?」

王は口をあけたが、なにも出てこなかった。どうやら父から言葉を奪ってのけたらしい、とあっけにとられる。ほんとうに途方にくれているのだ。こんな場合にどうすべきか教えてくれる法律はヌミスに存在しない。解答は別のところに求めなければならない。どこに目を向けるだろう、とスーリズはいぶかった。疑念に襲われた父は、どれだけ長くその迷いを受け入れるだろう。ほかのことも疑いはじめる余裕があるだろうか。

その謎はついに解けなかった。父が答える前に、どっしりとした広間の扉がばたんとひらき、魔法使いたちがいっせいに立ちあがった。一座の人々がわっと動いて寄り集まる。内側の扉を走りぬける衛兵の叫び声と、剣を鞘からぬきはなつ音が耳に届いた。部屋の中央にぽつんと立ったスーリズは、なにが起こったのかわからず、困惑してふりかえった。魔法使いのひとりがこちらの主張に苛立って、やめさせるために衛兵を呼んだのだろうか。間近で剣がひきぬかれたかと思うと、ぐいと腕をつかまれ、芸人たちの一団にひっぱりこまれたので、スーリズは息をのんだ。それはアーネス・ピットだった。自分とミストラルのあいだに立ち、剣を構えている。

「なんなの?」と声を高める。「わたくしたち、逮捕されるの?」

「わかりません」アーネスはあえぐように答え、ミストラルにたずねた。「きみにはわかるか?」

だが、魔術師の娘はかぶりをふっただけだった。「いいえ」白磁の面に変化はなかったが、声がふるえていた。「なにか戸口にいるわ」

スーリズの眼前で、アーネスのおもてから血の色が失せ、表情が吹き飛んだ。魔法が王の戸口から入ってきて、その屋根の下に立っている。夜の奥からさまよってきた、この巨大で奇怪なものを表すには、そんな言葉しか思いつかなかった。顔もなく、識別できる四肢もない姿は、歩く岩か、木の幹かと映る。だが、この存在は生きており、沈黙した雷さながらの力が空中に感じられた。

巨体にまじって、ヴァローレンが歩いていた。おかしな顔をしてるわ、とスーリズはぼうっとして考えた。いつものよそよそしさもゆるぎない確信も消えている。かたわらにはヤールが、そして、見たこともないほど奇妙な女がいた。おそろしく背が高く、骨太で、象牙に灰がまじった髪が膝の下までたれさがっている。小鳥が一羽、そのなかに落ちついているようだ。仲間が肩にとまり、耳の下からのぞいていた。かたくざらざらした大きな足はむきだしだった。片方のくるぶしには、緑と空色の蛇が巻きついている。

セタがとつぜん、あっと声をあげた。王と世継をとりまいた衛兵は、まだ侵入者に向かって剣をふりあげている。だが、ざわついている魔法使いたちのひとみには、スーリズが思いもつかなかったような驚嘆の色があふれていた。

あぜんとした父の声が、一語をふたつに切り離した。「オード？」

「ガーリン王」女は応じ、親しみをこめてうなずいてみせた。

「いったいそなたは——このものたちは——」

「これは、ヌミス最古の生きた魔法の映し身だ。テリオス王の時代から、北方に身をひそめていた」

「テリオス！　それは――つまり――」

「ずいぶん昔だ」と認める。「だが、故《ふる》きを温《たず》ねて悪いことはない。それに」一拍おいて、つけくわえた。「客を歓迎するという意思表示もだ。もちろん、その気があればということだが」

「むろんだ」王はあわてて同意した。「そなたに対して、わが王宮の扉はすべてひらかれている。ヌミスの救い主であり偉大な友人である存在として、つねに変わらず歓迎する」

「感謝する、ガーリン王。わたしとしては、いつでもここで歓迎してもらえる関係を保っておきたい」

「それはつまり」王は用心深くたずねた。「その関係に疑いを持つような事態が生じたということか？」

「山ほど」と、愛想のいい返事があった。「ごく最近、自分が学生ならどうやっていけるかと思い、学校を訪れてみた。すると、最初の週が終わらないうちに退学処分になった」

くすくす笑いがこみあげてくるのを感じ、スーリズは両手を口にあてた。ほかの人々は、それほど上品に爆笑を抑えてはいなかった。

「わたしの考えるところ」オドは続けた。「ここの学生たちは、ある種の想像力を欠いているようだ。そこで、紙に書かれた言葉になる前の魔法がどんなふうだったか、教師たちに思い出させるために、このものたちを連れてきた」ののっぺりした不器量な顔が、ヴァローレンをふりかえる。そのとき、スーリズはオドの双眸をまのあたりにした。静謐《せいひつ》な、雲のように灰色で見透かすことのできないひとみ。この生き物たちと同じく、何世紀にもわたってものごとを見つめてきたまなざし。「おまえの目にはどう映るか話してやるといい、ヴァローレン」

「いままでに見たどんなものとも、まったく違っています」ヴァローレンはしゃがれた声で言った。

「しかもおまえは、人生の半分近くを魔法の研究に費やしてきた。その事実は顔に表れている。おまえは、わたしの学校から出てきた魔法の映し身だ。ともかく、これまではそうだった。さて、あらためて見てみるといい。全員をだ」そう言って、王の背後にかたまっている魔法使いたちを示す。もっともきびしい顔でさえ、オドとオドの連れてきたものを見返していると、やわらかく傷つきやすく見えた。「その顔つきこそ」オドは告げた。「わたしの学校から出てきてほしかったものだ」

「その生き物はいったいなんなのです?」バリウスが訴えた。「教えてください」

オドはうなずいた。「先ほど、スクリガルド山で別の論争を中断させた。今日はそういう日らしい。ヤールとヴァローレンが、この存在を破壊すべきかどうかと言い争っていたのだよ。このものたちはたいそう年を経ていて、平穏に生きることしか望んでいない。実際に見つけるには一、二世紀かかったが、存在していることはずっと知っていた。遠い昔、ヌミスとなる前の土地で自由に暮らしていたころは、興味を持ったもの、驚きを感じるものに気の向くままに変身していたが、その形を表す言葉は知らなかった。それほどまでに古い魔法なのだよ。人間はこのものたちが危険な姿をとったときに恐れをいだくようになったため、無防備な姿で発見すると殺した――歌う鳥、小動物、野の花。そこで、身を守ろうとして人の形になることもあった。言葉をいくらか覚えたものさえいた。それでも、たいていの人間はよけいおびえるだけだった。なにしろ、たまたま出くわしたよそ者が本物の人間かどうか、だれに見分けがつく？」

言葉を切って、ポケットからあぶなっかしくぶらさがったモグラを受けとめる。室内はふたたび静まり返っていた。オドは王に視線を向けた。「だれもが恐れたわけではない。この存在をいとおしむ人間もいた。驚きと美しさを見出す者も。たとえば、わたしの母だ」魔法使いのひとりが、鼠のようなかぼそい声をもらした。オドはやんわりと続けた。「わたしの力がどこからきたのか、不思議に思ったこともあるだろう。旅の途中でこうした存在に目を配るように と、わたしは母から教わった。そうすれば、みずからの力の映し身を発見するだろうと」

どよめきが起こり、スーリズは他を圧して響く王の声を耳にした。支離滅裂な言葉が飛び交うなか、広間がおおよそ静かになるまで、オドは辛抱強く待った。「スクリガルド山の雪と木立と岩に囲まれて、時の流れに根づいた姿を見たとき、わたしはそれと気づいた。人の姿でひととき母を愛したものが、そのなかにいたのかどうかはわからない。あまりに永い時を経て、多くの変化を遂げてきたせいで、かれ――その存在は憶えていないかもしれない。あるいは、そんなことを表す言葉を忘れてしまったか。わたしがこれほど長く生きているのは、そういうわけだ。そろそろ、学校を始めたときわたしの頭にあったものに、みなが会うときではないかと思った。恐怖によって、招き入れるかわりに締め出す法によって築かれる力ではなく、驚きと好奇心と、ときには愛情によってかたちづくられる力に。そこで、このものたちを連れて訪問にきた。学校でも指折りの逸材であるヴァローレンが、なんとか語り合う手立てを見つけようと骨折ってくれるのではないか、と期待していたのだが」

スーリズは、魔法使いが風にそよぐ葦のようにふらつくのをながめた。「わたしが」

「おびえることなく暮らすことは可能だと、知らせてやってほしい」

ようやく声が出るようになった王は、信じられないという口調で問いかけた。「なににおびえるというのだ?」

「あなたに」オドの視線はまた魔法使いたちへと動いた。「そちらにも学ぶものがあるかもしれない。そう望んでいる。もし、ヌミスの中心から現れた、太古の荒ぶる魔法を理解するすべを見出せないというのなら、その声を聴きとる力のあるほかの地へ学校を移さなければならないからだ。そうなったら残念だし、面倒でもある。ヌミスの統治者とは、この先もうまくやっていけると思いたいのだが」

ガーリン王が唐突に身動きした。そんなおそるべき力が自分の王国を見捨て、ほかの者の手に渡るという考えに衝撃を受けたらしい。「まことに」とすばやく言う。「予も同感だ。思うに、少々時間をとり、そなたが学校に加えたいという変更について、教師たちにくわしく説明するとよいのではないか」

オドは天井のほうへ目をあげた。「わたしは靴屋の店で学校を始めた。どうしたわけか、数世紀がたつうちに、学校は王の居城の一部となった。王宮の規則を定めるのは王であり、わたしの学校の規則を定めるのも王だ。ふたたび旅に出る前に、あなたに対しても多少説明しなければならないことがある。学校をここに残すためにも、ヌミスの法にも変更が加えられなければならない」

ガーリン王はせきばらいし、今度ばかりは困りはてたようすになった。「いかにも」とぶっきらぼうに答える。ぐっとさがった眉の下から、ちらりとスーリズに目をやる。「そなたが入ってきたとき、娘がそのようなことを言いかけておった」そのまなざしがこちらを離れ、川から霧が立ち昇るように広間じゅうに力を発散させている、見あげるような黒い影に吸いよせられた。「このものたちを置いていくつもりか?」とかすれた声で訊く。「ヴァローレンに制御できないときにはなんとする?」

「ああ、それは無理だろう」オドは陽気に答えた。「だれにも制御などできはしないのだから。だが、みなが平和に暮らせるよう、なんらかの折り合いはつけられるはずだ。万が一失敗すれば、この世界のどこにいても、きっとわたしの耳に届くだろう」

王は口をひらいたが、ふたたび、なにも出てこなかった。そのまなざしを受けたヴァローレンは、もともと青白いおもてが土気色になっていた。

「だれか魔法使いに協力を求めてもかまわないでしょうか?」と、弱々しくたずねる。

「もちろん、そのほうがいい」オドはうけあった。「当然そうすべきだろう。たとえばヤールだ。風変わりな魔法を見分ける才があるし、聴く能力もある。それに、新しい庭師もだ」

「庭師か」王は煙に巻かれたようにくりかえした。「その庭師についてはたびたび耳にしながら、一度たりとも目にしておらぬ。どこにおるのだ？」

オドは謎めいた影のひとつを見あげ、続いてもうひとつをながめて、魔法使いのあいだにざわざわと論評を巻き起こした。「さて、どのなかにいるのか。ヤール、わかるか？」

ヤールはかぶりをふった。オドにならって顔をあげ、なかなか見つからない庭師の気配を捜す。広間にいるだれもが同じふるまいをしていた。「たぶん」と、おだやかに提案する。「出てくるように頼むといいかもしれませんよ。もう心配ないからと」

オドはほほえんだ。「それは妙案だ。もっとも単純な魔法、願いをかければいい。ブレンダン、ここに出てきてくれないか」

27

言葉はわからなかったが、願いは感じた。その呼びかけに惹きつけられ、夜に向かって扉がひらくように、厖大《ぼうだい》な闇と化した自分に光とぬくもりが流れこんでくる。語句はなんの意味も持たない。耳に届いたのは、言葉の内部や外部にあるもの、それをかたどる力だった。名前でさえも、まわりにある多くの雑音のひとつにすぎない。虫の鳴き声や鳥のさえずりと同程度のものでしかなかった。唯一理解したのは、話し手にとっては意味があるということだ。

そう認識したことが記憶をかきたて、漠然とした力である存在に姿と定義とを与えた。その姿に含まれているものを残らず形にしていく。情熱、経験、思い出、色、音、輪郭、手ざわり、そして最後に、すべての言葉を。

そこでブレンダンに戻ると、大きな広間に立っていた。室内を埋めつくす人々が、そろって視線をあびせかけてくる。さっきは身を隠した殻に激情がぶつかってきたし、言葉の奔流のなかで四方八方にゆさぶられる感情も察知していた。だがいまは、どうやら周囲のだれにも言うべき台詞が残っていないようだ。それほどみんなを仰天させてしまったらしい。

あたりを見まわすと、知った顔がいくつかあった。ヤール、オド、ヴァローレン、ミストラル。みなそろって一堂に会していることに感嘆する。オドの微笑と、おだやかな目を見ると気分が落ちついた。やはりほほえんでいるヤールが、魔法使いや兵士を両わきに従えた、金髪でたくましい豪奢な身なりの男に頭をさげた。

「ブレンダン・ヴェッチを捜すようにとのご命令でしたが、陛下。思っていたより長くかかりました。こちらが行方不明の庭師です」

「それは違うのではないか」ガーリン王は低い声をもらした。「その者はもはや庭師ではあるまい」

ブレンダンは、ヴァローレンから奇妙な感情がごちゃごちゃとあふれだすのを感じた。茫然としている淡い色のひとみに出会い、そこに浮かんでいる反応に意表をつかれる。

「いったい、どれだけの力をとりこんだのです?」ヴァローレンはしゃがれた声でたずねた。

その質問を考慮してみたブレンダンは、どんな形にもなれる、あの自然のままの不定形な力

のほうへ漂っていくのを感じた。あえて庭師の体にとどまり、おもむろに答える。「わからな
い。どうなのか、使ってみないと」それから、ヴァローレンに感じとったもの、魔法使いの群
れから流れ出しているものに言葉をあてはめた。空気や光と同様に広間を満たしているのは、
もはや不安ではなく、驚嘆の念だった。幾世紀ものあいだ閉鎖されていた窓や扉をあけるよう
に、心がひらいていく。
オドもそれに気づいたのが見てとれた。呼吸とともに深々と吸いこみ、体の芯から輝くよう
な笑顔としてときはなつ。「これでよくなった」と、そっとつぶやいた。周囲の古きものたち
でさえ、意識を外に向けたようだった。隠された目をあけ、するすると好奇心の触手を送り出
す。

「力を貸してくれますか?」ヴァローレンがかすれた声でたずねた。「きみは学校ではなにひ
とつ学ばなかった。その力はすべてよそで見出したものです。しかも、われわれ全員のなかで、
この――この存在を理解しているのは、きみしかいない。わたしは心を見通そうとしてみまし
た――ヤールもです――ふたりとも失敗しました。あれはまるで、すさまじい瀑布《ばくふ》を泳ぎのぼ
るか、炎を説得しようとするようなものでした」

ブレンダンはためらいがちにオドを見た。相手はうなずいた。「先ほどヴァローレンに、語
り合う手立てを見つけてほしいと頼んだ。そうすればこのものたちも、おびえて身をひそめる
かわり、好きなところで平穏に暮らせるようになるからと」
「できるだけのことはする」ブレンダンはヴァローレンに告げた。「もっとも、こっちだって、

どこまで理解できてるのかわからない。ただ、こいつらはおれのことはこわがってないから。おれは必死でこの世から逃げ出して、どこかに隠れようとしてた。きっと、そのことは察してくれたんだと思う」

魔法使いの顔がうっすらと色づいた。「その恐怖を植えつけたのはわたしです」と静かに言う。「ですが、ヌミスじゅうを追跡していったのはわたしではありません。ほかならぬオドだったのです」

ブレンダンが凝視すると、オドは悠然と言った。「危険にさらす前に、どれほどの力を持っているか確かめておかなければならなかったからだ。もっとも、意図していたより先へ行かせてしまったが。最終的には、たとえ止めようとしてもできなかっただろう」

「なんと申した?」王が愕然としたおももちで問いかける。「よもや、この者の力はそなたをもしのぐと?」

「あの瞬間はそうだった」

「して、その力を——どこで学んだ?」

「沼百合からだそうだ、聞くところによれば。それに大地。雨。種」

ガーリン王は一瞬、懸命に言葉を探してしどろもどろになった。「では、なぜ壁で囲う必要がある? なにゆえ書物や、教師や——」

「たいていの者にとっては、そのほうが有効だからだ。ごく少数は、そういった手段を必要としない。魔法とは意志のあるところに生じるものだ、王よ。たとえ一生かけて法律を作りつづけても、力をとどめることなどできはしない。ヌミスの夜にともる火のすべてをひと吹きで消すことも、四方に壁を築いて風を閉じこめることも不可能なのと同様に。臣下を信頼するがいい。自由に行き来させることだ。魔法使いたちがこの壁の外で発見し、持ち帰ってくるものには、想像もつかないほどの価値があるかもしれない」

ガーリン王は、王宮に歩み入ってきた存在に視線をくぎづけにされた魔法使いの集団を一瞥した。「選択の余地はなかろう」とつぶやくと、オドに向かってうなずきかける。「望みのままに変更を加えるがよい。どうやら、そなたのことも信頼せねばならぬようだ」

「けっこう」オドはあっさりと答えた。続いて、ティラミンをとりまいてかたまった一座の面面に目をやる。みな興味津々で、その場で進行している、思いがけなくもこみいったなりゆきを見物していた。「重要な件に対応していたところを邪魔してしまったようだ。この話はそちらをすませてからでかまわない」

ガーリン王は、芸人たちにまじっている娘の顔を見つけ、いくぶんぼうっとした調子でたずねた。「どこまで話したのだったか?」

「わたくしをどうするか決めようとしてたのよ」王女は思い出させた。

王はしばし黙って娘をながめてから、あらゆる法を無視して、王宮の敷居を越えてきた太古の魔法の姿をふりかえった。

頭をふって、重苦しく答える。「この存在を目の前にしては、そなたの魔法をいかに処理すべきかという問題など、そもそも無意味であろう。そなたをどうしたものやら、予には見当もつかぬ。ただ、ここから出ていってくれるなと祈るばかりだ」

王女が勢いよく吐き出した安堵の息は、広間のすみずみまで届きそうだった。「ありがとう、お父さま」ささやくように言う。「出ていきたくなんてなかったの」せきばらいして、もっとはっきりとたずねる。「じゃあ、ティラミンは？」

王の目が、面をつけた無言の魔術師へと動いた。「そなたに対しても、娘に告げた言葉をくりかえすしかあるまい。そなたの魔法は、みずから説明したとおりのものとみなしておく。めくらましと幻術ということだ。それ以上のことは、ヌミスに害をなさぬかぎり、知りたいとも思わぬ」

「陛下、わたくしは知りたく存じます」ヴァローレンが訴えた。「その魔術師が、こちらの学んでいない魔法を心得ているのであれば、この生き物を理解する一助となるかもしれません。たとえ魔法でなくとも、隠蔽《いんぺい》するという力があるのですから。わたくしには――わたくしには、手に入るかぎりの援助が必要です。どれほど意外な場所からの手助けであろうとも。どうか、ティラミンに顔を見せるようにとお伝えください」

広間じゅうの人々が魔術師のほうに身を乗り出したので、衣ずれや靴を動かす音、息をつく音が長々と続いた。王は沈黙した巨人を見やった。周囲の人間よりも、むしろ巨大な顔のない生き物たちに近い姿を。

そして「友好のあかしとして？」とうながす。

片側のばかでかい手袋が杖を離した。倒れかかったところを、魔術師の娘が受けとめる。両手があがり、作り物の頭をもぎとろうとした。ついに、大きな球体はシャツから離れた。手袋がそれをおろし、わきの下にかかえる。

その下にはなにもなかった。広間はとつぜん、王立動物園の鳥という鳥、獣という獣がいっぺんに騒ぎだしたかのような音に包まれた。レディ・ディッタニーの犬がほえたて、勢いあまって膝の上ではずむ。そして、力強い巨人はゆるゆると崩れ落ち、あやつり人形のようにくたくたと床に転がった。

魔術師の美しい娘は、瑕《きず》ひとつない白磁の面をはずし、魔法の映し身である、疲労と微笑をたたえた人間の顔をあらわにした。

「陛下」と王に声をかける。「わたしがティラミンです」

ガーリン王はあっけにとられて、まじまじと相手を見つめた。それから、頭をそらして笑いだした。その声がティラミンの哄笑さながらに壁にはねかえると、広間はふたたびどっと沸き返り、魔術師の最後の手品を称える歓呼と喝采が鳴り響いた。

「そなたのせいで」ようやく口がきけるようになったとき、王は告げた。「わが顧問官ヴァローレンは、あやうくケリオール全体に戒厳令を出すところであった。たかだか旅の魔術師ひとりと庭師ひとりがわが都を混乱に陥れるようでは、まさしく状況を変えねばなるまい」

「申し訳ございません」ヴァローレンが聞きとれないほど小さな、ふるえる声で言った。

「そなたは予が期待したとおりにふるまったのだ」ガーリン王は簡潔に答え、芸人たちをぬって娘のかたわらに行った。

太古の風化した林に囲まれた木のようにひっそりと立っていたブレンダンは、オドにたずねた。「こいつらをどこに連れていったらいいだろう？」

「動物園のそばの古い木立なら、心安く感じるのではないかと思う。頼めばついてくるだろう。あそこは静かで、野生のものにあふれている」言葉を切り、考え深げにこちらを観察すると、心を読んでつけたす。「そのうちに、出かけていって力試しをしたい、自分になにができるか確かめてみたいと思うようになるだろう。だが、しばらくはここにとどまって、ヴァローレンに手を貸し、どうやって知識を身につけたか、魔法使いたちに教えてやってほしい」

「自分でもわかってるかどうか自信がない。考えたことがないんだ」

「それなら、言葉にする努力をしてみることだ。いままでのところ、ヌミスの魔法使いがいちばんよく知っているのは、言葉を使った方法だから」

「やってみる」ブレンダンは言い、少しのあいだ口をつぐんで、ヤールが人込みのなかに愛らしい暗褐色の髪の女性を見つけ、ヴァローレンがおずおずと王女のほうへ寄っていくのをながめた。そこで孤独を意識したおかげで、完全に人間に戻ったことがわかった。だが、気がついてみると、押しつぶされるような哀しみは消えていた。自分の力に対しても、いまや強い好奇心をいだいて向かい合うことができた。多少不安があるとしても、賢明といえる程度のものだろう。

オドが肩をぽんとたたいた。「では、わたしは出かけよう。ガーリン王と魔法使いたちで問題は解決できるだろう。当分はヴァローレンを見張っていてほしい。うっかり死んでしまったりしないように」

「どこへ行くんだ?」

「ほかになにがある? 別の庭師を探しに行く」

オドが立ち去るのを見送る。そしてまた向きなおると、おなじみの面々が近づいてきた。尊大さを失って、見分けがつかないほど面変わりしたヴァローレン、恋人に片腕をまわしたヤール、魔法使いたち、王でさえ、娘の手をしっかりと腕にかかえこんで、広間を横切ってくる。ブレンダンは、ヌミス最古の魔法から安らぎを引き出して、先のわからない未来を迎え入れた。

訳者あとがき

パトリシア・A・マキリップが二〇〇五年に発表した長編、*Od Magic* の全訳をお届けする。

数百年も昔に、謎の女魔法使いオドが設立した魔法使いの学校。いまでは国王直属の機構として厳格に管理されているその場所へ、オド本人の依頼を受けて、ひとりの若者が庭師としてやってくる。その若者が無自覚に秘めている底知れない力こそ、王国で禁じられている未知の魔法にほかならない。また、ほぼ同時期に、魔術師ティラミンを中心にする一座が、都の歓楽街で興行を始める。ただの手品師ならともかく、もぐりの魔法使いなら、これも許可されていない違法な魔法ということになる。庭師と魔術師、ふたりの危険人物に対して、国王を頂点とする体制側の人々は強い懸念をいだく。そこへ、庭師に同情する魔法学校の教師や、魔術師の調査に派遣される警吏総監の息子、さらに国王の娘まで加わって、事態は混迷の度を深めていく……

マキリップといえば、欧米のファンタジー界では確固たる地位を築いているベテラン作家である。繊細な文章で、独特の〝風のにおい〟に包まれた世界を描き出すことには定評があり、一九七五年に『妖女サイベルの呼び声』で第一回世界幻想文学大賞の長編部門賞に選ばれたばかりか、二〇〇三年にも『影のオンブリア』で同賞受賞という快挙をなしとげている。複雑かつ重層的な構成を用いながら、どの作品も比較的短い分量でさらりとまとめているのが特色で、重厚長大なファンタジーでこそないが、その詩情ゆたかな世界に惹《ひ》かれるファンは多い。

ミソピーイク賞、ローカス賞など、ファンタジー関連の著名な賞にたびたび著作が挙げられているのもうなずける。本作も受賞は逃したものの、二〇〇六年度の世界幻想文学大賞、およびローカス賞ファンタジー長編部門にノミネートされている（ちなみに、同年の世界幻想文学大賞は、村上春樹『海辺のカフカ』の英訳版である）。

日本でも、一九七九年に『妖女サイベルの呼び声』が紹介されて以来、〈イルスの竪琴〉三部作、『ムーンフラッシュ』『ムーンドリーム』と根強いファンを獲得した。とりわけ『妖女サイベルの呼び声』は、岡野玲子氏によって『コーリング』のタイトルで漫画化されており、二〇〇〇年には新装版も出ているので、ご存じの方も多いのではないだろうか。ところが、日本の読者にとってはきわめて残念なことに、一九八八年の『ムーンドリーム』以降、マキリップの新作の訳出はしばらく途切れていた。二〇〇五年、十七年ぶりの邦訳である『影のオンブリア』が出版されたとき、手を叩いて喜んだファンは少なくなかったことと思う。

そんな状況を経て、今回、はじめて東京創元社から、本作『オドの魔法学校』が上梓される運びとなった。長年待ちわびたあげく、とうとう原書に手を出すようになったファンのひとりとしては、これを機会にどんどん邦訳が出るようになってほしい、と心ひそかに願っている。

とはいえ、本書を読むのに前々からのファンである必要はまったくない。この一冊できれいに完結しているだけでなく、ストーリーがわりあい単純で、〝キャラが立って〟いることなど、ほかの作品と比べても、初心者に楽しめる要素が多い。作者の名前を聞いたことがないという方でも、ぜひ手にとってみていただきたい。

ばらばらになっていた糸が最後でまとまるような、手のこんだ構成を得意とするマキリップだが、この作品ではむしろ、ひとつのきっかけが別のきっかけを呼んで物語が転がっていく感じで、すっきりした展開になっている。魔法の神秘性や幻想性を失うことなく、キャラクターの描き方でユーモラスな味わいを出している点も、『オドの魔法学校』の持ち味といえるだろう。邦訳の読者にどちらの魅力も伝わることを願うばかりである。

ところで、一九四八年生まれのマキリップは、じつは誕生日が二月二十九日らしい。四年に一度という特別な日に生まれたとは、なるべくして〝幻想の紡ぎ手〟になった人という気がするのは訳者だけだろうか。ティラミンならぬ魔術師マキリップの一大興行を、心ゆくまで堪能していただければ、これにまさる喜びはない。

最後になったが、東京創元社の担当編集・小林甘奈氏には、毎度のことながらたいへんお世話になった。この場を借りて御礼申し上げたい。また、数多くのすばらしい物語を世に出され、本書に関する質問にていねいにお答えくださった作者パトリシア・A・マキリップ氏に対し、心より感謝を捧げる。

検印
廃止

訳者紹介　群馬県生まれ。英米文学翻訳家。主な訳書にジョーンズ「バビロンまでは何マイル」「星空から来た犬」「うちの一階には鬼がいる！」，ビショップ〈インヴィジブル・リング〉シリーズ，リンチ「ロック・ラモーラの優雅なたくらみ」などがある。

オドの魔法学校

2008年2月15日　初版
2008年5月2日　再版

著　者　パトリシア・A・マキリップ

訳　者　原《はら》　島《しま》　文《ふみ》　世《よ》

発行所　（株）東京創元社
代表者　長谷川晋一

162-0814/東京都新宿区新小川町1-5
電　話　03・3268・8231-営業部
　　　　03・3268・8204-編集部
URL　http://www.tsogen.co.jp
振　替　00160-9-1565
工友会印刷・本間製本

ISBN978-4-488-52007-6　C0197